슬기로운
감옥생활2

KB071918

슬기로운 감옥생활2 ⑤

초판 인쇄 2023년 9월 11일
초판 발행 2023년 9월 15일

지은이 JS
펴낸이 김태헌
펴낸곳 문학홀릭

주소 경기도 고양시 일산서구 대산로 53
출판등록 2021년 3월 11일 제2021-000062호
전화 031-911-3416
팩스 031-911-3417

슬기로운 감옥생활2

5

JS 장편 소설

슬기로운
감옥생활

Contents

차례

슬기로운
감옥생활

20

운둔의 시기

서울은 그야말로 복잡했다. 여전히 서울은 아침마다 만원이었고, 밤거리에는 표류하는 군상들의 발걸음으로 북적댔다. 어딘가 목적도 없이 거니는 것만 같은 사람들의 무표정한 얼굴들이 한심스럽게만 느껴졌다. 그들은 무엇을 위해 사는가? 모두가 하나같이 돈에 찌든 것 같은 얼굴들이었다. 유난히도 눈빛만이 예리하게 살아 움직이고 있는 것만 같은 그들에게서 종태는 다소 두려움 같은 게 느껴졌다. 살기 위해서라면 서슴없이 칼을 휘둘렀던 그 옛날의 소박한 서울 시민들이 아니라, 치열한 삶의 경쟁 속에서 닳고 닳은 사기꾼 같은 모습들에서 그는 서글픔 같은 걸 느꼈다.

사는 것이 뭔가. 그는 사람들의 무표정한 얼굴에서 유독 눈빛만이 강렬하게 빛나는 것에 대해 그런 질문을 던지곤 했다. 살기 위해선 무엇이라도 다 할 수 있을 것만 같은 사람들의 악의에 찬 모습에서 그는 그동안 수산포라는 곳의 외진 곳에 파묻혀 살았던 지난날들이 마치 꿈속에서 살았던 세월 같다는 생각이 들었다.

그는 일단 단독주택에 독채로 전세를 들었다. 그래야만 짚차를 마음대로 세워놓을 수가 있을 것 같았다. 마침 주인이 외국으로 나가고 없는 집을 독채로 얻을 수가 있었다. 그는 짧은 시간 안에 모든 걸 끝내고서 홀가분한 마음으로 감방엘 들어가고 싶었다.

구로구 온수동이라면 다소 외진 감이 없지 않았다. 바로 옆에 산이 있어서 좋은 것 같았다. 그리고 우선은 한적한 것이 마음에 들었다. 낮에도 별로 차들의 왕래가 적은 곳이었다. 그리고 안쪽으로 들어가면 특수 아동 학교가 있었는데, 그 학교 옆으로 해서 약수터로 올라가는 길이 있었다. 약수터로 올라가는 길목에 보신탕을 파는 집이 한 채 있었다.

그는 우선 이 동네가 마음에 들었다.

산으로 병풍처럼 둘러싸여 있어서 우선 눈에 들어오는 녹음이 마음에 들었는지 모른다. 그리고 외부와 차단이 된 듯한 고즈넉한 동네가 정감이 가는 것이었다. 동네 위쪽에는 산꼭대기쯤에 교회가 하나 서 있었다. 옛날엔 천막 교회였지만 차츰 동네가 개발이 되면서 제법 교인수가 많아진 그런 교회였다.

종태는 일단 집을 마련하고 나서 짚차를 들여놓을 수 있다는 것이 첫 번째로 마음이 놓였다. 그가 집을 얻고 나서 제일 먼저 한 것이, 그동안 차에다 싣고 다니던 박격포와 포탄 상자를 집 안에다 깊숙이 감춰두는 것이었다. 낮에 그가 집을 비울 때에도 다소 안심이 되었다.

그리고 그 동네는 영등포 구치소와 영등포 교도소와는 그리 멀지 않은 거리였다. 온수동에서 나와 오류동을 지나면 곧바로 개봉동과 고척동이 맞물렸다. 영등포 구치소가 고척동 102번지이고, 영등포 교도소는 영등포 구치소와는 담 하나를 사이에 두고서 고척동 101번지였다. 구치소와 교도소 사이의 길은 바로 찻길이었다. 고척동으로 들어가는 길목인 셈이었다.

온수동과 영등포 구치소가 있는 고척동과는 불과 차 시간으로 10분 거리밖엔 되지 않았다. 종태는 지난날에 자신과 희자가 수감되어 있었던 영등포 구치소에 대해 그나마 미련 같은 추억들이 남아 있었다. 쇠창살 사이로 하늘을 올려다보며 희자에 대한 그리움의 시를 지어내느라 끙끙 머리를 싸맸던 기억들이 자꾸만 떠올랐다.

옥상에서 교미를 하던 비둘기들을 바라보면서 참 부럽다는 생각을 했던 것도 기억났다. 그리고 여사로 잔밥을 청소하러 작업을 들어가면서 가슴이 설레었던 적이 어디 한두 번이었던

11

가. 그녀가 운동을 나오는 시간에 맞춰서 작업을 들어가서 희자를 보는 순간, 그 자신은 무너지는 듯한 아픔이 느껴지면서 가엾다는 생각밖엔 들지 않았다. 가녀린 손목에 두 개의 쇠수갑이 채워져 있었던 것이 그를 마음 아프게 만들었던 것이다.

그리고 요시찰 살인수에게 부여되는 명찰의 색깔을 보는 순간, 섬뜩하도록 마음이 아팠던 건 그녀의 얼굴을 봐서는 절대로 사람을 죽이지 않았을 거라는 강한 확신 같은 것이 있었기 때문인지도 모른다. 살인수들이나 국가보안법, 집시법, 반공법 등의 재소자들에겐 명찰의 색깔부터가 달랐다. 한 번에 봐도 금방 알 수 있도록 명찰의 표식이 달라야만 했다.

국가보안법이나 살인수들의 명찰은 빨간색이었고, 집시법으로 들어온 학생들은 황색이었다. 그리고 보호감호 처분을 받은 재소자들은 진녹색이었다. 그들은 어디를 가더라도 명찰의 색깔만으로 확연히 눈에 띄었다.

종태는 일단 거처를 정한 이상, 그리 급하지도 않으면서 너무 느슨하지 않도록 행동하기로 마음먹었다. 전두환이 안양교도소에 수감돼 있었고, 노태우는 서울구치소에 수감돼 있다는 것을 안 그는 이제 어떤 일을 저질러서 감방으로 무사히 들어가는 것만이 남아 있을 뿐이었다.

일단 들어가기만 하면 저번날에 교도관들을 사귀었던 것과 똑같이 그들을 매수해서 전두환이나 노태우의 곁으로 다가갈 수 있을 것만 같았다. 그러한 일은 종태가 오랜 감방 생활을 했던 탓에 어느 정도 자신감이 있었다. 교도소 안은 돈만 있으면 안 되는 일이 없다는 것을 그는 알고 있었다. 심지어는 보안과장이나 소장까지도 움직일 수 있는 곳이 바로 교도소라는 사실이었다.

유전무죄 무전유죄라는 그저 그냥 생겨난 말이 아니다.

교도소 안의 오랜 관습이 그랬고. 그 안에 있는 교도관이나 재소자들까지 모두 돈이라면 혀를 깨물고 죽는 시늉까지 할 수 있는 곳이 바로 교도소 담 안이었다. 담 안에서는 오로지 돈과 주먹만이 통했다. 그 어떤 사회적인 명예나 지위로서는 아무것도 할 수 없었다.

종태는 이제 서두를 필요가 없었다. 적당한 사건을 만들어 자연스럽게 교도소 안으로 들어가는 것만이 유일한 그의 계획이었다. 그는 며칠 동안 시내 곳곳을 돌아다니면서 사회의 헛점을 눈여겨 살펴볼 필요가 있었다. 그는 일어나자마자, 차를 몰고 시내를 돌아다녔다. 누군가 자신을 알아볼지도 모른다는 생각에서 그는 짙은 선글라스를 꼈다. 그리고 짚차의 덮개가 없는 오픈카였으므로 남의 눈에 뛰기가 쉬웠으므로 그는 차의 덮개를 해서 씌웠고, 유리창에는 짙은 썬팅을 했다.

상호와는 일체 연락하지 않을 생각이었다. 바로 가까운 영등포에서 활동하고 있는 상호의 눈에 띈다는 것조차도 조심할 필요가 있었다. 오다가다 길에서 마주치더라도 그가 자신을 쉽게 알아보지 못하도록 각별히 신경을 쓰고 있었다. 그리고 옛날에 데리고 있던 부하들의 눈에도 띄지 않도록 조심해야만 했다.

그는 이제 할일이 무엇이라는 것을 잘 알고 있었다.

그의 마음은 적당한 사건을 저지르고 뼁끼통으로 들어가는 것이었다. 그는 며칠 동안 시내를 배회하면서 일으킬만한 사건을 궁리하고 있었다. 조직을 이끌었던 그가 조잡한 사건을 일으켜서 감방으로 들어간다는 건 있을 수 없는 일이었다. 만일 간통이나, 강간 등과 같이 치사한 죄목을 달고서 들어가는 건 그 자신이 용납하지 않았다.

그리고 칼을 든 강도 같은 것도 용납할 수 없는 일이었다. 그리고 사기죄 같은 것도 불가능했다. 그러한 사기죄는 남의 피를 빨아먹는 흡혈귀 같은 놈들이나 할 짓이라고 생각되었다. 그렇다면? 그는 마땅한 일을 저지르기 위해 하루를 허비하는 꼴이었다. 그에게 있어 가장 적당한 것은 폭력이었지만 함부로 주먹을 휘두르고 감방으로 들어간다는 것이 그랬다. 나중에 방 안에서 자신이 저지른 사건에 대해 말이 나왔을 때에 옛날에 자신이 누렸던 명성에 먹칠을 하는 것만 같아 그럴 수도 없는 일이었다.

누구든 처음 감방 안으로 들어갈 때는 대통령이 아니라, 그 할애비라도 소위 신입식이라는 과정을 거쳐야만 했다. 그런데 그 신입식을 하는 과정에서 종태와 같은 옛날의 거물이 시시한 놈과 시비가 붙어서 주먹을 휘둘렀다면 방 안에 있는 재소자들이 낮춰볼 것이 뻔했기 때문이었다. 낮춰서 본다는 것은 곧 아래로 내려본다는 말이었다. 그는 조금 난감해졌다. 적당한 사건이 얼른 떠오르지 않았다.

26

대통령의 아들

　종태는 시청 쪽을 돌아 광화문 쪽으로 달리면서 길가에 있는 매점을 살폈다. 목이 말랐으므로 시원한 음료수나 하나 사서 마시고 싶은 생각이었다. 광화문에 이르러서 길가에 있는 매점을 발견하고는 길에 차를 세웠다. 그는 얼른 음료수 하나를 사면서 눈에 띄는 스포츠 신문을 한 장 샀다.

　"……."

　그는 차 안에 앉은 채로 음료수를 마시면서 스포츠 신문을 뒤적거렸다. '탤런트 강인영 이혼 수속 밟고 있다'라는 타이틀 밑에 작은 타이틀로 남편인 가수 이성철에게 매를 맞았다는 기사와 함께 강인영이 전직 대통령 아들 전재현씨와의 염문설로 파경이라는 내용의 글이었다. 전재현은 전직 대통령의 아들로

써 지금은 지공사라는 출판사의 대표로 있다는 기사가 씌어져 있었다.

그리고 파경을 맞게 된 원인이 강인영이 가지고 있던 삐삐 호출기의 비밀번호가 전재현이 운영하는 지공사 출판사의 전화번호라는 것이 단서가 되어 이성철에게 꼬리가 잡혀서 파경을 맞고 있다는 내용이었다. 그래서 그들은 지금 싸움 끝에 이혼 절차를 밟고 있다는 것이 첫머리 타이틀로 대문짝만하게 나와 있었다. 이성철에게 주먹을 맞은 강인영은 현재 미국으로 도피 중이라는 기사까지도 상세히 나와 있었다.

"흠. 이 새끼를 죽여버려. 대통령의 아들이라고. 안 되겠는 걸."

종태는 자신도 모르게 잇몸을 사려물었다. 마침 적당한 사건이 없어 쩔쩔매던 그에겐 좋은 목표물이 되어줄 수 있는 일이었다. 일단 일을 저지르다 보면 재수 없으면 걸리는 것이고, 아니면 다행히 완전범죄가 되어 걸리지 않더라도 역사를 거스른 죄인의 가족을 처단했다는 것으로 충분히 스스로 만족할 수 있을 것이었다.

"됐어! 일단은 이놈부터 처치하지."

그는 신문을 들여다보면서 오른손 주먹을 불끈 거머쥐었다. 그의 손목이 부르르 떨었다. 전두환을 처치하기 전에 그 놈부터 먼저 손을 봐주기로 마음먹었다. 그는 다시 신문을 읽어 내려갔다. 별로 읽을 만한 기사거리가 없었다. 그는 칼라 화보로 나온 재미교포라는 모델인 이승희의 누드를 바라보다가 무심코 스포츠란을 들여다보았다.

스포츠 중에서 경마에 관한 기사가 나와 있었다.

과천 경마장 수입 하루 600억. 도박인가 스포츠인가.

종태는 타이틀을 보면서 너무나 큰 액수에 대해 다소 놀라움을 금치 못했다. 하루 경마장 수입이 600억이라는 것이 과연 믿기지 않을 정도였다. 그만한 액수가 하루 동안에 경마장으로 쌓인다고 생각하니 절로 관심이 가는 것이었다.

그 밑에는 경마장의 비리가 상세하게 나와 있었다. 브로커들이 도박에 이기기 위해서 기수들과 짜고 승률을 조작한다는 기사도 곁들여져 있었다. 그래서 기수 한 사람에게 돌아가는 몫이 적지 않은 금액이었다. 저번에도 기수가 브로커들과 짜고서 승률을 조작했다가 경찰이 조사에 들어가자, 기수들이 도피하거나 또는 죽음으로 종적을 감춰버린 예까지 들어가면서 경마장의 비리에 대해서 설명하고 있었다.

"흐음……."

종태는 다음 글을 읽어 내려갔다. 경마에 빠진 어느 중년 남자가 가산을 다 탕진하고 묵을 매 자살한 사건을 상세히 다루고 있었다. 그 남자는 하던 사업까지도 날리고서 경마에 빠졌다가 5억 원을 날리고 빚쟁이들의 등쌀에 못 이겨 자살한 것이라고 덧붙이고 있었다.

그리고 경마장 주변에 기생하고 있는, 소위 말하는 뒷돈 주인들의 실상에 대해서도 낱낱이 고발하고 있었다. 뒷돈을 대주는 사람들은 대개 경마에 빠진 사람들에게 접근해서 타고 온 차를 담보로 해서 즉석에서 1억 원까지 돈을 대주고는 달러 이자를 받아 챙기는 족속들이었다. 그들은 빚을 갚지 못하면 채무자들을 납치해서 생명을 담보로 협박하거나, 또 다른 집문서를 내놓으라고 강요해서 빼앗다시피 가져가는 것이 수법이라고 밝히고 있었다.

종태는 그런 기사를 읽으면서 그쪽의 사정에 대해서 환히 알 것만 같았다. 어느 곳이든 도박성이 있는 곳에는 뒷돈을 대주는 주인이 있게 마련이고, 그 돈을 회수하기 위해선 해결사격인 폭력배를 끼고 있다는 사실은 짐작하고도 남았다. 달러 이자를 챙길 수 있는 사업이라면 도박밖엔 없다는 것을 그는 알고 있었다.

"……."

종태는 신문을 읽으면서 갑자기 머리끝이 삐쭉 서는 것 같은 전의를 느꼈다. 그는 입가에 회심의 미소를 띠면서 신문지를 구겨 옆자리로 내팽개쳤다. 그러면서 그는 번득 한 가지 방법이 떠올랐던 것이다.

'그래. 됐어! 경마장을 터는 거다!'

그는 갑자기 그런 생각이 들면서 속으로 쾌재를 올렸다.

경마장을 터는 일이란 생소한 일이었다. 하지만 그는 못할 것도 없었다. 마음만 먹으면 충분하다고 생각되었다. 그는 곧 차를 출발시키면서 액셀러레이터를 밟았다. 광화문을 빠져나와 마포 쪽을 향해 달리면서 그는 절로 기분이 좋아졌다. 멋진 사건을 저지를 수 있다는 생각만으로도 그는 기뻤다.

그는 여의도 고수부지로 내려가서 차를 세웠다. 혹시라도 아는 이가 있을까 해서 주위를 살피면서 걸었지만 아는 이라곤 아무도 없었다. 그는 주차장에다 차를 세워놓고선 강가로 걸어 내려갔다. 강 건너편의 마포 쪽을 바라보면서 그는 계단에 앉아 있었다.

"……."

강물이 찰랑이는 것이 보였다. 누가 띄워놓은 것인지 한강의 중간쯤에 돛배가 한 척 떠 있는 게 보였다. 떠내려가지도 않은 채로 흔들리고 있었다. 그는 그 돛배를 바라보면서 과천의 경마장을 털 궁리를 했다.

세상을 깜짝 놀라게 해주고 싶었다. 그리고 무엇보다도 그런 시설을 만들어 놓고서 도박이 아닌 것처럼 위장하면서 돈을 긁어모으는 정부투자기관을 털어서 세인들의 관심이 집중되게 만들고 싶었다. 그래서 경마장의 비리들이 낱낱이 밝혀지고, 국회에서도 그런 문제를 들고 일어나 다룬다면 좋을 것이라는 생각이 들었다.

그는 오랜 시간을 그곳에서 머물렀다.

한 가지 생각이 생기면 그 생각의 꼬리를 물고 다른 생각들이 줄을 섰다가 튀어나오는 것만 같았다. 모든 것들이 다 과천의 경마장을 터는 데에 필요한 구상들이었다. 그는 두 시간 가량 남짓 계단에 앉아 있다가 일어났다. 그리고는 계단 위로 걸어 올라와서 매점으로 가서 컵라면을 하나 사서 들고 다시 계단 쪽으로 내려왔다.

그는 컵라면을 먹으면서 물끄러미 마포 쪽을 바라보곤 했다. 옛날엔 영등포와 마포가 마포대교 다리 하나 사이를 경계로 해서 구역이 갈라져 있었지만 종태가 일어나면서 영등포와 마포를 한꺼번에 통합시켜 버렸던 것이다. 말하자면 영등포를 더욱 넓혀서 마포를 흡수시켜 버린 것이었다. 그러면서 점점 더 구역을 넓혀 나중에는 종로통까지도 다 장악하게 되었다.

그는 실로 감회가 남달랐다. 자신이 피땀을 흘리며 일궈 논 그곳에서 컵라면을 사서 먹는다는 것이 그랬다. 이곳 여의도 고수부지의 매점들도 그때 종태의 휘하에 들어와 있던 구역이었다. 처음 이곳에 여의도 고수부지가 생기면서 포장마차들이 들어섰을 때, 관할 구청인 영등포구청과 종태의 조직 간의 알력이 심했었다. 구청에서는 포장마차를 허용하지 않으려고 그랬고, 포장마차를 운영하는 영세민들은 종태의 조직에게 기대면서 어떻게든 영업권을 유지시키려고 애를 썼다.

그때, 종태의 조직이 나서서 구청과 원만한 해결을 해주는 해결사의 노릇을 한 셈이었다. 그리고서 결국은 구청이 한 발 뒤로 물러서면서 허술한 포장마차는 도시 미관을 해친다면서 정식으로 간이매점을 허용해 주었던 것이었다. 그때 당시만 해도 이런 매점 하나만 갖고 있으면 웬만한 영세업체 하나를 갖고 있는 사람보다도 수입이 나을 정도였다.

지금 같아서는 매점들이 더욱 자릿세가 올라 수입이 높을 것 같다는 생각이 들었다. 그동안 더 많은 사람들이 많이 몰리게 되고, 여의도의 명소로 각광을 받으면서 유람선이 뜨면서부터 매점들은 더욱 매상이 늘어났을 거라는 생각이 들었다.

그는 옛날의 자신의 구역 안에 들어와 컵라면을 사먹고 있다는 것이 감회가 깊었다. 그때 당시에 이곳에 매점을 차린 사람들은 모두 다 떼부자가 되었을 것이라고 생각하니 더욱 뿌듯해지는 것이었다.

그는 모처럼만에 먹어보는 컵라면이었다. 그냥 출출해서 먹어본 것이었지만 그런대로 맛이 괜찮았다. 세모 유람선의 선착장 안으로 들어가 이층 그릴에서 값비싼 식사를 할 수도 있었지만 그는 그러지 않았다. 아직 배가 안 고팠으므로 그럴 필요는 없었다.

그는 다시 과천 경마장에 대해서 생각했다. 초창기 과천에 경마장이 들어섰을 때, 종태의 조직도 그곳으로 원정을 간 일이 있었다. 그 구역을 흡수하기 위해 둘러본 것이었는데, 그때만 해도 경마 인구가 그리 많지 않았다. 그래선지 경마 수입이라고는 별로 기대할만한 것이 못 되었다. 결국 종태는 머리 터지게 싸울 필요 없이 다른 조직에게 양보해주고 말았던 곳이었다.

그런 곳이 이제는 경마 인구가 늘어나면서 한국 최대의 경마장이 된 것이고, 그곳의 하루 수입이 600억이라는 데엔 입이 벌어지지 않을 수 없었다. 종태는 첫 번째로 전재현을 처치하는 것이고, 두 번째는 경마장을 터는 일이라고 단정지었다. 첫 번째 일은 어떻게든 완전 범죄를 해야 할 터이고, 두 번째 사건으로 그는 감방에 들어갈 생각을 했다.

그래야만 차종태는 역시 인물이라는 말이 나돌 것 같은 생각이 들었다. 설사 감방에 들어가 있는다고 하더라도 그랬다. 종태와 같은 거물이 째째한 일로 감방엘 들어가는 것보다 실로 어마어마한 액수를 탈취하고서 그곳으로 들어가는 것이 더욱 유리하다고 생각되어졌다.

그는 구체적으로 계획을 짜냈다. 과천을 터는 데엔 박격포가 최고일 것이라는 판단을 했다. 그가 아무 생각 없이 들고 온 박격포가 이런 때에 유용하게 쓰일 것이라곤 생각지도 못하고서 숨겨 가지고온 물건이기도 했다. 박격포의 위력에 놀란 군중들이 이리저리 흩어지면서 아우성을 치는 동안, 그는 유유히 사무실을 털어 달아날 궁리를 짜냈다.

그는 우선 전재현을 처치한 다음 과천을 먼저 답사한 후에 좀 더 구체적으로 계획을 보강할 생각이었다. 그는 곧 일어났다. 다시 매점으로 가서 시원한 캔커피를 하나 사서는 차가 있는 데로 갔다. 그는 차에 올라타고는 천천히 커피를 마셨다. 속으로 시원한 커피가 들어오면서 마음이 가라앉는 기분이었다.

그는 차를 몰아 여의도를 빠져나왔다. 국회의사당을 거쳐 KBS 건물을 돌아 영등포 쪽으로 차를 몰았다. 오후의 작렬하는 햇빛은 아스팔트를 녹일 것처럼 뜨거웠다. 그는 에어컨을 세게 틀어 차 안을 시원하게 해서는 기분 좋게 액셀러레이터를 밟았다.

그는 순식간에 영등포를 벗어났다.

문래동 고가도로를 넘어서자, 그는 다소 안심이 되었다. 영등포 역 앞을 지날 때엔 왠지 모르게 상호를 만날 것만 같아 마음이 졸아드는 기분이었다. 종태는 지금 그런 기분이었다. 혹시라도 상호를 만나게 되면 모든 것이 수포로 돌아갈 것만 같은 예감이 들었다. 그리고는 다시 옛날의 차종태로 돌아가버리고 말 것만 같은 기분이 들었다.

그는 영등포를 통과할 적마다 항상 그런 기분이었다. 마치 자신이 기른 심복에게 어떠한 추궁이라도 받을 것만 같은 불안감 때문에 그는 자신도 모르게 영등포에 다다르기만 하면 필요 이상으로 액셀러레이터를 급하게 밟아댔다. 그것은 상호에 대한 자신의 숨김이었다. 지금 이 상태로 상호 앞에 나타난다고 하면 이때까지 상호가 키워온 조직의 힘이 허물어질 수도 있다는 그의 생각 때문이었다.

그는 오류동으로 들어서면서 책방에 들러 지공사의 책을 한 권 샀다. 책 표지 뒷면에 지공사의 주소와 연락처 등이 명기되어 있었다. 일단 내일쯤 그 주소로 한 번 찾아가볼 생각이었다. 그래서 사장인 전재현이 몇 시쯤에 출근을 하며, 또 퇴근은 몇 시에 하는가를 면밀히 지켜볼 생각이었다.

'분명히 그가 잘 가는 술집이 있을 것이다'

그는 속으로 그런 생각을 했다. 그 술집만 알아내면 그를 처치하기란 쉬운 일이었다. 그는 조직생활에서의 오랜 경험에 비춰봐서 전재현은 분명히 술을 마시고 나서 영계를 끼고 호텔에 들지도 모른다는 생각을 했다. 그렇지 않다면 자신의 승용차로 귀가를 한다고 해도 충분히 그의 차를 세울 수 있을 거라고 믿었다. 자신의 짚차로 앞을 가로막고서 간단하게 일을 처리하고는 유유히 달아날 수도 있었다.

전재현 같은 인물 하나쯤은 간단하게 처리할 수 있을 거라는 생각에 그는 혼자 흐뭇한 미소를 지었다. 사실 그건 식은 죽 먹기보다 쉬운 일인지도 몰랐다. 일단 그의 차를 세우기만 하면 곧바로 끝장낼 수 있기 때문이었다. 그는 자신만만했다. 그런 일에 한두 번 칼침을 놓아본 게 아니었으므로 그리 신경 쓸 일이 아니라고 생각했다.

그는 곧장 집으로 차를 몰았다. 차를 차고에다 집어넣고는 샤워를 하고는 책을 펼쳤다. 외국 추리소설이었다. 그는 조금 읽다가 곧 졸음이 와서 책을 덮어버렸다. 글자가 하나도 눈에 들어오지 않았다. 그는 긴 하품을 하면서 드러누웠다가 천정을 올려다보고 있었다.

수산포로 전화를 할까 생각했다가 지예가 지금쯤 고아원에 있을 거라고 생각하니 전화를 걸 마음이 없어지고 말았다. 굳이 그쪽으로 전화해서 달리 할 말이 없을 것만 같아서였다. 그는 당분간 그녀에게 전화 같은 건 하지 않는 게 좋을 것 같다는 생각을 했다. 괜히 전화를 해봤자 서로 마음만 아플 뿐이었다.

"……."

그의 뇌리엔 전재현의 모습이 떠올랐다. 전에 가끔 대통령의 아들이라고 해서 매스컴에 나오곤 했던 멀쑥한 얼굴이 기억났다. 어머니를 닮았는지 약간 턱이 앞으로 나온 것 같은 인상이었다. 그리고 안경을 꼈던가. 그는 생각을 더듬어나갔다. 확실히 안경을 낀 것 같았다. 그리고 피부는 약간 흰 편에 속한 것 같았다. 얼굴은 아버지와 어머니를 닮아 좀 평평한 듯한 인상을 주었고, 체격이 다소 건강해 뵈는 듯했다.

그는 벌떡 일어나 책 표지의 전화번호대로 다이얼을 눌렀다. 그리고는 신호가 가는 동안, 그는 얼른 머릿속으로 생각들을 굴렸다. 이윽고 딸깍 하는 소리와 함께 젊은 아가씨의 목소리가 들려나왔다.

"네, 지공삽니다."

"거기, 사장님 계십니까?"

종태는 점잖게 말을 꺼냈다.

"어떻게 되세요? 지금 사장님은 출타 중이신데……."

아가씨는 그 말을 하면서 말끝을 흐렸다.

"사장님과 상의할 일이 좀 있어서요. 어제쯤 들어오시죠?"

종태는 다시 물었다. 사장님하고만 대화하고 싶다는 뜻을 분명히 전했다.

"그건 잘 모르겠어요. 거의 바깥에 나가셔서 활동하시니까. 왜 그러시죠?"

아가씨가 다시 물어왔다.

"그건…… 제가 써놓은 글이 있어서요. 그래서 사장님과 이야기를 나누고 싶어서요."

"아, 그러시면 편집장을 바꿔 드릴까요?"

아가씨는 경쾌한 목소리로 대꾸해왔다. 종태는 일순 당황되었다. 편집장과 대화할 필요가 없는 것이었다. 그는 얼른 대꾸했다.

"아, 그럼 됐습니다. 다음에 또 전화하죠."

그러면서 그는 얼른 전화를 끊어버렸다. 전화를 끊고 나서 그는 약간 얼떨떨했다. 생각지도 않았던 편집장 이야기가 튀어나와서 그를 당황스럽게 만들었던 것이다.

'흐음. 잘 바꿔주지 않는 곳이군. 그렇다면…….'

그는 달리 생각을 바꾸는 수밖에 없다고 생각했다. 아침에 일찍 나가서 지공사가 있는 건물 옆에서 기다리고 있다가 전재현이 출근하는 것을 직접 목격하고서 점심때라던가, 저녁 시간이 돼서 퇴근하는 것을 보고서 뒤따라 미행하는 수밖엔 없을 거라고 생각했다.

그는 내일을 기다리는 것이었다. 어서 빨리 오늘 하루가 넘어가고, 날이 밝기가 무섭게 지공사가 있는 건물로 가서 그의 거동을 살필 작정이었다. 그래야만 더욱 정확한 그의 행동반경을 알 수 있을 것이었다. 차라리 좀 전에 전재현과 통화가 된 것보다 나을 거라는 생각이 들었다.

그는 오후 늦도록 낮잠을 자다가 저녁이 돼서야 밖으로 나왔다. 마땅히 저녁을 해결해야 했으므로 어딘가로 가서 식사를 할 참이었다. 그는 강화도로 차를 몰았다. 오류동 인터체인지에서 남부순환도로에 차를 올려서 김포공항 쪽으로 달렸다. 김포공항을 지나 김포로 들어서면서 길가에는 푸른 벼들로 가득

한 들판이 펼쳐지고 있었다.

그는 가슴이 확 트이는 듯했다. 무릎 정도로 자란 벼들은 마치 파란 융단을 깔아놓은 것처럼 보여졌다. 바람이 불 때마다 일렁이면서 춤을 추는 걸 보면서 종태는 어렸을 적의 기억들이 하나하나 떠올랐다. 책가방을 어깨에 메고 오릿길이나 되는 국민학교로 걸어다녀야 했던 어린 시절, 길을 가다가 길가에 핀 맨드라미, 코스모스들을 바라보면서 무작정 서울을 동경했던 시절이었다.

그리고 학교를 마치고 돌아오는 길엔 으레 철길의 침목을 자근자근 밟으면서 집으로 돌아오곤 했다. 열차가 저만치 나타날 때까지 오기로 버티면서 걷곤 했던 그였다. 그러다가 열차가 바로 가까이 왔다 싶을 때, 철길 아래로 훌쩍 뛰어내려 철로 위를 구르는 쇠바퀴의 요란한 굉음을 들으면서 가슴이 서늘했던 기억들이 있었다.

종태는 간혹 커다란 대못에다 침을 발라 철길 위에 놓아두곤 했다. 그러면 열차가 지나가면서 납작하게 펴져서 집으로 돌아가서 부싯돌에다 갈면 곧바로 칼이 되곤 했다. 거기에다 버드나무를 잘라서 박아놓으면 영락없는 손잡이 칼이었다. 그는 그걸 가지고 다니는 걸 매우 자랑스럽게 생각했다. 어쩌면 그때부터 종태는 몸에 칼을 품고 다니는 것이 기분이 좋았는지 모른다.

철로 위에 대못을 놓아둘 때, 침을 바르는 것은 열차가 지나가면서 육중한 쇠바퀴의 흔들림에 대못이 바깥으로 튕겨져 나가는 것을 방지하기 위함에서였다. 그리고 튕겨나가더라도 그리 멀리 달아나지 못하도록 하는 방법이기도 했다. 그는 열차가 구르는 동안, 내내 대못의 위치를 살피곤 했다. 오래 달라붙어 있을수록 대못은 더욱 납작해졌다.

그때부터 종태는 버드나무 손잡이가 달린 칼을 던져 나무의 둥치에다 꽂는 연습을 하곤 했다. 그의 솜씨는 점점 날카로워져서 나무의 중간에 정확히 꽂는 기술로 발전해갔다. 그러면서 그에게는 점점 두려움 같은 것이 없어져 갔다. 자신이 던지는 칼날이 나무의 중앙에 정확히 꽂히는 것을 보고는 자신감 같은 게 생겨난 것이었다.

그는 칼을 다루는 것만큼은 자신이 있었다. 서툴지 않게 정확히 꽂는 기술 같은 것이 있었다. 대개 사람들은 칼을 위험한 것으로 여겨서 막상 칼을 쓰려고 했을 때, 다소 두려움 같은 게 있어서인지 칼을 서툴게 썼지만 종태는 그렇지 않았다. 일단 칼을 잡기만 하면 그는 장난감 같이 가지고 놀 정도로 능숙했다.

그는 김포를 지나 강화도로 접어들었다.

길 양편으로 점점 산들이 좁아지면서 길 또한 굴곡이 심해졌다. 꾸불꾸불한 길을 따라 그는 핸들을 자주 움직였다. 운전하는 데에만 신경을 쓰면서 전방을 주시하면서 달렸다. 차들이 가다가 막히곤 했지만 그리 짜증이 날 정도는 아니었다.

그는 외포리로 갔다. 외포리에서 식사를 할까 하다가 그는 곧장 재 하나를 넘어 청황리의 막다른 포구로 가서 식당 안으로 들어갔다. 넓은 서해 바다가 침울한 빛을 띠고 누워 있는 게 다 보였다. 식당 안의 통유리를 통해 나즈막한 바다가 그대로 내려다보이는 곳이었다.

"뭘로 하실까요?"

젊은 서빙을 하는 여자가 다가와서 물었다. 그녀가 내민 메뉴판을 보니 각종 어류 회나 탕을 전문으로 하는 곳이었다. 그는 모처럼만에 얼큰한 매운탕이 먹고 싶어졌다. 그는 곧 쏘가리 매운탕을 시켰다.

젊은 여자가 돌아가고 나자, 그는 담배를 꺼내 피웠다. 그러면서 묵묵히 바다를 내려다보았다. 가라앉은 듯한 바다였다. 바다 위도 역시 침울하기만 했다. 동해 바다와는 전연 다른 기분이었다. 동해 바다가 맑다고 한다면, 서해 바다는 비가 올 듯이 우중충한 빛을 띠고 있었다. 그러나 역시 바다라는 생각 때문에선지 그는 그나마도 반가운 터였다.

평일이라서인지 식당 안은 한산했다. 종태가 앉은 건너편의 창가에 두 남녀가 서로 마주보며 앉아서 식사를 하고 있었다. 그들은 서로 연인 사이인 것 같았다. 식사를 하면서 자주 웃는 모습이었다. 사랑할 때는 그런 것인지 모른다. 서로에게 은밀한 호감을 가지면서 한창 열을 올릴 때라고 생각했다.

종태는 다시 바다 쪽을 바라보았다. 낮게 출렁이고 있는 파도가 포구 쪽으로 밀려들고 있는 것처럼 보였다. 은빛 나는 파도가 반짝일 때마다 마치 물고기의 비늘이 움직이는 것 같이 보여지고 있었다.

"식사 나왔습니다."

어느새 젊은 여자는 종태의 식탁 위에 커다란 냄비와 갖가지 음식들을 내려놓고 있었다. 종태는 곧 피우던 담배를 비벼끄고는 다가앉았다.

"……."

그녀가 매운탕을 끓이는 냄비 뚜껑을 열어 몇 가지의 양념을 맞춰주고는 일어나서 나갔다. 그는 수저를 들어 식사를 하면서 가끔씩 바다 쪽을 바라보곤 했다. 바다는 아직도 은빛 비늘을 열심히 파닥이고 있었다.

그는 식사를 끝내고 나서 후식으로 나온 커피를 마시고 있었다. 좀 전에 옆에 들었던 두 남녀들은 그 사이에 식사를 마치고 일어나서 밖으로 나가고 없었다. 식당 안에 앉아 있는 건 그뿐이었다. 그는 다소 쓸쓸함을 느끼면서 다시 바다 쪽을 바라보았다.

그는 계산을 치르고는 밖으로 나왔다.

포구 쪽으로 걸어가 배가 닿는 끄트머리에까지 내려가서 바닷물에 손을 담궈 보았다. 바닷물이 그리 맑지 않았다. 혼탁한 기분이 들었다. 그는 일어나서 먼 바다를 한 번 바라보고는 차가 있는 데로 걸어왔다.

차를 타고 청황리를 빠져나오는데 아까 식당에서 봤던 두 남녀들이 외딴 곳에 세워진 모텔로 들어가는 게 보였다. 모텔 밑에는 레스토랑이 있었다. 어쩌면 레스토랑으로 들어가는 것인지도 모른다는 생각이 들었다. 너무 한적한 곳에 세워진 모텔의 건물이 깨끗해서인지 사람이 별로 들 것 같지 않은 느낌을 주었다.

그는 언덕바지를 오르면서 다시 한 번 바다를 바라보고는 내리막길을 달려 내려가기 시작했다. 시원한 바닷바람이 몰려왔다. 그는 이런 바닷가에서는 오픈카로 달리는 것이 제맛이라고 생각이 들었다. 그는 창문을 죄다 열어놓은 상태에서 달렸다. 잘 포장된 도로를 질주하는 맛이 기분을 상쾌하게 해주었다.

그는 다시 외포리를 지나 강화읍 쪽으로 달렸다. 옆에 산을 끼고 달리면서 산에서 풍겨오는 녹음에 취하면서 그는 마음이 차분해지는 것 같은 기분을 느꼈다. 그러면서 그의 마음속에는 어떤 결의에 대한 확고함이 더욱 단단해지고 있는 것 같음을 느낄 수 있었다.

그는 김포를 지나면서 어두워지는 들녘을 바라보았다. 어스름에 갇힌 채로 고요히 잠든 것 같은 들녘에는 비릿한 물내음이 풍겨 나왔다. 논에 물을 댄 탓인지 물내음 같기도 했다. 아니면 벼이삭에서 뿜어져 나오는 풋풋함일지도 모른다는 생각이 들었다.

그는 어두워진 김포공항 앞길을 지나 곧장 달렸다. 오류동 인터체인지에서 우회전을 하면서 남부순환도로에서 벗어났다. 그는 청사초롱이라는 술집 간판이 보이는 곳을 지나면서 얼핏 긴장이 되는 듯했다. 청사초롱이라면 김성달이가 운영하는 술집이었다.

김성달은 종태와 초창기에 손을 잡았다가 떨어져나간 옛동지였다. 적이라고는 할 수 없었지만 따로 떨어져나가 독립한 주먹잽이랄 수 있었다. 물론 지금은 상호의 구역 안에 들어 있긴 했지만 술집 장사에 눈을 뜬 그는 이제 건달의 세계에서 멀어져간 인물에 불과했다.

"……."

그는 그곳을 지나면서 다시금 옛날의 감회가 새로워졌다. 김성달과 같이 감방에 들어갔던 적도 있었다. 그 일을 생각하면 그는 지금도 가슴이 떨려왔다. 그는 천천히 속력을 떨어뜨리면서 차를 몰았다. 다른 날 같았으면 왠지 모르게 가속 페달을 밟아 얼른 그곳을 지나쳤지만 오늘만은 그렇지 않았다.

십 년 전인가. 김성달과 같이 조직을 넓히기 위해 광명시의 나이스 호텔을 접수하러 갔던 적이 있었다. 그곳 나이스 호텔에서도 이미 자체적으로 건달을 쓰고 있으면서 외부의 조직이 침투하는 걸 막기 위해 안간힘을 쓰고 있었다.

그때만 해도 종태는 김성달만 데리고서 단 둘이서 해치우려고 쳐들어갔던 것이었다. 종태는 그 당시 안관열의 밑에 있으면서 윗선인 안관열에게 충성심을 내보이기 위해 감성달만 달랑 데리고서 단독으로 쳐들어갔던 것이었다. 그런데 막상 난장판을 만들려고 그랬을 때, 어디서 난데없는 패거리들이 몰려나왔다.

"야, 죽여! 죽여버려!"

누군가의 고함소리에 따라 그 패거리들이 우르르 각목을 든 채로 몰려들었을 때, 종태는 다리에서 칼을 빼냈고, 성달은 품에서 제법 긴 칼을 뽑아 들었다. 두 사람이 열다섯 명이나 되는 인원을 어떻게 처치를 했는지 몰랐다. 마구 칼을 휘두르면서 날아다닐 듯이 붕붕 뛰어다녔다. 그들의 칼에는 이미 낭자한 핏물이 뚝뚝 떨어져 내렸고, 이미 칼을 맞은 상대쪽은 인원수로 맞서고 있었다.

그러나 일단 칼을 맞은 사람은 사기를 잃게 마련이었다. 그것이 바로 칼의 숨은 위력이었다. 칼의 무서움을 그제야 깨달은 그들은 쇠파이프와 칼들을 들고 나왔다. 다시 격렬한 피싸움이 시작되었다. 이리 치고, 저리 빠지면서 종태는 김성달을 에워싸면서 돌았다.

"야, 저기 차종태를 죽여야 돼!"

그들은 종횡무진하는 종태를 공격의 최고 목표로 삼았다. 이미 그때는 지원을 보내달라는 연락조차도 할 수 없는 상황이었다. 두 사람이 그 많은 인원을 다 해치우기란 실로 벅찬 느낌이 들었다. 이미 한 번 칼을 맞은 놈은 어디론가 실려서 나가고 없었지만 그래도 남아 있는 인원은 열 명 가량은 되었다.

나머지 열 명들은 눈에 독기를 품으면서 전부 칼들을 움켜쥐고 있었다.

"……!"

종태는 성달의 앞을 막으면서 그들을 노려보았다. 모두들 칼을 쥐고 있는 손이 부르르 떨리고 있음을 알아차릴 수 있었다. 종태와 성달을 에워싼 그들 뒤로 윗선인 듯한 못 보던 놈이 보였다. 종태는 순간적으로 저 놈을 처치해야만 결판이 날 것 같다는 생각이 들었다.

"야, 성달이. 내가 저 놈 쪽으로 뛸 테니까 너도 따라와. 알았나?"

종태의 말에 성달은 알았다는 듯이 고개를 끄덕였다. 조금 더 지체할 수가 없는 순간이었다. 그냥 그대로 버티고 있으면 저들 쪽에 더욱 유리할 뿐이었다. 종태는 서두르는 것이 선수를 치는 것이라고 믿었다. 그런 판단을 한 순간, 그는 부웅 몸을 날렸다. 그리고는 앞쪽에 있는 두세 명의 목을 향해 칼을 위

36

쪽에서부터 밑으로 내려 그었다. 단참에 세 명의 목에 칼을 그어버린 것이었다.

"윽!"

"아!⋯⋯."

세 명의 놈들이 목에 칼을 맞고 나뒹구는 걸 보면서 그는 착지하면서 곧바로 다시 몸을 부웅 날렸다. 이번엔 뒤쪽에 서 있던 윗선을 향해서였다. 그 놈의 목을 향해 정확하게 칼을 조준하면서 내리꽂았다. 칼끝이 쑤욱 들어가는 느낌과 동시에 그의 몸을 발로 차서 넘어뜨렸다.

"허억!"

그 놈은 목에 칼이 꽂힌 채로 나자빠졌다. 목에서 금방 시뻘건 피가 솟구쳤다. 종태는 얼른 그의 목에 꽂힌 칼끝에 발을 올려놓으면서 고함을 질렀다.

"비켜! 이 새끼들아! 죽기 전에 못 비켜!"

종태의 고함소리에 열 명의 주먹들은 주춤거렸다. 그럴 수밖에 없었다. 윗선의 목에 칼침이 꽂혀져 있는 상태에서, 그것도 종태의 발이 칼을 밟고 있으니 어쩔 도리가 없는 것이었다. 이미 윗선은 눈꺼풀이 뒤집어지고 있었다. 허연 눈꺼풀을 까뒤집으면서 숨을 할딱거리고 있을 뿐이었다.

"좋아! 죽여주겠어!"

종태의 그 말에 엉거주춤 서 있던 열 명의 주먹들은 얼른 몸을 피해 달아났다. 성달이 곧 쫓아와서 종태의 팔을 붙잡았다.

"야. 너 진짜 죽일려고 그래? 죽었잖아?"

성달의 얼굴이 샛노랗게 변해 있었다.

"됐어. 빨리 도망치자. 신고를 받고 오려면 멀었어. 튀어!"

그들은 곧 그 자리를 벗어났다. 이미 벌어진 일에 대해 더 이상 이러쿵저러쿵 말할 시간적인 여유도 없었다. 일단 현장에서 붙잡히지만 않으면 되는 거였다.

결국 그 일은 나중에 경찰이 알게 되고, 조사에 들어갈 즈음해서 안관열이 나서서 나이스 호텔측과 모종의 형상이 이뤄져서 무마가 될 수 있었다. 호텔측은 그런 난장판이 벌어졌다는 것이 매스컴에 알려지게 되면 영업상의 치명타를 입게 될 게 뻔했고, 폭력조직을 데리고 있었다는 것이 밝혀지게 되면 문제가 커질 공산이 컸다.

그래서 안관열은 모든 위자료를 이쪽에서 물어주는 것으로 하고, 앞으로의 나이스 호텔 관할권을 갖는다는 조건으로 겨우 합의가 이뤄진 사건이었다. 그때, 종태로서는 사건이 커졌다면 아마 형장의 이슬로 사라졌을지도 모르는 일이었다. 그건 정말 극적인 일이었다.

그때, 성달은 왼쪽 가슴에 칼을 맞았고, 그 칼맞음으로 인해서 몇 달간 고통스런 나날을 보내야만 했다. 몰래 병원을 옮겨 다니면서 치료를 받았던 것이다. 그때부터 성달은 조직과의 싸움에서는 따로 떨어져 뒤치닥꺼리를 하는 일에만 매달리다가 자기 사업이랍시고 오류동에다가 술집을 하나 차린 것이 바로 청사초롱이었다.

종태에게는 동지랄 수 있었다. 사투의 현장에서 같이 칼을 휘둘렀던 유일한 밑선이기도 했다. 나이는 비록 동갑이었지만 서열상으로는 엄연히 아래쪽인 셈이었다. 그러나 둘이 같이 있을 때에는 서로 말을 터놓고 지내는 사이이기도 했다. 그런 그가 운영하는 청사초롱을 지나면서 종태는 실로 감회가 깊지 않을 수가 없었다.

조직에서 열심히 충성을 다한 사람은 술집을 운영할 수 있는 운영권이 쥐어졌다. 그래서 노후를 조용히 살 수 있도록 배려해주는 것이 조직의 예우랄 수 있었다. 어쩌면 상호가 청사초롱을 관할 구역 내에서 봐주고 있을지도 몰랐다. 그는 그런 생각을 하자, 다소 마음이 놓여졌다. 몸을 다친 성달이 조용히 사업을 할 수 있도록 뒤를 돌봐준다는 것만으로도 충분히 만족할 수 있었다.

그는 우신고등학교를 지나 온수동으로 접어들었다. 옆의 산에서 산새들이 지저귀는 소리들이 들렸다. 짙푸른 녹음 사이에서 우짖는 산새들의 소리들이 마치 어린 날의 추억을 불러일으키듯, 낭낭하게 들려왔다.

"……."

그는 거실에 앉아 손수 끓인 커피를 마시면서 TV를 보고 있었다. 생각이 좀 어수선해졌다. TV에서는 마침 이북에서 망명한 황장엽 씨의 망명 동기와 한국 내에 고정된 채로 활동하고 고위 인사들에 대한 언급이 다뤄지고 있었다. 황장엽 씨의 말대로라면 국내에 있는 정치권 인사나 학자들 중엔 꽤나 많은 인사들이 친북적인 활동을 하고 있는 것으로 보도되고 있었다.

황장엽 씨가 말한 인사들 중엔 야당에 몸담고 있는 정치인들이 다수 거론되고 있어서 정치권에 한 차례 돌풍이 일어날 것이라고 예견하고 있었다. 종태는 황장엽 씨의 인터뷰를 보면서 북한내 최고위급의 엘리트 집단을 이루고 있는 그가 북한을 탈출했을 때는 그만한 각오와 용기가 필요했을 것이라고 생각되었다.

그는 TV를 보다가 밤 12시가 다 되어서야 잠이 들었다. 뉴스 시간마다 황장엽 씨의 망명에 대해서, 그리고 친북적인 국내 인사들의 명단에 관한 이야기로 들끓고 있었다. 종태는 처음엔 다소 호기심이 일어났으나 대수롭잖게 여겨지면서 졸음이 왔던 것이다.

그는 꿈속에서 희자를 만났다.

희자는 하얀 드레스를 바람결에 날리면서 백사장을 뛰어오고 있었다. 그녀는 분명히 뭐라고 이름을 부르면서 달려오고 있었지만 종태는 전혀 알아들을 수가 없었다. 종태는 그녀에게로 달려가면서 반가운 나머지 눈에서 눈물이 다 날 지경이었다. 실제로 그는 울고 싶었는지 모른다. 고달픈 삶 가운데서 혼자만이 남아서 그동안 살아왔다는 것에 대해 그녀에게서 위로를 받고 싶었던 것이다.

"여보."

희자는 숨찬 목소리로 안기면서 그를 불렀다.

"그래, 어디 있다가 이제 오는 거야?"

종태는 그녀를 한 번 안았다가 놓으면서 그녀의 얼굴을 쳐다보았다. 그녀의 눈에서도 쉴 새 없는 눈물이 흘러내리고 있었다. 뽀얀 얼굴에 굵은 눈물 자국이 볼을 타고 흘러내렸다.

"난 바다에서 살았어요. 당신이 너무너무 보고 싶어서 하루 휴가를 얻어 나왔어요."

그러면서 그녀는 다시 안겼다.

"그래. 난 모르고 살았어. 당신이 바다에 있는지, 하늘에 있는지 모르고 살았어. 바보 같이……."

종태의 목소리는 어느새 눈물에 젖어 가라앉은 듯했다. 스스로를 꾸짖는 자탄의 말이기도 했다.

"아녜요. 당신은 훌륭한 인물이에요. 이 세상에서 가장 훌륭한 내 사람인 걸요. 난 믿고 있는 걸요."

그녀는 마치 떨어지지 않으려고 그러는 듯이 그의 가슴 속으로 파고들었다. 그의 셔츠 단추를 풀어 그 속으로 들어올 듯이 자꾸만 헤집으며 들어왔다. 그러나 그녀의 얼굴만 가슴에 비벼댈 뿐이었다. 그녀의 눈물이 종태의 가슴을 뜨뜻하게 적셔내고 있었다.

"아, 보고 싶었어. 미치도록. 그동안 난 너를 찾아 헤맸을 걸. 이제 내 곁을 떠나지마. 알았지? 나도 외로워 미치겠어. 내 칼에서는 피냄새가 자꾸 나는 걸. 네가 그런 거 싫어하잖아? 나 좀 도와줘."

"당신은 피냄새를 맡으며 살아야 돼요. 난 바다에서도 당신을 볼 수 있는 걸요. 당신이 하고자 하는 일도 다 알 수 있어요. 당신이 내 곁으로 좀 더 빨리 오려고 그러는 것도 알고 있어요. 당신…… 보고 싶었어요."

희자는 종태의 가슴 속에서 울고 있었다. 말을 할 때마다 옅은 가슴이 쓰리도록 흔들리고 있었다. 종태는 그녀의 여윈 어깨를 붙잡아주었다. 그러나 그녀의 어깨의 흔들림을 붙잡을 순 없었다. 그녀의 어깨는 마치 봄날에 마악 돋아난 새싹이 바람에 나부끼듯 흔들거렸다.

"나도 보고 싶었어. 차라리 나도 죽어버릴까도 생각했어. 이 세상은 쓴 구정물 같아서. 더 이상 살고 싶지 않았어. 방황도 했고, 많이 떠돌아다닌 기분이야. 희자가 없는 세상은 아무런 가치도 없는 세상이었어. 나도 빨리 당신 곁으로 가고 싶어. 이젠 더 이상 숨을 데가 없는 걸."

종태는 울음이 섞인 한숨을 내뱉으면서 겨우 말을 했다. 그 말을 해놓고도 모자라서 자꾸만 깊은 탄식이 흘러나오곤 했다. 그는 그녀의 가슴을 꽈악 붙잡아 안으면서 끌어당겼다.

"아, 아. 아파요."

희자는 으스러질 듯이 납작하게 안기면서 자꾸만 숨을 헐떡거렸다.

"응? 왜? 왜 그래?"

종태는 깜짝 놀랐다. 좀 전까지 자신의 가슴에 안겨 있던 희자의 형체가 갑자기 사라져 버리고만 것이었다. 그는 두 손을 허공에 높이 쳐들면서 가슴이 텅 비어 있는 것을 내려다보았다.

"어? 희자! 어디 갔어?"

그는 주위를 둘러보았다. 주위엔 아무도 없었다. 갑자기 캄캄한 밤이 엄습하면서 그를 둘러쌌다. 그리곤 칠흑 같은 어둠의 연속이었다. 그는 곧 두려움을 느끼며 어디론가 마구 내달리려고 그랬지만 발길이 땅에 붙어 떨어지질 않았다.

"희자! 희자!"

그는 마구 소리쳐 부르면서 몸을 움직이려 했다. 그때였다. 갑자기 그를 붙잡았던 손이 놓아버린 것처럼 그의 몸뚱이는 갑작스럽게 움직이기 시작하면서 휘청거렸다. 그는 힘없이 백사장에 픽, 쓰러지고 말았다.

"아아, 희자……."

43

그는 안간힘을 쓰다가 퍼뜩 잠이 깨었다.

"……?"

그는 꿈이란 걸 깨달았다. 이마에는 식은땀이 흐르고, 손바닥에도 흥건한 땀이 만져지는 듯했다. 그는 좀 전에 보았던 희자의 생생한 모습을 다시 생각하면서 이마를 짚었다. 이마에는 열 같은 게 없었다. 별다른 이상이 없이 지독한 꿈을 꾼 것이었다. 그는 깊은 숨을 내쉬면서 마음을 가라앉혔다.

'이상하다……?'

그는 그토록이나 생생한 꿈을 꿔보긴 처음이었다. 희자의 말하는 모습이나 얼굴이 너무나도 생생했고, 그녀가 가슴에 안겨오던 감촉이 또한 너무 뜻 깊어서 마치 옆에 있다가 사라져버린 것 같은 착각이 들 정도였다. 그는 다시 옆자리를 살펴보았다. 분명히 그녀는 옆에 없었다. 그녀가 옆에 있을 리가 없는 것을 그는 너무나도 생생한 꿈 때문에 혹시나 해서 다시 한 번 확인해본 것뿐이었다.

'무슨 뜻이지?……"

그는 희자가 그렇게 나타난 것에 대해 어떤 의미를 부여하려고 그랬다. 분명히 어떠한 징조가 있을 것만 같은 예감이 드는 것이었다.

'……?'

그런데 그녀와 나눈 몇 마디의 말에서 어떠한 징후를 찾아낼 수가 없었다. 두서없이 지껄인 말이라서 기억에 하나도 남아 있지를 않았다. 그렇다고 말을 할 당시의 분위기까지도 전혀 기억나지 않았다.

그렇다면 뭐지? 희자가 지금 반대를 한다는 건가? 아니면 내가 하는 일에 찬성을 한다는 건가? 그것까지도 애매했다. 종잡을 수 없는 꿈이었다. 그는 캄캄한 방 안에 누운 채로 꿈의 실타래를 찾으려고 애를 썼다. 그러나 모든 것이 허사였다. 아무리 생각해내려고 해도 이미 산산이 부서져서 꿈의 조각마저도 찾아낼 수조차 없었다.

'…….'

그는 지금이 몇 시쯤 되었을까 하고 짐작해 보았다. 깊은 잠이 든 것 같은 느낌이 들었다. 그랬으므로 두세 시간은 족히 잤을 거라는 생각이 들었다. 일어나 시계를 보는 것도 귀찮아졌다. 그는 그대로 누운 채로 대충 시간을 짐작하고는 더 이상 시간에 얽매이지 않으려고 그랬다.

다만 희자가 그토록 생생한 모습으로 나타난 것에 의아해 할 뿐이었다. 마치 어떤 말을 해주려고 나타난 것만 같은 생각이 들었다. 그런데 그는 도무지 알 수가 없었다. 그녀가 무슨 말을 했는지조차 기억해낼 수가 없었다. 그리고 자신이 하고자 하는 일과 어떠한 관계가 있는지조차 찾아낼 수 없는 일이었다.

"……?"

그는 잠이 깬 채로 누워서 창문 쪽을 바라보았다. 바깥은 아직 깜깜했다. 새벽녘이 밝아오려면 아직 멀었다는 생각이 들었다. 그는 자리에서 일어나 창문 쪽으로 갔다. 창문의 커튼을 열어젖히고서 바깥 하늘을 올려다보았다. 하늘과 산이 맞닿은 곳만 뿌연 광채를 내뿜고 있었다.

"혹시?……."

그는 후두둑 가슴을 스치는 무엇이 있었다. 그는 곧 불을 켜고는 옷을 찾아 입었다. 그리고 곧장 밖으로 나와 차에 올라탔다. 그는 곧 차를 몰아 온수동을 빠져나가기 시작했다. 헤드라이트 불빛에 비친 골목길은 너무 한가해서 스산할 정도였다.

그는 오류동을 지나 남부순환도로로 차를 올렸다. 그리고는 전속력으로 달렸다. 새벽이라 차들도 별로 없었다. 그는 곧장 내달렸다. 방배동을 지나서 서초동으로 접어들면서 그는 천천히 속력을 떨어뜨렸다. 우면산을 지나 예술의 전당 앞에서 좌회전을 받았다. 그리고 곧장 내려갔다.

그는 한 거물 앞에 차를 세웠다. 건물은 시커먼 그림자를 드리우며 서 있을 뿐이었다.

"흐음……."

그는 그 건물을 올려다보았다. 14층 건물이었다. 어디에도 불빛이라곤 켜 있지 않았다. 그는 다시 차 안으로 들어가서 차를 몰아 골목길로 접어들었다. 저만치 골목 안으로 들어가서 차를 세웠다. 그리고는 조수석의 앞쪽 트렁크에서 드라이버와 간단한 도구들을 꺼냈다. 그는 곧 차 문을 잠그고는 밖으로 나왔다. 그는 다시 좀 전의 그 건물 앞쪽으로 걸어 나왔다.

다행히 길을 지나다니는 사람이 별로 없었다.

그는 닫혀진 건물 셔터를 보고는 다시 뒤쪽으로 돌아갔다. 뒤쪽의 비상구 역시 셔터로 잠궈져 있었다. 커다란 자물쇠 뭉치가 채워져 있는 걸 보고선 그는 조금 난감해 했다.

"……."

그는 할 수 없이 건물 주위를 돌아보았다. 왼쪽으로 돌다가 1층 화장실의 좁은 창문이 열려져 있는 걸 발견했다. 그는 담벼락에 찰싹 달라붙듯이 두 손을 뻗어 화장실 창문의 턱을 잡고서는 기어올랐다. 그리고는 좁은 틈을 통해 안으로 들어갔다. 일층 로비로 가서 안내판을 살펴보았다. 지공사는 3층이었다. 그는 곧 3층으로 올라갔다. 이미 그의 손에는 하얀 장갑을 끼고 있었다. 지문의 흔적이 남지 않도록 미리부터 장갑을 낀 것이었다.

그는 굳게 닫혀진 입구의 철문을 드라이버로 뚫었다. 감방에 있을 때, 금고 전문 털이범이었던 용렬이라는 친구가 무용담처럼 자신의 금고를 터는 기술, 입구문이 제아무리 강철이라고 하더라도 쉽게 따는 기술을 늘어놓았던 것이 생각나서 그는 용렬이가 말한 대로 드라이버를 이용해서 문을 땄다.

“……?”

안으로 들어서자, 뭐가 뭔지 몰랐다. 편집실이라는 푯말이 붙은 방이 있고, 기획실이라는 푯말이 붙은 방이 있었고, 영업부라는 푯말이 붙은 방이 있었다. 그리고 사장실이라는 푯말이 붙은 방 앞에서 그는 다시 라이터 불을 켜서 문을 따기 시작했다. 흔적이 없이 드라이버 하나만으로 문을 딴다는 것은 보통 일이 아니었다. 그는 용렬이가 말했던 것을 잊어먹지 않고 있다는 것이 신기할 뿐이었다. 모든 자물쇠는 제아무리 단단하다고 하더라도 결국은 열리게 만들어져 있다는 것이 용렬의 말이었다. 왜냐하면, 열쇠를 잃어버렸을 때, 열쇠 없이도 자물쇠를 푸는 것이 바로 열쇠집을 하는 사람들의 기술이라는 것이었다. 좀 시간이 걸리거나 어려울 뿐이었지 대개의 자물쇠는 끝내 열리게끔 되어 있다는 것이 용렬의 말이었다.

그는 곧 사장실의 문을 열고 안으로 들어갔다. 캄캄한 사무실이었지만 그는 불을 켤 수 없었다. 라이터불을 이용하는 수밖에 없었다. 주위를 둘러보았다. 20평 가까이 되는 넓은 실내였다.

“……?”

그는 사장의 책상 뒤쪽 벽면에 붙은 커다란 금고 하나를 발견했다. 곧 그리로 접근해서 그는 금고를 살폈다. 보통 금고가 아니라는 생각이 들만큼 견고하고 단단해 보였다. 국내산 금고

가 아니라, 외국제 금고인 것 같았다. 그는 좀 난감했다. 그러
나 그는 바닥에다 무릎을 꿇고는 라이터불로 다이얼을 살폈다.

동그란 다이얼에는 수많은 눈금들이 새겨져 있을 뿐이었다.
그는 곧 한쪽 귀를 금고에다 갖다 대고는 다이얼을 돌리기 시
작했다. 첫 번째의 숫자를 알아내기 위해서였다. 그는 진땀이
났다. 다이얼을 수없이 돌렸는데도 딸깍 하는 소리가 들리지를
않는 것이었다.

"……."

그는 다시 허리를 굽혀 더욱 천천히 다이얼을 돌리기 시작했
다. 얼마나 시간이 걸렸을까. 그는 입술이 타들어가는 듯이 초
조했다. 그러나 이런 출판사 사무실에 견고한 금고가 있다는
것이 그를 더욱 흥미롭게 만들었다. 그래서 그는 끝장을 낼 마
음으로 더욱 집착하는 끈질긴 마음이 생겨나는 것이었다. 그는
다시 다이얼을 만지작거렸다.

용렬의 말을 기억하면서 우로 돌려서 안 되면, 다시 좌로 돌
려서 수없이 반복하다가 보면 딸깍 하는 소리가 들리면 곧바로
그것이 금고의 비밀번호라는 것이었다. 그는 귀를 바짝 금고에
다 들이대고는 다이얼을 돌렸다. 이미 손바닥에는 굵은 진땀이
배어나고 있었고, 이마에서도 땀이 흘러내렸다.

그는 한참 만에 어렵게 번호를 찾아냈다. 그리고 다시 다음
번호를 찾는 데에 꽤 많은 시간이 걸렸다. 그래서 결국 열리게

된 금고 안에는 그가 보기에도 너무 황당하기만 했다. 그렇게 견고한 금고 속에는 기껏 비디오테이프만 잔뜩 있을 뿐이었다. 그리고 컴퓨터 디스켓 스무 장 가량이 놓여져 있을 뿐이었다. 그 외엔 돈이나 종이와 같은 서류라곤 하나도 없었다.

"……."

그는 너무나 지친 나머지 황당하기만 했다. 그런 금고 속이라면 적어도 돈다발이 들어있거나, 수표 같은 유가증권 같은 게 들어있어야 마땅했다. 그리고 최소한 돈이 될 만한 물건들, 즉 골동품이나 고려 시대나 조선조의 유명한 화가의 그림이나 서체들이 즐비하야만 할 것이었다. 그런데 이게 웬일인가? 고작해봐야 비디오테이프 수십 장, 아니 백여장 가까이 되는 것과 3,5인치 디스켓 스무 장 가량이 달랑 들어 있을 뿐이었다.

그는 실망했다. 온몸에서 허탈감이 몰려왔다. 그는 부스스 일어나려다가 사무실을 뒤지기 시작했다. 마침 한쪽 구석에 놓인 쓰레기봉투를 발견하고는 그걸 가지고 와서 금고 안에 있는 비디오테이프와 디스켓들을 전부 쓰레기봉투 안에 집어넣었다. 그리고는 책상을 뒤져 테이프로 쓰레기봉투의 입구를 막았다. 그리고는 그는 곧 그곳을 빠져나왔다.

종태는 일어나자마자, 근처에 있는 전자 대리점으로 가서 비디오 데크를 한 대 샀다. 어젯밤 가져온 비디오테이프가 궁금해서였다. 그는 곧 비디오 데크에다 테이프를 집어넣었다. 곧 화면이 나오면서 그는 놀라고 말았다.

"응?"

화면에서는 여자의 성기가 고스란히 노출된 채로 클로즈업되어 TV 전체에 나타나고 있어서 놀라고 말았다. 빗물 같은 것이 줄줄 떨어지고 있었다.

"······."

그는 좀 더 지켜보기로 했다. 여자의 성기가 확대된 화면은 점점 줌 아웃이 되면서 전체 모습이 드러났다. 서 있는 여자는 완전한 알몸이었다. 샤워를 하고 있는 여자의 몸매와 얼굴이 확연히 드러났을 때, 그는 또 한 번 깜짝 놀라고 말았다.

"어! 저건!"

그는 그 말을 뱉어놓고 자신의 눈을 의심했다. 바로 탤런트 최시아였다. 미끈하게 잘 빠진 몸매에 샤워기를 대고 물을 끼얹고 있는 모습이었다. 그리고 나서 곧바로 화면이 바뀌면서 그녀의 사타구니가 보여지고, 그곳으로 남자의 머리 뒤통수가 가려지면서 적나라하게 보여지던 최시아의 은밀한 그곳이 덮어지고 말았다.

'누구지?'

종태는 뒤통수만 보인 남자의 정체가 궁금했다. 일류 탤런트인 최시아의 그곳을 핥고 있는 남자가 누구인지 궁금하지 않을

수 없었다. 마치 포르노 비디오인 것처럼 자연스럽게 찍힌 그
것은 마치 몰래 숨어서 찍은 것 같은 테이프였다.

그런데…… 그런데 나중에 얼굴을 든 남자의 얼굴을 보면서
그는 또 다시 한 번 깜짝 놀랐다. 바로 전재현이었다. 안경을
낀 그는 안경을 벗느라 잠깐 얼굴을 들었는데 똑똑한 얼굴이
화면에 잡히고 있었다.

"아! 저 새끼가……."

그는 자기도 모르게 속으로 중얼거렸다. 그리고는 주먹을 불
끈 거머쥐었다가 놓았다. 손에는 벌써 물기가 밴 것처럼 땀이
배어나고 있었다. 새파랗게 앳띤 탤런트의 가랑이는 잔뜩 벌려
져 있었고, 그 위를 올라타고 있는 전재현의 엉덩이 뒷부분이
보였다.

종태는 차마 믿기지가 않았다. 그러면서도 아주 중요한 테이
프를 입수했다는 것이 절로 가슴을 뛰게 만들었다. 최시아라면
누구든지 다 아는 여자 탤런트였다. TV 드라마에서도 인기가
있을 뿐 아니라, CF에서도 단연 톱스타로써 모르는 사람이 있
다면 아마 그 사람은 간첩으로 오인 받아야 할 정도였다.

그런 그녀가 밀실이라선지 스스럼없이 알몸이 되어 뒹구는
모습이 그대로 찍혀져 있었다. 그것도 전재현과 같이 섹스를
하는 장면이 고스란히 찍혀지고 있었던 것이다. 종태는 테이프
를 보면서 아마도 어디선가 비밀 카메라를 설치해서 최시아가

모르도록 찍은 게 분명하다는 생각이 들었다.

"……?"

근데 어느 순간에서부터는 최시아가 아닌, 다른 여자가 튀어나오고 있었다. 종태는 느슨해졌던 기분을 다시 긴장시키며 TV 화면으로 눈을 고정시켰다. 이번엔 탤런트 채진솔이 욕실 안에서 옷을 벗고 있는 장면이었다. 이미 겉옷은 바깥에서 벗고 욕실로 들어왔는지 욕실 안에서의 장면은 케미솔을 벗는 것부터 나오고 있었다.

"……."

종태는 자신도 모르게 숨을 죽였다. 채진솔이라면 국내에서 가장 인기있는 탤런트가 아닌가. 조그맣고 상냥한 웃음이 매력인 그녀는 CF에서 일약 톱스타로 떠오르면서 드라마에서도 샛별처럼 나타난 최고 인기 탤런트였다. 그녀가 출연하는 CF마다 수 억씩의 최고 개런티가 따라붙는다고 해서 화제가 되곤 했던 여자였다.

채진솔은 케미솔을 벗어 내리고 나서 가슴의 브래지어를 떼어냈다. 조그맣고 단단해 뵈는 유방이 드러나면서 그녀의 미끈한 상반신이 다 드러났다. 깜찍한 얼굴에 잘 조화된 그녀의 상반신만 봐도 종태는 그저 정신이 아찔할 정도였다. 그런데 그녀는 욕실 안에 아무도 없다는 것이 홀가분했는지 아무런 주저 없이 한쪽 다리를 들어 조그만 팬티를 밑으로 벗어 내리는 장면이 그야말로 종태의 호흡을 멎게 만들 것만 같았다.

팬티를 벗어 내린 그녀의 완전한 알몸은 그 누구도 보지 못했으리라. 그녀는 잡지책에서도 조금이라도 노출이 된 사진을 찍은 적이 없는 그런 탤런트였다. 그런 그녀의 완전한 알몸을 본다는 것은 말로 할 수 없는 지극한 짜릿함을 톡톡 던져주고 있었다. 종태는 목 안이 갑자기 말라오는 것을 느끼며 옆에 놓인 물컵을 들어 다 마셔버렸다. 그리고는 얼른 화면으로 눈길을 던졌다.

그녀는 자신의 작은 몸매를 들여다보다가 샤워기를 들어 꼭지를 트는 것이었다. 물이 쏟아지기 시작하자, 그녀는 알몸을 적시며 몸에다 샴푸를 칠하기 시작하고 있었다. 젖가슴과 겨드랑이, 그리고 아래쪽으로 내려가면서 그녀의 중요한 부분에 샴푸를 묻히는 모습에서 그는 그만 졸도할 것만 같은 기분이었다. 새카만 털을 문지르면서 그곳을 헤집는 그녀를 바라보는 종태의 마음은 마치 꿈속인 것만 같은 착각이 들었다.

'아!······"

그는 정신이 하나도 없었다. 그의 눈은 여전히 화면에 고정되어 있으면서 머릿속은 완전히 텅 비어버린 듯했다. 국내의 톱 탤런트인 채진솔의 눈부신 알몸을 본다는 것이, 그것도 스스럼없이 비누칠을 하는 모습을 직접 눈으로 본다는 것이 도저히 믿을 수 없는 일이었다.

종태는 비디오를 보고 있으면서도 마치 꿈을 꾸고 있는 것 같았다. 그도 그럴 것이 국내 최고 인기 탤런트인 최시아와 채진솔의 풋풋한 알몸을 그대로 들여다보고 있다는 것이 믿기지 않는 일이었다. 종태는 차마 꿈인지 생시인지 분간하지 못할 정도로 가슴이 떨렸다.

채진솔은 욕실에서 나와 침대에 비스듬히 누워 있는 전재현을 보고는 깜짝 놀라는 얼굴이었다. 전재현은 완전히 다 벗은 알몸인 채로 누워 있었기 때문이었다. 실제로 전재현은 다 벗은 채로 누워서 그녀를 바라보고 있는 것이었다. 대화가 녹음되지 않았으므로 두 사람이 하는 말들을 알아들을 순 없었으나 간단한 입 모양새를 보면서 대충 짐작을 할 수는 있었다.

전재현이 무어라고 하면서 손짓을 하자, 타월로 앞을 가린 채진솔이 부끄러운 듯이 그의 곁으로 다가가는 것이었다. 그녀가 침대맡에 걸터앉자, 전재현은 그녀를 가린 타월을 벗겨내면서 끌어당기는 모습이었다.

그러나 채진솔은 부끄러운 곳을 끝내 가린 채로 쉽게 끌려가진 않았다. 채진솔이 벽 쪽을 바라보면서 무어라고 말을 하자, 전재현은 천정의 전등을 쳐다보기만 했다. 그러다가 전재현이 난색을 표하자, 채진솔이 울상이 되어 망설이는 듯했다. 아마 채진솔은 불을 끄면 어떻겠느냐며 말하는 것 같았고, 전재현은 안 된다고 거절하는 것 같았다.

"……?"

종태는 그 장면에서 침이 마른 것 같은 갈증을 느꼈다. 과연 채진솔이 그대로 전재현의 곁으로 다가가느냐, 아니면 끝까지 자존심을 내세워 우기느냐를 놓고서 마음속으로 내기를 걸고 있는 중이었다.

톱 탤런트라는 채진솔이 종태가 알기론 꽤나 도도해서 방송국에서나 영화감독들도 함부로 막 대하지 못한다는 말을 들었던 기억이 있었으므로 제아무리 대통령의 아들이라고는 하지만 그녀의 콧대를 꺾을 수 있을 것이냐 하는 것이 종태의 관심을 끌어내고 있었다.

채진솔은 끝내 난처한 표정을 짓고 앉아 있었고, 전재현은 대통령의 아들답게 처음엔 점잖은 표정으로 달랠 듯이 나오다가 점점 얼굴이 거칠어지고 있었다. 그러다가 전재현이 채진솔의 어깨를 껴안아 침대 위로 끌어올리자, 그녀도 할 수 없다는 듯이 침대 위로 올라왔다.

"……."

종태는 전재현이 그녀를 끌어안으려고 했을 때, 그녀의 가랑이가 약간 벌어지면서 그 속의 검은 터럭들이 수북이 보여졌다. 잠깐이었지만 그녀의 가랑이 속의 새카만 털을 본 그는 저도 모르게 마음속으로 탄성이 터져 나왔다. 그러면서 깊은 한숨이 새어나오고 있었다. 종태는 자기도 모르게 주먹을 쥐었다. 손바닥에서 땀이 만져졌다.

전재현의 요구에 못이기는 척 하면서 채진솔의 몸도 점점 누그러져가고 있었다. 그때는 이미 전재현의 옆에 채진솔이 누워져 있는 상태였다. 동그랗게 몸을 말아 누운 그녀는 어정쩡한 자세로 누워 있었다. 카메라의 위치가 침대 밑의 천정 부근이었는지, 채진솔의 알몸뚱이를 적나라하게 내려 비추고 있었다. 그리고 누군가 비디오카메라를 조종을 해서인지, 아니면 자동으로 그렇게 초점이 맞도록 되어 있어서인지는 모르겠지만 하여튼 그녀의 은밀한 곳이 약간 벌어져 있는 것을 정확히 줌 인하고 있었다.

줌 인이 된 그녀의 사타구니 속은 완전히 무방비의 상태였다. 전재현만 의식했을 뿐, 천장에 위치한 비디오카메라 따위는 전혀 의식하지 못하는 것 같았다. 그랬으므로 자연히 카메라에 잡힌 그녀의 사타구니 속은 세밀하게 촬영이 되고 있었다.

전재현은 다시 무어라고 말을 하면서 그녀를 달래는 듯했다. 그제야 채진솔은 잠잠해졌고, 다소 움츠렸던 자세가 느슨해지면서 풀어지는 듯했다. 그때부터 전재현의 손은 그녀의 젖가슴을 더듬다가 아래쪽으로 내려와 그곳에서만 놀고 있었다.

그가 손으로 그녀의 계곡을 만지작거리면서 애무하는 동안에 입술로는 그녀의 입술을 공격하고 있었다. 처음엔 다소 어색하던 그녀도 점점 익숙해지면서 서로 뜨거운 혀를 교환하는 게 보였다. 그리고 좀 있으려니까 전재현이 그녀의 몸 위로 올라오면서 본격적인 섹스가 시작되고 있었다.

이미 그녀는 처녀가 아닌 듯했다.

전재현이 위로 올라와 뿌리를 집어넣었을 때, 그녀는 얼굴을 찡그리기만 했을 뿐, 숫처녀 같이 고통스러워하진 않았다. 그리고선 두 사람 다 섹스에 몰입하는 듯했다. 그녀의 꽃잎 속을 세차게 들락날락거리던 전재현의 뿌리는 그녀의 몸에서 나온 분비물로 잔뜩 젖어 있었다.

침대가 흔들리는 게 그대로 비춰지고 있었다. 그리고 한 번씩 전재현이 공격할 때마다 채진솔의 몸이 침대 속으로 깊숙이 파묻혔다가 떠오르곤 했다. 약 5분쯤 되었을까. 격렬하게 움직이던 전재현의 아랫도리가 뻣뻣하게 굳어지면서 하던 왕복 운동을 멈췄다.

"……."

종태는 숨이 막힐 듯했다. 드디어 전재현이 사정을 하는구나 하고 생각되었다. 실제로 전재현은 사정을 하는 것인지 몸을 한 번 떨어대면서 다리를 쭉 뻗었고, 채진솔의 다리 역시 잔뜩 오므려진 채로 그를 감싸고 있었다.

전재현이 사정을 끝내고 나서 몸을 일으키고는 갑자기 채진솔의 밑쪽으로 내려갔을 때, 채진솔은 벌떡 일어나면서 다리를 오므렸다. 그러자, 전재현이 무어라고 말을 하면서 달래는 듯했다. 그리고는 일어난 채진솔을 떠밀다시피 해서 눕히고는 다시 밑쪽으로 내려가는 것이었다.

"......?"

종태는 전재현이 자신이 사정한 곳을 들여다보기 위해서 그러는 것일 거라고 생각했다. 종태의 생각은 맞아떨어졌다. 전재현은 채진솔이 자꾸만 다리를 오므리면서 몸을 비틀어대자, 억지로 두 손으로 그녀의 다리를 붙잡고서 그곳을 들여다보려고 애를 썼다. 결국 채진솔이 전재현의 힘에 압도당하면서 잠잠해졌고, 전재현은 침대에 엎드린 채로 그녀의 그곳을 찬찬히 들여다보고 있었다.

종태는 그 장면에서 자신도 모르게 담배갑을 찾아 담배를 빼내 입에 물었다. 라이터를 찾아 들었지만 불을 켤 생각도 잊은 채, 그는 화면에만 정신이 팔려 있었다. 그 다음 장면이 더 궁금했기 때문이었다.

그녀의 꽃잎에서는 전재현이 사정한 정액이 흘러내리고 있었다. 전재현은 그것을 물끄러미 들여다보면서 손가락으로 만져보는 듯했다. 그리고 그쯤에서 비디오가 중단되었고, 이번엔 다시 새로운 여자가 튀어나오고 있었다.

한 장소에서 계속 다른 여자들과 관계를 가지면서 비밀 카메라로 찍었던 것인지, 여자만 다를 뿐이지 장소는 그대로였다. 다시 욕실에서 샤워를 하는 여자의 알몸뚱이가 보여졌다. 그러다가 얼굴이 비춰졌을 때서야 종태는 그 여자가 누구인지를 알 수 있었다.

이번엔 탤런트 황선애였다. 늘씬한 키에 야윈 듯한 몸매가 카메라에 비춰졌다. 그녀 역시 샤워를 하는 장면이었고, 카메라는 그녀가 몸을 씻는 장면을 낱낱이 찍어대고 있었다. 그녀는 다소 긴장된 듯한 표정을 짓고 있었다. 이번에도 그녀는 커다란 타월로 몸을 가린 채로 방으로 들어서면, 전재현은 역시 그 전과 마찬가지로 침대 위에 누워 있는 장면이었다.

그리고 다시 전재현이 손과 입으로 애무하는 장면이었고, 좀 있다가 곧바로 섹스로 들어가는 모습이었다. 전재현은 대개 5분 정도로 시간을 끌었다. 그리고는 사정을 끝내고 저번과 같이 황선애가 싫어하는 것을 달래면서 그녀의 사타구니를 살피는 것이었다. 그러면서 그는 똑같은 행동을 계속 되풀이 하는 것이었다. 손으로 자신이 사정한 정액이 흘러내리는 것을 만져보는 것이 취미인 것 같았다.

종태는 하루 종일 수십 개의 비디오테이프를 보면서 배가 고픈 줄도 몰랐다. 점심때가 지나고, 오후가 되었는데도 비디오를 보는 데에만 정신이 몰두되어 있었다. 그동안 국내에서 내노라하는 탤런트, 미모의 여가수들의 알몸뚱이와 섹스를 하는 장면을 지켜보면서 애간장이 다 녹아내리는 것 같았다. 종태 자신도 이해할 수 없을 정도로 많은 여자 연예인들이 전재현과 섹스를 가지는 것을 보면서 놀라움을 금치 못했다.

그의 견고한 금고 속에 있던 비디오테이프들이 모두 그런 장면만을 담고 있었다. 대개가 탤런트였고, 미모를 갖춘 여가수들이었다. 소위 말하자면 물 좋은 영계라고나 할까. 그것도 한창 주가가 오르고 있는 연예인들뿐이었다. 미모의 여가수로는 강이지, 양순경, 김외선 등등이었다. 그리고 탤런트로는 채진솔, 최시아 외에 명진희, 황선애, 김희순, 김희혜, 강인영, 김서혜, 김송령, 이연현 등등이었다. 그리고 톱모델들도 있었는데 이름을 다 알 순 없었다. TV에서 자주 얼굴을 보긴 했지만 이름까지는 다 알 수 없는 여자들이었다.

종태는 그 많은 비디오테이프가 모두 그런 장면만을 담고 있다는 것이 그저 놀랄 뿐이었다. 수도 없는 여자들이 전재현과 호텔방에서 섹스를 가졌다고 생각하니 절로 분개하지 않을 수 없었다. 그건 남자가 느끼는 질투 같은 것이었다. 종태는 아버지의 지위를 이용해서 수많은 연예인들을 농락한 전재현의 얼굴을 다시 한 번 들여다보게 되었다.

두꺼운 안경을 낀 전재현의 모습은 별로인 것 같았다. 그런 얼굴이라면 세상에 째고 쨀 게 그런 남자들일 것이었다. 그러나 대통령의 아들이라는 하나만으로 수많은 연예인을 농락할 수 있었다는 것은 곧 아버지의 지위를 이용했거나, 아니라면 입이 벌어질 만큼의 막대한 개런티를 내걸어서 5분짜리 섹스

대용물로 그녀들을 불러 들였으리라는 생각밖엔 들지 않았다.

종태는 꼬박 3일 동안에 걸쳐서 비디오테이프를 다 볼 수 있었다. 테이프 하나의 길이가 대개 120분이었으므로 그것만 다 보는 데에도 꽤 많은 시간이 걸렸다. 그러나 전혀 지루하지가 않았다. 보는 테이프마다 새로운 얼굴들의 여자들이 나왔으므로 종태는 은근히 기다려지는 마음도 없지 않았다. 그리고 새로운 테이프를 볼 적마다 새로운 기분 같은 걸 느낄 수 있었다.

섹스할 때의 여자들의 얼굴 표정이라던가, 몸짓 표정이 다 달랐다. 그리고 절정에 다다랐을 때의 몸짓이나 신음소리도 다들 달랐다. 얼굴을 찡그리며 입을 벌리는 여자가 있는가 하면, 혼자서만 부르르 몸을 떨다가 마는 탤런트도 있었다. 그리고 좀 더 적극적인 여자들도 있었다. 그런 여자의 몸짓은 좀 특이했다. 밑에서 엉덩이를 쳐받들면서 자신의 기분을 드러내는 것이었다.

종태가 이상하게 생각한 것은, 누군가가 숨어서 카메라를 조작하지 않았나 하는 것이었다. 그렇지 않고서는 설사 카메라를 오토에다 맞춰놓았다고 하더라도 카메라가 정확히 여자의 음부만을 크게 확대해서 줌 인 할 수는 없는 일이라고 생각되었다. 여자들마다 다 제각각 꽃잎의 은밀한 부분만을 크게 확대해서 찍은 게 꼭 끼어 있다는 사실이었다. 여자들마다 꽃잎의 위치와 모양새가 다 달랐다. 작고 큰 것과, 길고 짧은 것, 그리고 야윈 것과 좀 통통한 것, 숲이 무성한 여자가 있는가 하면, 숲이 엉성하게 돋아나 있어 얼굴과는 완전히 동떨어진 모습을 하고 있는 여자도 있었다. 그리고 음순이 너무 발달되어서인지 바깥으로 약간 삐져나온 것이 있는가 하면, 어린애처럼 아직은 미숙한 듯한 꽃잎을 가진 여자도 있었다.

종태는 그러한 것들을 들여다보면서 하루가 어떻게 지나가고, 언제 밤이 깊어지는 지도 몰랐다. 테이프를 다 본다는 것이 정말 시간이 많이 걸렸다. 그는 테이프를 다 보고 나서 전재현이 그토록이나 많은 여자들을 상대했다는 것에 그저 놀랄 뿐이었다. 그래서 전재현은 집이 아닌, 자신의 출판사 사장실 금고에다 그런 테이프를 보관하고 있었던 게 틀림없었다.

전재현은 이미 결혼을 해서 처자가 딸린 놈이었다. 그래서 그런 은밀한 테이프를 자신의 사무실에다 보관하고 있는 게 분명했다. 그러면서 은밀한 시간에 그 테이프를 꺼내서 혼자 보곤 했을 것이었다. 지금은 추락한 아버지의 옥바라지에 여념이 없지만 한때는 그가 그런 최고의 미인들을 품을 수 있었다는 것에 한낱 추억의 끄나풀은 될 수 있을 것이었다.

"아아…… 권력의 무상함이군. 네 놈도 한때는 한국의 최고 미녀들을 떡 주무르듯이 아무나 불러서 실컷 주물러댔겠지. 어쩌면 지금도 그때의 인연으로 해서 돈으로 흥정하고 있는지도 모르지."

종태는 그런 생각을 하면서 웃음이 튀어나왔다. 웃음이 튀어 나온 것은 바로 전재현이란 놈이 가장 아끼고 숨겨야 할 것인 비디오테이프를 자신이 다 봤다는 것에 대한 자부심 같은 것이었다. 종태는 실로 기뻤다. 우연히 들어갔던 그의 사무실에서 그런 희귀한 비디오테이프가 나올 줄은 꿈에도 생각지 못한 일이었다. 만일 돈을 벌려고 생각한다면, 이런 테이프를 수도 없이 복사해서 청계천이나 가까운 일본, 대만, 홍콩 등지에 내다 판다면 그야말로 부르는 게 값일 정도로 거금을 거머쥘 수도 있는 일이었다.

한국 내에서만 그걸 복사해서 뿌려도 전 국민들이 딸라 빚을 내서라도 다 사서 볼 것이었다. 그 테이프의 담겨진 내용은 그야말로 꿈에서도 보지 못할 것들이 아닌가. 최고의 미인인 탤런트, 여가수, 톱 모델들의 샤워하는 장면, 그리고 섹스를 하는 실제 장면들이 그대로 적나라하게 찍혀져 있었으므로 그 누구라도 탐을 내지 않을 수 없을 것이었다.

"……"

종태는 다시 몇 개를 골라 처음부터 비디오를 틀어 보았다. 요즘 최고 인기를 누리고 있는 채진솔과 최시아, 그리고 김희혜, 이연현 등이 찍혀져 있는 테이프들을 보고는 다시 넣어두었다. 종태는 마치 귀중한 보물을 얻은 것처럼 마음이 벅차올랐다.

그는 한 가지 생각이 번득 떠올랐다.

전재현이란 놈을 유인하는 데에 비디오테이프를 써먹을 셈이었다. 자신의 그런 치부가 담겨져 있는 테이프를 미끼로 하면 그는 꼼짝없이 따라 나올 승산이 컸다. 종태는 그런 생각을 하면서 숨을 크게 들이마셨다가 천천히 내뱉었다. 그의 얼굴엔 흐뭇한 미소가 번져나갔다.

지금쯤 전재현의 사무실에서는 일대 소란이 일어났을 것이다. 그러나 전재현은 공개적으로 말할 수 있는 입장이 아니라는 건 종태도 충분히 짐작할 수 있었다. 분명히 혼자 속이 타는 가운데 어떤 연락이 오기만을 기다리고 있을지도 모른다는 생각이 들었다.

'지금 전화를 해봐?'

그는 장난기가 발동했다. 어쩌면 장난기라기보다는 그의 진심이었는지도 모른다. 전재현에게 통쾌한 복수를 해주고 싶은 충동이 일어났다. 전화를 해서 미끼에 걸려든 물고기처럼 허둥대는 그의 꼴을 엿듣고 싶었다. 그리고 슬슬 미끼를 잡아당겨서 그가 끌려오도록 만들 생각이었다.

그는 다이얼을 눌렀다. 신호가 가는 소리가 들리는 동안, 그는 침을 한 번 꿀꺽 삼키고는 목소리를 가다듬을 준비를 했다. 저쪽에선 곧 저번에 들은 적이 있는 아가씨의 목소리가 흘러나왔다.

"네, 지공삽니다."

바로 그 아가씨였다.

"사장님 좀 바꿔줘요."

종태는 다소 목소리를 깔아서 말했다. 그러자, 저쪽에선 대번에 응답이 튀어나왔다.

"누구신데요? 사장님은 지금……."

아가씨는 말끝을 흐리면서 또 외출 중이라는 말을 할 것 같은 분위기였다. 종태는 얼른 이때를 놓치지 않고 재빠르게 말했다.

"아, 빨리 바꿔요. 급해요."

종태는 다소 급한 듯한 말투로 말했다. 그것이 바로 적중했다. 아마 전재현은 사무실에 있는 듯했다. 아가씨는 얼떨결에 말을 내뱉었다.

"아, 네에, 어디시라고 말씀드릴까요?"

"테이프 때문이라고 하면 알 거니까."

종태는 짧게 말을 하고는 더 이상 길게 말하지 않았다.

"네에, 잠시만 기다리세요. 사장님께서 전화를 받고 계시거든요."

"……."

종태는 침을 삼켰다. 그가 전화를 받으면 무슨 말부터 꺼낼까부터 생각하고 있었다. 단도직입적으로 말을 하기보다 그를 슬금슬금 끄집어내기 위해서는 말을 돌려서 넌지시 말하는 것이 나을 것 같았다.

곧 이어서 굵은 남자의 목소리가 들려나왔다.

"네, 전화바꿨습니다."

바로 전재현이었다. 30대 후반의 목소리였다.

"최시아 아시죠?"

"……?"

종태는 될 수 있으면 간단하게 말하려고 마음먹었다. 그러자, 저쪽에서는 의아한 듯이 묵묵부답인 채로 듣고만 있는 듯했다.

"그럼, 채진솔이 아시죠? 그리고 김희혜는?"

"누구시죠?"

"그건, 물을 거 없고. 아시는 사이죠?"

"신문삽니까?"

전재현이 다소 당황된 듯이 물어왔다.

"신문사 좋아하시네. 누가 신문사라고 그랬나? 아까 물었던 거나 대답하시죠? 그럼 다음 이야기로 넘어갈 수 있는데."

종태는 넌지시 운을 떼어놓았다. 전재현은 금방 눈치를 챈 것 같았다. 이쪽이 신문사가 아니라는 것을. 그래서인지 그는 다소 목소리가 가라앉으면서 침착하게 나왔다.

"누구시죠?"

"그건 알 필요가 없을 텐데요."

종태는 비꼬듯이 말을 던졌다.

"……?"

전재현은 말이 없었다. 자신에게 그런 말을 던진 사람이 누구인가를 생각하는 듯한 눈치였다.

"…….."

종태도 가만히 있었다. 그가 어떻게 나오는지 기다릴 셈이었다.

"압니다. 근데 왜 그러시죠?"

전재현이 드디어 말문을 열었다.

"뭘 잃어버리셨다고요?"

종태는 다시 말을 던졌다.

"누가? 누가 그런 말을?"

전재현이 다소 놀라는 듯했다.

"그럼 아무도 모른다는 겁니까?"

"뭘 말입니까?"

전재현이 다시 시치미를 떼고 나왔다. 일단 종태는 아무도 모르는 사건이라는 걸 확인하고는 속으로 빙그레 웃었다.

"어허, 왜 이러실까? 난 다 아는데?"

"……?"

"그쪽에서 자꾸 그러면 나도 입을 다물지. 안 그래?"

68

종태는 곧 전화를 끊을 듯이 말했다. 그러자, 전재현이 황급하게 나왔다.

"테이프 말씀하시는 겁니까?"

전재현의 목소리는 떨려나오고 있었다.

"그거 말고 또 있습니까?"

종태가 웃으면서 말하자,

"디스켓은? 그건? 누구십니까?"

전재현은 이제 완전히 당황하고 있었다.

"아, 디스켓! 그건 뭐 별 거 아닌 거 같던데……."

"……?"

전재현은 벌어진 입을 다물지 못했다. 전화를 건 사람의 정체가 무엇인지 도무지 알지 못했다. 디스켓은 그냥 대수롭지 않게 말하는 이 남자의 의중을 알 수 없었다.

전재현은 통화가 중간에서 끊어질까봐 내심 조바심치고 있었다. 어떻게든 이 남자로부터 테이프와 디스켓을 돌려받아야 할 것이었다. 그는 조심스럽게 다시 말을 꺼냈다.

"혼자 한 범행입니까?"

"그럼 나 혼자지. 다른 사람이 또 누구 있나?"

종태는 말을 빙글빙글 돌려댔다.

"한 번 만나실 수 있습니까? 만나서 얘기를 하고 싶은데……."

"누굴? 나? 하하하."

종태는 드디어 참았던 웃음을 터뜨렸다. 전재현이 그제야 종태가 범인이라는 걸 깨달은 모양이었다. 그러면서 조심스럽게 타진을 해오고 있었다.

종태는 웃음을 거두고는 다시 침착한 목소리로 말했다.

"그럴까? 그런데……."

"……?"

그는 듣고만 있었다. 아버지를 닮아서인지 나이에 비해 꽤나 침착한 것 같았다.

"협상에는 뭐가 필요한 줄 알겠지?"

"돈 말입니까?"

"그렇지. 잘 아시네. 역시 머리가 똑똑하시군."

"얼마를 요구합니까?"

전재현이 다시 숨 돌릴 여유조차 없이 물어왔다. 꽤나 급한 성미인 것 같은 느낌을 주었다.

"얼마를 할까? 먼저 당신이 내놓을 돈의 액수를 말할 수 있나? 난 조건이 맞으면 응할 테니까."

종태의 배짱에 전재현은 다시 당황하는 듯했다.

"돈이면 됩니까?"

전재현의 목소리는 다소 떨리고 있었다.

"그럼! 그렇지! 돈이면 되지."

종태는 일부러 돈이면 다 된다는 식으로 말했다. 그렇게 해야만이 그가 안심하고 나올 것 같았다.

"구체적으로 얼마를 요구합니까? 한 번 말씀해 보십시오."

전재현의 말이었다.

"그쪽에서 먼저 줄 만큼의 돈 액수를 말하라니까. 액수를 들어오고 나서 내가 결정할 테니까."

"……."

그는 다시 침묵했다. 그러나 거친 숨소리가 들리는 걸로 봐서 꽤나 생각하고 있는 것이 분명했다. 종태는 그가 먼저 액수를 던져오기를 기다리고 있었다. 얼마나 크게 나오는지를 알고 싶었다. 전직 대통령의 아들인 그가 얼마나 통이 큰가를 시험해보고 싶었다.

"5억이면 되겠습니까?"

전재현이 신중한 목소리로 말을 건네왔다.

"5억?"

"네. 적습니까?"

전재현이 다시 고삐를 늦추지 않았다. 꽤나 성급한 성격인 것 같은 느낌이 들었다. 종태는 의외로 많은 액수에 다소 놀랐는데, 저쪽에서는 다시 초조하게 나오는 것 같은 느낌이 들었다. 그래서 종태는 다시 한 번 더 늦춰볼 생각으로 잠시 시간을 끌었다.

5억이라면 결코 적은 돈이 아니었다. 그가 쉽게 그런 돈의 액수를 건네는 것이 그를 자극시켰다. 종태는 잠시 침묵하고 있었다. 전재현이 다시 말을 꺼내왔다.

"그럼, 적습니까? 그렇다면…… 10억이면 어떻습니까?"

"10억?"

종태는 다시 한 번 놀랐다. 잠깐 사이에 다시 5억이란 돈이 올라간 것이었다. 종태는 내심 놀라지 않을 수 없었다. 제아무리 전직 대통령의 아들이라고는 하지만 그런 큰 액수를 멋대로 불러댄다는 것이 다소 불쾌하기만 했다. 종태는 다시 헛기침을 한 번 하고는 말을 꺼내려고 하고 있었다. 그때, 그가 먼저 말을 꺼냈다.

"좋습니다. 그것들 다 그대로 있죠?"

"그럼! 다 그대로 있지. 왜? 복사라도 했을까봐?"

종태는 소리 나지 않는 웃음을 흘렸다. 전재현은 종태의 그런 웃음을 못 들었을 리가 없었다.

"그게 아니라…… 그럼 좋습니다. 15억으로 합시다. 됐습니까?"

"……?"

종태는 다시 한 번 놀랐다. 15억이란 돈의 액수에 대해 놀라움을 금치 못했다. 종태는 속으로 깊은 한숨을 내쉬면서 침을 삼켰다. 돈을 목적으로 한 것이 아니었다. 그러나 그가 제시한 금액이 상상외로 큰 것에 대해 여러 가지 생각들로 복잡하게 엉켜서 혼란스러웠다.

혹시 거액의 돈을 걸어놓고서 종태를 유인하기 위한 술책이 아닌가 하는 점이 그 첫 번째 이유였고, 두 번째로는 비디오테 이프 때문에 그렇게 많은 액수를 건다는 것이 좀 이상하기만 했 다. 하여튼 종태는 기분이 그리 개운치만은 않았다. 그러나 자 신이 먼저 던진 미끼라는 걸 생각하면서 입가에 미소를 달았다.

"좋소! 그럼 일시불로 하는 것으로 합시다."

종태가 다시 일시불이라는 조건을 내걸었다. 그래야만 전재 현은 종태가 돈 때문에 그걸 훔친 것으로 생각할 것이었다.

"알겠습니다. 그런데 비디오테이프나 디스켓이나 모두 복사 를 했으면 안 되는 거 아시겠죠? 복사는 안 했죠?"

그가 다시 확인을 해왔다.

"허허. 그럴 리가 있습니까? 비디오테이프를 다 보는 데만도 꼬박 삼 일이 걸렸는데. 그거 복사하려면 꼬박 삼 일이 걸리겠 죠. 시간상으로 그렇게 될 수 없는 거죠. 그럼 됐습니까?"

종태의 그 말에 전재현은 크게 만족한 듯했다. 사실 테이프 를 보는 데만도 삼 일이 걸렸던 것이다. 그래서 종태는 복사할 시간적인 여유도 없었다. 그리고 그런 생각까지 해본 적도 없 는 그였다. 오로지 테이프의 내용에 더 관심이 집중되면서 강 한 호기심이 일어났을 뿐이었다.

"좋습니다. 그럼 언제 만날까요? 될 수 있으면 빠르면 더 좋 겠는데."

그는 서두르는 것이었다.

"나도 그렇습니다. 빠르면 더 좋죠."

종태는 그 말을 하면서 웃음이 배어나오고 있었다. 종태는 일이 쉽게 풀려 나간다고 생각되었다. 그가 먼저 미끼 곁으로 슬금슬금 다가오고 있는 것이다.

"오늘 저녁이 어떻습니까? 난 돈을 준비해놓고 있을 테니까 말입니다."

"오늘 저녁?"

종태는 너무 빠른 약속 시간에 약간 난처해졌다. 막상 전재 현이 오늘 저녁 시간이 어떠냐고 물었을 때, 그는 아직도 마음 의 준비가 덜 된 상태였다. 그를 만나 어떻게 할 것인가에 대해 깊이 생각해놓은 게 없었다. 그리고 그가 어떤 흉계를 꾸밀지 도 모르는 판국이어서 다소 망설여졌다.

이럴 때일수록 그는 침착하는 것이 좋겠다고 생각했다.

"가급적 빨랐으면 좋겠는데…… 저엉 안 되면 내일 오전 중 으로라도 만났으면 하는데…… 되겠습니까?"

전재현은 다소 서두르고 있었다. 그럴 수밖에 없는 것이 비 디오테이프와 디스켓이 자신의 수중에 들어와야만 마음이 놓 을 것 같았다. 그는 최대한 빠른 시간 안에 의문의 이 남자를 만나 협상을 끝내고 싶은 마음이었다. 비디오테이프와 디스켓만 빼낸다면 더 이상 문제가 될 것이 없었다.

전재현은 종태의 대답을 기다리면서 몹시 목이 말라왔다. 비서실의 아가씨가 갖다놓은 물컵의 뚜껑을 열어 물 한 모금을 마시고는 재빨리 뚜껑을 덮었다. 저쪽에서 익명의 사내가 어떠한 말을 건네올지도 모르는 일이었다. 그는 수화기를 더욱 가까이 귀에다 갖다 대고는 기다렸다.

"좋습니다. 그럼 내일 저녁에 만나는 게 좋겠습니다. 오전보다는 저녁 시간이 더 낫겠죠. 사람들의 눈도 있고…… 말입니다."

종태는 낮 시간은 곤란하다는 표현을 이런 식으로 자연스럽게 둘러댔다. 하루 동안의 여유가 있으면 좋을 것 같아서 그런 제의를 한 것이었다. 그동안에 그는 어떤 구상을 해줄 참이었다.

"그럼 그렇게 하죠. 그런데 다시 말하지만 복사 같은 건 해두면 안 됩니다. 아시겠죠?"

그는 다시 위협이라도 줄 듯이 단호하게 말을 꺼내고 있었다.

"아아, 그건 염려하지 마십시오. 원하는 돈만 주어진다면 그런 건 안 합니다."

종태 역시 사나이다운 말투로 단호하게 말했다.

"알겠습니다. 어디서 만나겠습니까?"

"그건, 내일 전화를 드리죠. 장소와 시간 같은 것 말입니다."

"……?"

전재현은 다소 실망한 듯한 분위기였다. 가는 숨소리가 들리는 걸로 봐서 약간 흥분된 것임이 분명했다. 종태는 그걸 알 수 있었다. 그랬으므로 절로 웃음이 터져 나오려고 그랬다. 종태는 헛기침을 한 번 하고는 다시 말을 덧붙였다.

"남자 대 남자의 약속이니까. 내일 전화를 드리지. 약속은 꼭 지키는 사람이니까."

"그럼……."

전재현이 무슨 말을 하려고 그랬다. 그때, 종태는 이미 수화기를 내려놓고 있었다. 종태는 전화를 끊어버린 것이다. 이미 그렇게 말을 해놨으므로 더 이상 길게 이야기할 필요가 없는 일이었다. 그쪽에서 바라는 대로 끌려갈 필요는 없었다. 그쯤에서 단호하게 전화를 끊음으로써 신의를 지킬 줄 아는 남자라는 걸 보여줄 필요성이 있었다.

종태는 전화를 끊고 나서 디스켓의 내용이 궁금해졌다. 디스켓 안에 어떤 내용이 들어 있길래 전재현이 그렇게 많은 액수를 내놓는지 몰랐다.

"……?"

종태는 디스켓을 꺼내 보았지만 작은 사각형의 플라스틱이었을 뿐, 별다른 중요성을 느끼진 못했다. 다만 컴퓨터에 넣어서 쓰는 것이라는 것만 알고 있을 뿐, 종태는 컴퓨터에 대해선 까막 무식이었다. 낫 놓고도 기역자도 모르는 컴맹이어서 디스켓의 내용물이 무엇인지 알아볼 수가 없었다.

'어떡한다? 내일은 들고 나가야 할 것 같은데⋯⋯.'

종태는 디스켓의 내용을 알기 위해 머리를 짜냈지만 알아낼 만한 곳이 없었다. 궁리 끝에 그는 다시 전자대리점으로 갔다. 거기서 컴퓨터를 본 기억이 났기 때문이었다. 아예 컴퓨터를 사서 혼자서 알아낼 수 있다면 가장 좋겠다는 생각이 들었다.

"아, 이거요? 배우기 쉬워요. 10분이면 간단한 건 다 배워요. 글을 써서 저장하고, 파일을 읽는 건 간단해요. 초등학생들도 10분이면 다 배우는 걸요."

전자대리점의 기사인 듯한 남자가 얼굴에 웃음을 담으면서 말했다. 종태는 그가 쓰는 파일이라는 단어조차도 생소하게만 들렸다.

"파일이 뭡니까? 난 그런 것도 모르는데⋯⋯."

"아하, 네. 파일이라는 건 아저씨께서 글을 써서 저장하면서 제목을 주는 거예요. 그래야 다음에 언제든지 컴퓨터로 불러낼 수가 있거든요. 파일은 언제든지 불러내면 컴퓨터 화면에 떠요. 한 번 보실래요?"

기사가 친절하게도 전자대리점이 갖고 있는 고객의 명단 같은 것이 든 디스켓을 집어넣고서 불러오기 하는 걸 보여줬다.

컴퓨터 자판 하나만 톡 치니까 디스켓에 든 내용들이 다 떠올랐다. 종태는 신기하기만 했다. 너무나 간단한 것 같으면서도 컴에 대해서 생소한 자신에게는 조금 어려운 일일 것 같았다.

종태는 간단한 글쓰기와 불러오기만을 익힌 채로 컴퓨터를 사왔다. 집에서 그는 디스켓을 집어넣고 아까 기사가 가르쳐준대로 F10을 누른 다음, '불러오기'란에 막대를 걸쳐놓고서 엔터를 눌렀다.

"⋯⋯?"

컴퓨터의 화면은 곧 떠올랐다. 종태는 깜짝 놀랐다. '비자금 내역서'라는 타이틀이 써 있고, 그 밑으로 계속 글들과 0이 많이 달린 숫자들이 즐비하게 나열돼 있었다.

"어?"

종태는 한 사람, 한 사람의 이름을 읽어 내려가면서 그들 모두가 유명한 정치인, 일류 기업가들의 이름이라는 것을 금방 알 수 있었다. 모두가 0을 헤아리기가 힘들 정도로 많은 액수의 금액이 표기되어 있었다.

기업체로 받은 정치헌금이라는 곳에선 국내의 일류 기업들의 이름과 회장의 이름이 그대로 다 올라와 있었다. 금액은 모두 50억에서 120억 원 대를 상회하고 있었다.

"으흠⋯⋯."

종태는 절로 낮은 신음소리가 새어나왔다. 수도 없는 기업들

의 명단이 나열되어 있었고, 그 기업체의 대표자 명단이 옆쪽
란에 씌어져 있었다. 그리고 비고란에는 그 기업체가 해주기를
바라는 사항의 사업이 간단히 메모가 돼 있었다.

10억, 20억, 30억 정도는 깨알 같이 수두룩하게 많았다. 디
스켓 스무 개의 분량이 전부 기업체로 받은 정치 헌금에 대한
내역서였다. 다 합산한다면 아마 종태의 머리로서는 그 숫자를
정확히 읽어낼 수 없는 천문학적인 금액이었다. 종태는 다시
한 번 놀랐다.

'그래서 이 자식이 그렇게 설쳤구나……'

종태는 전재현이 그렇게 많은 금액을 제시하고 나온 것에 대
한 이유를 알 만 했다. 정치판에 대한 모든 검은 돈의 비밀이
스무 장의 디스켓에 다 들어 있었던 것이다. 종태는 속으로 왠
지 모르게 치솟아 오르는 게 있었다. 국민들이 낸 평화의 성금
이라던가, 기업체가 벌어들인 뭉칫돈들이 정치판으로 들어가
면서 결국은 국민들이 그 부담을 알게 모르게 지불하고 있었던
것이라고 생각되어졌다.

기업체의 대표는 막대한 돈을 갖다 바치고, 그 대가로 비고
란에다 적어놓은 것처럼 희망하는 사업을 잘 봐달라는 식으로
메모를 남겨놓고 있었다. 결국은 기업체를 봐주는 대가로 검은
돈을 받아 챙긴 셈이었다. 사실 종태는 비고란에 씌어져 있는
것처럼 나중에 청와대가 그 기업체에 대해서 어떠한 특혜를 주

었는지, 안 주었는지는 모르겠으나 하여튼 대가성의 상납인 것만은 확실했다.

종태는 혹시 몰라서 디스켓을 공 디스켓에다 복사를 해두고는 비디오테이프도 최대한 할 수 있는 데까지 복사를 해두었다. 이름 있는 유명 탤런트부터 톱스타의 자리를 지키고 있는 가수들이나 톱 모델들부터 복사를 하기 시작했다. 처음엔 그럴 생각이 없었으나 막상 넘겨준다고 생각하니 조금은 아까운 생각이 들어서였다.

젊은 미녀들이 섹스를 하기 전의 욕실에서의 샤워하는 장면을 보기란 얼마나 어려운가. 그리고 그런 테이프를 입수한다는 건 있을 수 없는 일이었다. 그리고 전재현과 같이 침대 위에서의 적나라한 장면들을 생생히 찍어놓은 구할래야 구할 수도 없는 그런 것들이었다. 종태는 죽는 날까지 그것들을 잘 보관할 생각이었다.

모든 준비가 끝났다. 그는 이제 전재현을 만나는 일만 남았다고 생각되었다. 대형 쓰레기봉투로 하나 가득 차는 테이프와 디스켓을 집어넣고서 그는 내심 마음이 초조해졌다. 이런 엄청난 비밀이 들었으리라고는 감히 그 누구도 상상할 수 없는 일이었다.

그는 마음이 설레었다. 전재현을 어떻게 처치할 것인가로 마음의 동요가 일고 있었다. 막상 그런 인간을 처치한다고 생각하니 절로 마음이 떨려왔다. 흔적도 없이, 아주 완벽하게 처리하는 것만이 그에게 남아 있는 일이었다. 그는 속으로 마음을 굳게 다잡아먹었다.

'이런 것들을 이 세상에서 없어져야 해'

그는 마지막으로 그런 다짐을 하고는 시계를 보았다. 오후 4시였다. 지금쯤 연락을 기다리느라 자리를 떠나지 못하고 있을 전재현의 초조한 모습이 떠올랐다. 그는 다리에 찬 칼날을 만져보았다. 모처럼만에 만져보는 칼날이었다. 예리하게 잘 다듬어진 칼날은 그의 손끝에서 번득이는 듯했다. 그는 실제로 칼날의 예리함을 느껴보기 위해서 칼끝에다 종지 손가락을 직각으로 세워서 가볍게 문질러보았다. 면도날처럼 날카롭다는 것을 느낀 그는 흡족한 미소를 지었다.

그는 곧 다이얼을 돌렸다. 지공사였다. 예전의 그 아가씨가 전화를 받는 목소리가 들려나왔다.

"네, 지공삽니다."

아가씨의 목소리는 밝고 명랑해 보였다.

"사장 좀 부탁합니다."

"잠깐만요."

아가씨는 이미 전재현에게서 곧바로 바꾸라는 말을 들어서인지 망설임 없이 말을 하는 것이었다.

"……."

종태는 담배를 한 개비 꺼내 물었다. 그리고는 기다렸다. 한 모금 정도 빨았을까. 곧 굵은 목소리가 튀어나왔다.

"전재현입니다."

그는 몹시 기다린 듯한 목소리였다.

"어제 전화를 했던 사람입니다. 오늘 저녁 만나기로 했죠?"

"네. 안 그래도 기다리고 있는 중이었습니다."

그는 정중하게 나왔다.

"어른께서는 안양교도소에 계시죠? 어떻게 지내시는지요?"

"……?"

전재현은 종태의 물음에 놀란 듯했다. 무슨 협박이라도 한 것처럼 입을 다물고 있을 뿐이었다.

"아, 미안하군요. 제가 괜히 그런 질문을 드렸는가 봅니다. 하하. 난 다만 그 어른께서 어떻게 지내는가 궁금해서 한 번 물어본 것 뿐인데…… 하여튼 좋습니다. 약속 시간과 장소를 말씀드리겠습니다. 다시 한 번 경고하는데, 오늘 만나는 일에 대해선 그쪽이 다 책임을 져야 할 겁니다, 아시겠죠? 만일 경찰 끄나풀이라도 데리고 나온다면 모든 협상은 깨집니다. 그리고 이 테이프는 그대로 공개가 될 것입니다. 잘 알아서 생각하시길 바랍니다. 아시겠죠?"

종태는 마지막으로 그런 충고를 던져주고 싶었다. 그래야만 저쪽에서 어설픈 짓 따위는 안 하리라는 생각이 들었다.

"아, 그건 염려하지 마십시오. 여기 직원들도 모르는 사실입니다. 나 혼자만 알고 있는 사실이니까 그건 염려하지 마십시오. 돈을 더 달라고 하면 더 줄 수는 있습니다. 복사는 안 해 놓으셨겠죠? 전 그게……."

"하하. 그건 염려하지 마십시오. 전 깨끗한 놈입니다. 그걸 가지고 다시 어떤 협박 같은 건 하지 않을 겁니다. 그 대신 일 대일로 단둘이 만나서 쇼부를 치는 겁니다. 알겠습니까? 그럼 약소 장소엔 혼자 나오십시오. 나도 혼자 나갈 테니까."

종태는 저쪽의 사정을 좀 더 세밀히 알아보기 위해서 일부러 많은 말을 하면서 시간을 끌었다.

"아, 물론이죠. 저도…… 이미 그 테이프를 보셨겠지만…… 별로 내세울 것이 없습니다. 혼자 나가죠. 돈만 건네주면 되겠죠?"

"그럼 됐습니다. 약속 장소를 말하죠. 광명시 압니까?"

"네, 압니다."

전재현이 순순히 안다고 나왔다.

"그럼, 광명시에서 안산 쪽으로 나가다가……광명시를 벗어나는 지점에 언덕바지가 있을 겁니다. 그 언덕바지를 지나서 500미터쯤 가면 첫 번째 길 왼편에 주유소가 있을 겁니다. 그쪽 지리 잘 아십니까?"

종태는 이야기를 하다 말고 다시 확인이라도 하듯이 물었다.

"네, 압니다. 안산으로 가본 적이 있습니다. 말씀하십시오."

"그럼 좋습니다. 그 주유소가 있는 데서 곧바로 200미터쯤 직진하면 신호등이 나올 겁니다. 거기서 우회전을 하십시오. 작은 농로 길이 나오는데 그리로 들어가면…… 길이 좁습니다. 차 한 대가 지나갈 정도의 길입니다. 한 100미터쯤 들어가면 다시 길이 갈라집니다. 그쪽으로 들어가면 냇가가 흐르는 곳인데, 그곳에서 다시 길이 갈라집니다. 그곳에서 좌측으로 들어가서 한 200미터쯤에서 깜박이를 켜고 있으십시오. 아시겠습니까? 다시 한 번 말씀드리겠습니다."

"아, 알겠습니다. 신호등이 있는 곳에서 우회전으로 들어가라는 말씀이죠? 그리고 그곳에서 다시 좌측으로 들어가서 냇가 옆에 차를 세우라는 말씀? 맞습니까? 깜박이를 켜고……."

"네, 잘 들으셨군요. 그럼 됐습니다. 혹시 그곳에 데이트를 하는 차들이 있을지도 모르니까 차 넘버는 어떻게 됩니까?"

종태는 혹시나 해서 다시 차 넘버를 물었다.

"검은색 그랜저입니다. 서울 ＊ ＊ 너 ＊ ＊ ＊ ＊ 입니다. 몇 시쯤?"

"아 참. 시간을 잊었군요. 시간은 밤 아홉십니다. 됐습니까?"

"잘 알았습니다. 다른 건 또 없습니까?"

"돈을 더 주면 고맙겠죠. 이건 중요한 거니까. 하하하."

"알겠습니다. 만나서 얘길 하죠."

"그럼……."

종태는 전화를 끊었다. 이제 모든 것이 다 끝났다고 생각되어졌다. 그는 다시 한 번 시간과 약속 장소를 기억하고는 다리에 차고 있는 칼날을 만져보았다. 마치 살아 있는 것처럼 칼날이 번득였다. 그는 손가락으로 살며시 칼날을 그어보았다. 손금만이 겨우 다칠 정도로 칼날에 그어본 그는 매우 흡족한 듯한 웃음을 드러내었다.

종태는 8시 20분쯤에 집을 나섰다. 온수동에서 광명시까지는 불과 20분이면 갈 수 있는 거리였다. 광명시에서 다시 안산 쪽으로 나간다고 하더라도 10분이면 되는 거리였다. 개봉동 사거리에서 우회전을 하지 않고서, 온수동에서 나와 오류역 못 미쳐서 광명시로 들어가는 길목으로 접어든다면 더 짧은 시간일 수 있었다. 그리고 온수동에서 나와 역곡 쪽으로 가다가 유한공고 못 미쳐서 광명시로 들어가는 길도 있었다. 그 길이 가장 가까운 거리였다.

그는 역곡 쪽으로 해서 광명시로 들어가는 길을 택했다.

동부제강을 지나자마자 곧바로 좌회전을 해서 접어들었다. 그리로 해서 쭉 가면 삼거리가 나오고, 그 삼거리에서 직진을 하면 광명시내로 들어가는 길과 안산 쪽으로 가는 우회도로가 나왔다. 그는 우회도로를 타고 외곽 길을 택해 달렸다. 온수동에서 불과 20분이 걸렸을까.

그는 전재현에게 말한 주유소를 지나 곧장 달렸다. 그리고는 다음 번 사거리에서 우회전을 해서 들어갔다. 전재현과 약속한 장소와는 더 먼 거리에서 우회전을 한 그는 다리가 있는 데서 우회전을 해서 냇가 둑을 타고 차를 몰았다. 다리에서 약 100미터쯤 들어간 곳에다가 차를 세운 그는 차 문을 잠그고는 밖으로 나왔다.

"……."

그는 어둠 속에서 손목시계를 보았다. 정확히 8시 40분을 가리키고 있었다. 여기서 걷는다면 10분 정도가 걸릴까. 그는 담배를 꺼내 피우면서 어둠 속에 묻혀 있는 들판을 바라보았다. 둑 밑으로는 냇물이 흐르면서 달빛을 받아 번쩍이고 있는 게 보였다.

그는 서둘러 피우던 담배 불을 꺼버리고는 본네트를 열어 밧데리 케이블을 분리시켜 놓았다. 만일의 경우, 그래야만 나중에 경찰이 전재현의 차 주위에 깔려 있다가 덮쳤을 때라도 짚차가 고장나서 둑길을 따라 걸어왔노라고 말할 수 있었다.

그는 둑길을 따라 걸었다. 그러면서 그는 호주머니에서 흰장갑을 꺼내 손에 꼈다. 그것은 지문과 핏자국이 손에 묻지 않게 하기 위함이었다. 지갑을 끼는 동안, 그는 다소 마음이 긴장되었다. 무슨 일을 벌일 때마다 장갑을 낄 때는 그는 항상 긴장하는 버릇이 있었다. 면장갑의 보드라운 감촉이 그의 마음을 다소 누그러뜨렸다.

그는 둑길을 걸어갔다. 바로 옆의 논에서 개구리들이 울어대는 소리가 요란하게 들렸다. 그리고 캄캄한 밤인데도 불구하고 새가 날아다니는지 꾸룩거리는 소리가 들려 그는 하늘을 올려다봤지만 아무것도 보이진 않았다. 아마 논이나 냇가 둑의 풀숲에서 나는 새소리인 것 같았다.

"……?"

그는 둑길을 걸으면서 앞쪽을 살폈다. 약 400미터 전방의 그가 말한 장소에 검은 물체가 서 있는 게 보였다. 그것을 본 순간, 그는 다시 긴장되었다. 검은 차였지만 오디오를 켜 놓아서인지 약간 밝은 빛이 뿜어져 나오고 있는 듯했다.

"흠……."

그는 잠깐 그 자리에 섰다가 이번엔 논둑으로 내려섰다. 그리고는 꾸불꾸불한 논둑길을 따라 돌아서 그쪽으로 다가가고 있었다. 그는 조심스럽게 걸으면서 검은 차가 서 있는 쪽을 살펴보았다. 아무도 없는 듯했다. 그러나 그는 아직은 긴장을 늦출 순 없었다.

그는 조금 더 다가가면서 이번엔 차가 있는 주위를 넓게 살펴보았다. 혹시 경찰의 끄나풀들을 깔아놓았을지도 모른다는 생각에서였다.

"……."

그는 논둑에 쪼그리고 앉은 채로 한참 동안을 살폈다. 어떤 낌새가 포착되면 날쌔게 튈 생각만 하고 있었다. 그렇지만 그쪽 주변은 조용하기만 했다. 간간이 새가 날아오르는 듯한 투드득거리는 소리만이 그를 더욱 긴장시키곤 했다.

그는 다시 손목시계를 보았다. 5분 전이었다. 그는 좀 더 가까이 다가가서 차 주위를 살폈다. 차와의 거리는 이제 150미터쯤 되었을까. 그는 한 번 심호흡을 하고는 다시 한 번 다리 속에 찬 칼날을 만져보았다. 칼날을 쉽게 뽑을 수 있도록 다시 조정을 해놓고는 그는 논둑을 더듬어 작은 돌멩이 하나를 찾아냈다. 그리고는 그 돌멩이를 반대편 냇가 둑으로 던졌다.

그리고는 몸을 납작 엎드리면서 그쪽의 동정을 살폈다.

"……."

아무런 조짐 같은 것도 없었다. 그러나 안심할 수는 없는 일이었다. 그는 다시 작은 돌멩이를 주워 이번엔 다른 방향으로 던졌다. 이번엔 제법 둔탁한 소리가 이곳까지 들리는 듯했다. 그러나 이번에도 아무런 기척이 느껴지지 않았다. 그는 소리 없이 일어나서 차가 있는 데로 걸어갔다.

그는 차가 있는 가까이 다가가면서 다시 한 번 주위를 살폈다. 그의 후각에 맡아지는 사람 냄새는 없는 듯했다. 어쩌면 전재현은 용기 있게 혼자 왔을지도 모른다는 생각이 들었다.

그는 곧장 차가 있는 데로 걸어가면서 차 안을 살폈다. 차 안에는 남자 한 사람만이 타고 있었다. 오디오에서 내뿜는 파란 불빛이 어렴풋하게 운전석을 비추고 있었다.

종태는 차 옆으로 다가서면서 좀 더 자세히 안쪽을 살펴보았다. 역시 뒷좌석에도 아무도 없는 듯했다. 그는 조수석의 손잡이를 잡아당겼지만 잠겨져 있는 듯했다.

"……?"

그제야 이쪽을 알아본 전재현이 다소 놀란 얼굴이었다가 사람의 그림자를 알아보고는 다소 안심하는 듯했다. 그가 안에서 무어라고 말을 하는 것 같았다. 유리창문을 닫아 놓아서 무슨 말을 하는지 알아들을 수 없었다.

똑똑.

종태는 유리문을 노크했다. 그가 곧 유리창문을 약간 내리고는 물어왔다.

"누구십니까?"

다소 겁에 질린 듯한 전재현의 물음이었다. 종태는 씨익 웃어보이고는 나지막이 말했다.

"안심하십시오. 낮에 전화를 걸었던……."

그제야 전재현은 초조한 낯빛을 누그러뜨리고는 어색한 웃음을 띠었다. 그가 버튼을 눌러 차 문을 열어주는 것이었다. 종태는 곧바로 문을 열고는 조수석으로 올라탔다.

"누구 데리고 나온 사람은 없죠?"

종태가 재빨리 물었다.

"물건들은? 누구죠?"

전재현이 종태를 쳐다보고는 물었다. 종태가 빈손이라는 것을 보고는 다소 놀라는 기색이 역력했다. 종태는 얼른 말을 끄집어냈다.

"아, 난 심부름 나온 사람이오. 물건은 저쪽에 있다고 그랬소. 정말 여기 아무도 없죠?"

종태는 다시 확인하듯이 물었다.

"물론입니다. 그러니까 당신도 무사하잖소? 왜요? 내가 경찰이라도 데리고 나왔을까봐 그래요?"

전재현은 다소 여유 있는 웃음을 지어 보였다.

"그럼, 갑시다. 저쪽에서 기다리고 있소. 시동을 켜시오."

종태의 말에 전재현은 키를 돌려 시동을 켰다. 곧 헤드라이트를 켜면서 차가 출발했다. 그제야 전재현은 다시 물어왔다.

"같은 일행입니까?"

"천만에! 난 돈을 받고 나온 사람이오. 자, 저기서 직진을 하시오. 곧바로 가다 보면 수문이 나올 거요."

종태는 옆에 앉아서 그에게 길을 가리켰다. 전재현은 묵묵히 운전을 하면서 곁눈질로 종태를 쳐다봤다. 아직도 종태를 의심하는 게 틀림없었다.

"물건은 가지고 나왔다고 합디까?"

그가 물었다. 종태는 빙긋이 웃으면서 말했다.

"그건 모르겠어요. 커다란 봉투에 뭔가를 들고 나온 것 같기는 한데. 난 그게 뭔지 모릅니다. 자, 저쪽으로 꺾으시오. 수문 뒤로 길이 나 있어요."

"……."

전재현은 종태가 시키는 대로 차를 몰았다. 수문 뒤로 꺾어 들자, 좁은 길이 나타났다. 약 30미터쯤 되는 길이었다. 수문을 빠져나가자, 다시 양갈래로 길이 나타났다. 그 수문 끄트머리에서 전재현은 차를 멈추려고 그랬다.

"우회전을 해요. 그리고 둑길을 따라 가시오."

"……."

전재현은 다소 조심스러운 몸짓이었다. 핸들을 잡은 손이 부자연스럽게 움직였다. 그러면서 둑길을 따라 올라갔다. 그때까지도 아무런 이상이 없음을 확인한 종태는 둑길에서 논이 이어진 논둑으로 내려서라고 말했다. 시멘트로 포장된 농로였다. 전재현이 다시 농로로 들어서자, 종태는 그쯤에서 서라고 말했다.

"어디요? 여기요?"

전재현은 차를 멈추며 바깥쪽을 살폈다.

"정말 혼자 왔군. 간이 크군 그래."

"……?"

전재현이 놀라서 옆을 돌아보았다. 종태는 씨익 웃어보이고는 담배를 꺼냈다. 그리고는 전재현에게 담배를 권했다.

"아뇨. 됐어요. 난 있어요."

전재현은 담배가 의심스러운지 받지 않으려 했다. 종태는 한 개비를 뽑아 입에 물고는 라이터를 켰다. 라이터 불빛에 드러난 종태의 얼굴을 유심히 들여다보던 전재현이 자동변속 레버가 있는 곳에서 담배갑을 꺼내 한 개비를 꺼내 불을 붙였다.

두 사람은 말없이 담배를 피우면서 앞쪽을 바라보고 있었다.

"물건은 가져왔소?"

전재현이 먼저 물어왔다.

"그건 걱정마시오. 내 차에 있으니까."

"차는 어디 있소? 저 앞쪽에 있소?"

전재현이 앞쪽의 농로를 가리키며 물었다.

"여기선 잘 안 보일 거요. 근데……."

"……?"

전재현이 종태를 쳐다봤다.

"돈은 어디 있소?"

"여기……."

전재현은 뒷좌석의 검은 가방 두 개를 가리켰다.

"그럼 확인부터 합시다. 니가 꺼내."

"……?"

종태의 거친 말에 전재현은 다소 의아한 눈빛이었다. 갑자기 말투가 돌변해버린 종태에게 의심의 눈초리를 보내오고 있었다.

"아아, 그런 눈으로 보지 말고. 어서 꺼내봐. 일단 봐야 할 것 아냐?"

종태의 말씨는 다소 거칠었다.

"……."

그 말에 전재현은 뒷좌석으로 손을 뻗어 커다란 가방을 집어들었다. 그리고는 가방의 지퍼를 열어 그 속의 돈다발들을 꺼내보였다. 빳빳한 지폐 뭉치들이 차곡차곡 들어 있는 게 보였다. 전재현이 그 중에서 한 다발을 꺼내 파라락 소리가 나도록 속에 있는 지폐까지 보이도록 해주었다. 혹시 위쪽만을 지폐로 위장해 놓았을 가능성이 없다는 것을 보여주는 것이었다. 그는 다시 두 번째의 다발을 꺼내 파라락 소리가 나도록 들춰 보여주었다.

"전부 다 현금이오. 됐어요?"

전재현이 덧붙였다.

"이게 얼마요?"

종태가 다시 물었다.

"이건 칠 억이오. 그리고 뒤트렁크에 나머지 팔 억이 있소. 당신이 직접 가져오겠소?"

"내가?"

종태는 되물었다. 그러면서 순간적으로 어떤 위험이 있을지도 모른다는 예감이 번뜩 머리를 스쳤다.

"아니면 내가 가져와요?"

전재현이 다시 그렇게 물어왔다.

"됐어. 내가 가져오지. 대신, 차 키를 뽑아."

"……?"

전재현이 종태의 얼굴을 쳐다봤다.

"트렁크를 열지 말고, 차 키를 뽑아. 내가 직접 열 테니까."

"……."

전재현은 할 수 없다는 듯이 차 키를 뽑아 종태의 손에 건네주었다. 종태는 차 키를 받아서는 재빨리 문을 열고 뒤쪽으로 가서 다리에 숨겨놓은 칼날을 뽑아들었다. 그리고는 뒤트렁크의 문을 열었다. 그는 트렁크를 열자마자, 문이 들림과 동시에 칼날을 깊숙이 꽂았다. 순간적인 동작이었다. 오랜 그의 조직 생활에서 터득이 된 그런 행동이었다.

"으!……."

뒤트렁크 속에선 남자의 신음소리가 흘러나왔다. 종태는 얼른 트렁크 문을 닫고는 앞쪽으로 다가왔다. 그리고는 조수석의 문을 열고서는 전재현에게 칼을 들이댔다.

"손들어!"

이미 전재현은 무엇인가를 들고 있었다. 종태를 향해 겨누는 짧은 총구가 보였다. 권총이었다.

"······."

종태는 놀랐다. 언제 그가 권총을 갖고 있었는지 몰랐다. 그걸 생각지 못한 것이었다. 종태는 칼을 든 채로 손을 들었다. 조수석의 문을 연 것이 잘못이었다. 차라리 운전석의 문을 열었더라면 더 좋았을지도 모른다고 생각됐다. 그러면 그가 권총을 드는 순간, 종태가 먼저 일격을 가할 수도 있는 일이었다.

"넌 이미 살인을 했어! 뒤쪽에 사람이 있었다는 걸 어떻게 알았지! 하하."

전재현이 총구를 겨누면서 바깥으로 나왔다. 그리고는 더 가까운 거리에서 총을 겨누고 있었다.

"너! 이 새끼!'

종태는 총구 앞에서 흰 이를 드러냈다.

"하하, 그래. 내가 그렇게 호락호락할 거 같으냐? 이제 네 차가 있는 데로 가지. 어디야? 앞장 서."

전재현은 더 가까이 총구를 갖다 대며 말했다. 이미 종태는 총구 앞에서 꼼짝도 할 수 없는 상황이었다. 비록 손에는 칼날이 들려져 있었지만 아무런 소용도 없는 물건이었다.

"칼 버려!"

그가 소리쳤다. 종태는 들고 있던 칼을 놓아버렸다. 칼날이 땅바닥에 떨어지면서 둔탁한 소리를 냈다.

"자, 이제 앞장 서. 함부로 방아쇠를 당기진 않을 테니까. 어서!"

전재현은 총구를 움직이면서 지시하고 있었다.

"……."

종태는 전재현을 노려보았다. 그러나 말이 나오질 않았다. 이런 경우를 당할 줄은 꿈에도 생각지 못한 일이었다. 그래서 더욱 분한 마음이 들었다. 그가 권총을 갖고 있을 줄은 몰랐던 것이었다.

"하하, 왜? 내가 권총을 못 갖고 있을 줄 알았나? 아버지가 대통령이었는데, 이런 것쯤 하나 못 갖고 있을 거 같아? 하하. 그건 네 오산이지. 하하하."

"이 자식!"

종태는 손을 든 채로 부르르 떨었다. 어떻게 할 도리가 없었다. 다만 이렇게 어처구니없이 당할 줄은 몰랐던 것이다.

"어서 걸어! 네가 꿈틀하면 난 방아쇠를 당길 테니까. 알아서 해! 안 움직일 거지?"

전재현은 마치 쏠 듯이 손바닥에 힘을 주는 듯했다. 할 수 없었다. 종태는 뒤로 돌아섰다. 그리고는 몇 발짝 걷다가 우뚝 멈췄다. 그리고는 어둠을 향해 질문하듯이 말을 꺼냈다.

"경찰은 왜 안 데려왔지?"

"하하. 그걸 알고 싶어? 내가 짱구냐? 경찰을 데리고 와서 뭐가 좋을 게 있지? 그런 걸 세상에 드러내서 좋을 게 하나도 없지. 안 그래? 그건 너와 나만 아는 비밀이야. 만일 그게 새나가면 어떻게 되는 줄 알지? 난 그걸 원치 않아. 알겠나?"

전재현은 총구를 들이대며 말했다. 종태는 말할 수 없는 수치를 느꼈다. 젖비린내 나는 전재현한테 이런 꼴을 당한다는 게 주먹잽이로서는 죽음보다 더 비참한 수치감이 느껴졌다.

"빨리 가! 뭘 꾸물거려!"

전재현은 걸음을 재촉했다. 종태는 컴컴한 논둑길을 걸으면서 속으로부터 울화가 치밀었다. 저 놈을 어떻게 한다? 종태는 수없이 반문했지만 총구 앞에선 어떻게 할 도리가 없었다. 더구나 캄캄한 밤이라서 그의 총이 어디쯤 있는지조차 잘 분간할 수 없었다. 종태는 전재현과의 거리를 좁힘으로써 최대한 거리감을 느낄 수 있게 되기를 바랐다.

"그 여자들, 다 탤런트, 가수, 톱 모델들이두만. 하하. 그런 것들을 다 조져났어. 너, 그렇게 쎄냐? 비디오로 보니깐 5분밖엔 안 가데? 5분이면 보통이지. 조루는 아니고. 난 비디오를 다 봤지. 욕실에서부터 샤워하는 모습에서, 또 침대 위에서 네가 발가벗고 하는 걸 다 봤지. 한 20분쯤 해줬으면 아마 여자들은 죽었을 거야. 그렇게 쥐여났으면 좋았을 텐데."

종태는 혼자 중얼거렸다.

"야, 이 새꺄? 걷기나 걸어. 무슨 소리 하고 있는 거야?"

전재현이 등짝을 총구로 쿡 찌르고는 잽싸게 뒤로 빠지는 듯했다. 종태는 아까운 기회를 놓쳤다 싶었다. 바로 그때 발로 차야 하는 건데, 하는 아쉬움이 남았다.

종태는 다시 성큼성큼 걷기 시작했다. 제법 빠른 걸음걸이라서지 그의 발걸음도 같이 빨라졌다. 그가 따라오느라 정신이 없는 새에 종태는 다시 말을 걸었다.

"그런 것들 나도 한 번 품어봤으면 좋겠다. 거시기가 쫄깃쫄깃하겠지. 어땠어? 난 이왕 죽을 몸인데 어때? 한 번 말해주시지. 기분이라도 좋게 말야."

종태는 빙글거리면서 말했다.

"하하, 그래? 난 그런 여자들 수없이 건드렸어. 매일 두 명씩을 해치웠으니깐. 나중엔 자지가 아프더라고. 허리는 물론이고. 그런데 말야. 너무너무 좋았던 거 있지? 하하. 그런 영계들은 너 같은 놈들은 꿈도 못 꾸지. 돈을 얼마나 줘야 하는지 알아? 돈과 권력이 있어야 그런 애들을 품을 수 있는 거라고. 돈만 가지고도 안 되지. 돈이라면 일류 기업 대표들이 많아. 그런데 그런 사람들도 못 품어. 알겠나? 하하하."

전재현은 다소 느슨해졌다.

"맛은 어땠어?"

종태가 다시 물었다.

"응, 맛? 그거 좋지. 얼굴도 예쁘고, 몸매도 끝내주는 데 맛이 없을 리 있나? 너 같은 놈은 집어넣자마자 금방 싸버릴 꺼다. 아까 5분이라고 했는데, 보통 사람은 단 몇 초도 못 가서 싸고말 거다. 그렇게 기분이 좋다는 거야."

전재현은 다시 웃었다.

"그래? 나도 그런 거 한 번 품어봤으면 좋겠다. 죽기 전에……."

"임마, 죽긴 왜 죽어? 누가 죽인다고 그랬어?"

전재현이 소리쳤다.

"죽어야지. 차라리 죽는 게 낫지. 널 협박했으니까."

종태의 말은 약간 비참하게 떨려나왔다.

"천만에! 네가 까불지 않으면 안 죽여. 고분고분하게 말 잘 들어! 그게 네 신상에 좋을 거야."

전재현은 분명히 승리감에 도취돼 있었다. 권총을 믿는 듯했다. 종태는 다시 말을 꺼냈다.

"그 중에서 누가 그거 맛이 젤 좋지? 난 그게 알고 싶은데……."

그 말을 하면서 종태는 히죽 웃었다.

"어? 이 자식이? 그래. 그런 것도 알고 싶지? 다 달라. 맛이 다 다르지. 그래서 누가 더 맛있다고는 말할 수 없어. 어떤 년은 간드러지게 나오고, 어떤 년은 밑에서 엉덩이를 쳐들어주면서 해주는 게 좋아. 그리고 또 어떤 년은 순진한 척하는 게 좋을 수도 있고…… 다 맛있었지. 그런 애들이 왜 맛이 없겠냐? 안 그래?"

전재현이 다시 웃음을 터뜨렸다.

"그래? 네가 보지를 빠는 걸 봤는데. 그거 보니깐 참 재밌더라. 대통령 아들이 여자들 그거 빠는 모습을 보니 이상한 거 있지. 기분이 그렇더라. 아주 맛있게 빨던데?"

종태의 그 말에 전재현이 화가 났는지 바싹 다가왔다. 그리고는 총구를 등짝에 들이대는 순간, 종태는 자신의 등짝의 위치를 가늠하면서 몸을 돌렸다. 그리고는 잽싸게 주먹으로 권총을 내려치면서 돌려차기를 해댔다.

퍽!

하는 소리가 남과 동시에 그의 입에서 비명이 터져 나왔다.

"윽!"

종태는 다시 쓰러지려는 그의 몸을 향해 공중에 부웅 떠올랐다가 발길질을 해댔다. 이번엔 그의 명치 급소였다. 발끝이 정확하게 내려꽂히면서 종태는 내려앉았다. 그가 나무토막처럼 나동그라지는 것이 보였다. 종태는 재빨리 다리에서 다른 칼날을 뽑아들었다. 그리고는 전재현의 목에다 칼을 들이대었다.

"야! 임마! 어때?"

종태는 칼끝을 목살에다 갖다 댔다. 칼끝이 살갗에 닿는 느낌이 전해져왔다. 전재현은 기습적인 종태의 반격에 그대로 대

책 없이 누워 있으면서 버둥거렸다.

"가만있어! 자꾸 움직이면 칼끝이 더 깊이 들어가!"

종태는 엄하게 말했다. 그제야 조용해진 전재현은 맞은 곳이 아픈지 가벼운 신음소리를 토해냈다.

"넌! 죽어야 돼! 그래, 탤런트들 다 잡아먹었으니까 원은 없겠지? 그 맛을 다시 생각하면서 죽어 줘라. 알겠냐!"

"아! 잠깐!"

전재현이 소리쳤다.

"왜? 더 할 말이 있냐?"

"제발 살려줘! 돈은 더 갖고 왔어. 5억을 더 갖고 왔어. 살려줘. 내가 죽으면 넌 어떻게 되는지 알아? 아무 일도 없었던 것으로 할 테니까 제발 살려줘."

전재현은 손을 싹싹 빌었다.

"흥! 그래. 살려주면? 내 얼굴을 아니까 넌 다시 이번엔 경찰을 부르겠지. 테이프와 디스켓 때문에 그러는 게 아니라, 다른 걸로 나를 옭아매겠지? 흥, 그걸 내가 믿어? 내가 짱구냐?"

"아, 제발 살려줘! 그런 일 없어!"

"가라! 저 세상으로! 민족으로 이름으로!"

그러면서 종태는 칼끝을 그의 목에 푹 찔렀다. 칼날은 힘없이 푹 들어갔다. 그의 목에서 뜨거운 핏물이 튀어 올랐다. 종태는 순간적으로 왼손으로 칼이 들어간 부분을 감싸면서 막았다.

"……."

전재현은 버둥거리면서 곧 늘어졌다. 종태는 칼을 뽑아 다시 한 번 그의 목에 찔러 넣었다. 이번에도 역시 핏물이 튀어 올랐다. 그는 다시 목을 감싸면서 왼손으로 막았다.

"……."

이젠 완전히 그는 죽은 뒤였다. 꼼짝도 하지 않았다.

"그래, 가라. 네 아버지도 이렇게 갈 거다. 하하하."

종태는 잡았던 칼을 놓으면서 주먹으로 그의 얼굴을 한 대 갈겼다. 퍽, 하는 소리와 함께 그의 얼굴이 옆으로 힘없이 돌아갔다. 종태는 다시 칼을 뽑아들어 이번엔 그의 바지를 벗겨 내렸다. 그리고는 팬티까지 벗긴 다음, 그 속에 든 오그라진 성기를 꺼냈다. 왼손으로 죽 잡아당긴 다음에 그는 칼날을 갖다 댔다. 마치 굵은 고무줄처럼 늘어난 그의 성기는 칼날에 잘리기 일보직전이었다.

"넌 이걸로 가는 거다! 여자들의 복수다!"

종태는 그러면서 싹둑 잘랐다. 너무 간단하게 잘려나간 것이었다. 그는 그것을 곧 개울에다 던져버렸다. 그리고는 그는 곧 일어났다. 다 끝났다는 생각이 들자, 비로소 마음이 가벼워지는 것이었다. 종태는 그의 바지에서 차 키를 찾아내서 호주머니 속에다 집어넣었다.

"하하하. 여자를 건드린 죗값이 이런 것이다!"

종태는 그리고 나서 곧 개울가로 내려가 손에 묻은 핏자국을 닦아냈다. 그리고는 다시 둑 위로 올라와 전재현의 차가 있는 곳으로 내달렸다. 전재현의 차는 불이 켜진 채, 그대로 서 있었다.

종태는 뒤트렁크를 열어 안을 들여다보았다. 웬 남자 하나가 웅크린 채, 죽어 있는 게 보였다. 아까 종태가 트렁트를 열었을 때, 이놈이 벌떡 일어나려고 그러는 것과 동시에 순간적으로 칼날을 꽂았던 것이 가슴의 급소를 찌른 것이었다. 트렁크에는 흥건한 피로 온통 범벅이 돼 있었다. 그는 한쪽에 있는 검은 가방을 발견하고는 집어들었다. 두 개였다. 그는 다시 뒷좌석의 문을 열어 두 개의 가방을 꺼내서는 양쪽 어깨에 메었다.

"……."

그는 이제 정신없이 차가 있는 데를 향해 달리기 시작했다. 양 어깨 위에 메어진 가방이 꽤나 무거웠다. 그러나 그런 것쯤은 식은 죽 먹기였다. 그는 차로 돌아와 뒷좌석에다 내팽개치고는 담배를 한 대 물어 피웠다. 그리고는 키를 꽂아 돌렸다.

"……?"

시동이 걸리지 않았다. 그는 아차, 하는 생각과 함께 다시 차에서 내려 본네트를 열고는 밧데리 케이블을 연결하고는 다시 시동을 걸었다. 캄캄한 들녘에서 경쾌한 엔진음이 듣기가 좋았다. 그의 입에는 담뱃불이 매달려 있었다. 그는 손을 대지 않은

채, 연거푸 연기를 빨아들였다가 내뱉었다. 그리고는 창밖을
향해 담배를 푸!하고 뿜어냈다.

그러나 그는 곧 얼마 못 가서 차를 세웠다. 그리고는 황급히
차에서 내려 담배꽁초를 찾아냈다. 그리고는 담배꽁초를 호주
머니 속에다 집어넣었다. 혹시 그것이 나중에 중요한 살인 사건
의 물증이 될 수도 있을 것 같아서였다. 그는 다시 차를 몰았다.

22

경마장을 털어라

　종태는 다음 날 아침 조간신문에 난 전재현의 살인 사건을 보고 있었다. 신문에서는 정확한 살인 동기에 대해서 전혀 모를 뿐더러, 전재현이 왜 그곳까지 가서 무참하게 살해되었는지에 대해서 매우 강한 의혹의 기사를 싣고 있었다. 그리고 더구나 뒤트렁크에서 숨진 남자의 신원에 대해서도 수수께끼처럼 생각하고 있었다. 뒤트렁크에 숨은 남자와 외부 사람과의 공모에 의해 전재현을 살해한 것이 아닌가 하는 추측 기사가 나오고 있었다.

　그런 추측을 가능케 한 것은 바로 전재현이 가지고 있던 권총이 현장에서 발견되었다는 점을 들었다. 격투를 벌인 흔적이 있었고, 전재현이 살해된 현장에서 얼마 떨어지지 않은 곳에서 권총이 발견되었다는 점이었다. 그래서 신문에서는 뒤트렁크에 탄 남자와 외부 사람과의 공모에 의해서 들판으로 유인되어 모종의 이야기를 나누다가 서로 의견이 맞지 않아서 심한 언쟁이 계속되다가 서로 격해진 나머지 가해를 한 사람과 전재현과의 사이에 싸움이 일어나지 않았나 하는 점을 들었다. 그런데 뒤트렁크 속에서 칼에 맞아 죽은 남자의 문제가 딜레마였다. 그 남자는 과연 누가 죽였는가 하는 문제였다.

그리고 신문에서는 전재현의 모 탤런트와의 염문설에 대해서 언급하고 있었다. 전재현은 아버지가 대통령으로 재직하던 시절, 대통령의 아들로 세인들이 모르게 유명 탤런트들을 호텔로 불러다가 섹스 파티를 벌였다는 기사를 내보내고 있었다. 구체적인 탤런트 이름까진 거론하진 않았지만 하여튼 한국 최고의 미녀라고 말할 수 있는 최고 인기 탤런트 채＊＊, 최＊＊, 강＊＊를 집중적으로 거론하고 있었다.

그리고 신문에서는 추측 기사의 하나로 그런 유명 연예인을 농락한 전재현을 조직 폭력배가 개입해 돈을 뜯어내는 과정에서 살인이 빚어진 것이 아닌가 하는 조심스런 기사를 쓰고 있었다.

"알긴 아는군."

종태는 그 기사를 읽으면서 탤런트들에 대한 기사에서는 공감을 하고 있었다. 그러면서 그는 아마도 자신이 갖고 있는 비디오테이프를 세상에 공개를 한다면 우리나라는 풍지박살이 나버릴 지도 모를 거라는 생각이 들었다.

종태는 속으로 웃었다.

경찰의 수사가 헛점을 맴돌 게 뻔하다는 생각이 들었다. 풀 수 없는 수수께끼처럼 얽혀버린 두 남자의 관계에 더 치중할 것만 같았다. 그리고 어떠한 단서도, 물증도 찾을 수 없다는 것이 이번 사건의 어려움이라고 말하고 있었다.

그도 그럴 것이 대통령의 아들이라는 미묘한 위치와, 전재현이 무엇 때문에 외진 그곳까지 혼자 갔었느냐는 것이 문제의 핵심으로 부각되고 있었다. 전재현이 그곳까지 혼자 갔을 때에는 매우 민감한 문제가 있었지 않느냐 하는 의문 제기와 함께, 그렇다면 그것이 과연 무엇이냐는 결론으로 나타나고 있었다.

어쩌면 전재현이 대통령인 아버지의 노태우 대선 자금과 기업체로 받은 거액의 검은 돈을 관리하는 장부를 관리해 오다가 잃어버려서 협상하기 위해 혼자 갔었던 것이 아닌가 하는 추측을 제시하고 있었다.

그런 이유로는 며칠 전에 사장실의 금고에 도둑이 들었다는 사실을 직원들로부터 알아냈고, 그것 때문에 사장이 직원들에게 화를 내면서 며칠 동안 전화가 걸려오기만을 기다리고 있었다는 사실을 밝히고 있었다.

"……?"

종태는 그 기사에서 다소 가슴이 뜨끔해졌다. 혹시 자신의 목소리를 알아본 아가씨가 대략적인 나이와 말씨를 경찰에 말해줬을지도 모른다는 생각이 들었다. 그러나 그리 큰 문제는 아닐 성싶었다. 말씨와 나이를 알아맞춘다고 해도 이 넓은 서울 바닥에서 목소리 하나만으로 자신을 찾아내기란 하늘의 별 따기와도 같은 것이라고 실소하고 말았다.

종태는 집으로 돌아와 며칠 동안은 바깥출입을 금하고 있었다. 온몸이 나른했다. 전재현이 권총을 가지고 있을 줄은 꿈에도 생각지 못한 일이었다. 그래서 그는 그때 내심 놀라면서 당황했던 것이다. 그때 그는 이미 죽음까지도 각오했던 터였다. 총이 무서워서가 아니라, 전재현은 자신과 아버지의 비밀을 영원히 숨기기 위해서 뒤트렁크에 숨은 남자를 통해 암매장해 버리려고 사람을 데리고 나왔는지도 모른다는 생각을 했다.

종태는 연일 신문과 TV에서 살인 사건에 대해 다루고 있는데에 지쳤다. 추측 보도가 그럴싸하게 나오기도 했고, 전혀 엉뚱한 방향으로 튀어나오기도 했다. 그러나 종태의 마음은 불안하기만 했다. 전혀 탄로 날 일이 없을 거라고 믿으면서도 왠지모르게 불안하기만 했다.

그는 집에 있는 동안, 계속 술을 마셨다. 마음속의 초조함이 그를 그렇게 만들었다. 전재현이 갖고 온 돈은 모두 20억이었다. 종태는 그 돈을 아직은 보관을 해야 한다고 생각했다. 그런 뭉칫돈을 함부로 은행에 들고 나갔다가는 의심을 받을 수도 있는 일이라고 생각했다.

"나중에 지예한테로 보내버려?"

그는 그렇게 결정했다. 자신이 갖고 있어봐야 아무런 쓸모도 없는 돈이었다. 그는 이제 곧 감방으로 들어갈 몸이었다. 자신이 나올 때까지 통장에 갖고 있다는 것도 위험한 일이었다. 혹시 다음번의 일이 잘못되어 붙잡혔을 경우를 생각해서 그는 철저하게 자신의 통장에 넣지 않을 생각이었다.

그는 비디오를 보다가 잠이 오면 잠을 자는 것밖엔 소일할 것이 없었다. 음식을 사먹으러 바깥으로 나가는 것조차도 그리 내키지가 않았다. 그는 가까운 중국집에서 음식을 시켜서 먹거나, 오후 늦게 갑갑해지게 되면 차를 놓아두고는 역곡 쪽으로 나가서 식사를 하고 들어왔다.

이미 길가에는 경찰들이 쫙 깔려서 지나는 차들마다 곳곳에서 불심검문이 이어지고 있었다. 종태는 그들 경찰을 바라보면서 차라리 차를 놔두고 나온 게 나았다고 생각되었다. 차들의 뒤트렁크까지 열어보라는 경찰의 검문을 지켜보면서 종태는 다시 한 번 등골이 오싹해졌다. 마치 경찰이 집으로 쳐들어와서 짚차를 뒤져볼 것만 같은 착각이 들곤 했다.

종태는 집으로 돌아와서도 계속 뉴스 시간에 매달렸다. 뉴스에서는 다시 전직 대통령의 비자금에 대한 추측으로 무성해지고 있었다. 전재현이 그 남은 비자금을 관리한 게 아니냐는 것이 대개의 추측이었다. 외제 금고 안에는 비자금에 관한 서류 같은 게 들어 있지 않았겠느냐는 반론도 꽤나 설득력을 얻고 있었다.

종태는 더 이상 들을 게 없었다. 자신에게로 수사의 초점이 좁혀질만한 뉴스는 나오지 않았다. 처음엔 그나마 관심이 컸지만 차츰 흥미를 잃게 만들었다. 그는 이제 더 이상 그 사건 때문에 신경을 쓰고 싶지 않았다. 다음 일을 위해서 그는 몰두할 필요성이 있었다.

'이제 경마장을 터는 거다'

그는 그렇게 마음먹었다. 우선 경마장을 털기 전에 20억이라는 돈을 지예한테로 보내기로 마음먹었다. 그는 서울로 올라와서 처음으로 지예한테 전화를 걸었다. 고아원의 원장실로 전화를 걸자, 그녀가 곧바로 받았다.

"응, 나야. 잘 있었나?"

"어머! 난 또 누구라고? 거기 어디야?"

지예는 반가운 듯이 펄쩍 뛰었다.

"으응, 여기 서울이야. 그동안 잘 있었나? 별일은 없고?"

종태는 먼저 고아원부터 물어봤다.

"에잉, 내 걱정은 안 하고."

지예는 토라질 듯이 말을 해왔다.

110

"아아, 그래. 그럼 지예는 잘 있었고?"

종태는 말을 수정해서 다시 물었다.

"응. 난 잘 있어. 근데 종태씨는? 근데 요즘 서울에서는 난리가 났더라? 대통령의 아들이 살해되었다며? 못 들었어?"

지예는 매우 걱정스러운 듯이 물었다.

"아, 그거? 나도 봤어. 근데 누군지 모른다잖아? 아마 돈 때문에 그런 일이 일어났겠지 뭐."

"돈? 무슨 돈?"

지예가 궁금한 듯이 물었다.

"거, 왜. 신문에도 났잖아? 비자금을 관리하고 있었을 거라고. 뉴스에도 그렇게 나오던데? 신문도 안 보는구나? 저녁엔 뉴스 안 보니?"

이번엔 종태가 도리어 질문을 던졌다.

"아이, 너무 바빠서 그래. 낮엔 아이들 봐주고 나면 몸이 녹초가 돼. 저녁에 뉴스 볼 시간이 어딨어? 너무 피곤해서…… 그런 데엔 관심도 없는 걸 뭐. 근데 종태 씨는 어때? 일은 어떻게 돼 가?"

지예는 조심스럽게 물어왔다.

"아직은 그래. 만날 친구들도 있고 해서…… 요즘은 경찰들이 길거리에 쫙 깔렸어. 지나다니는 사람들마다 검문을 하고 있어. 이럴 때엔 그저 가만히 있는 게 좋아. 괜히 나돌아다니다가 불심검문을 받는 것도 안 좋고 말야. 근데, 너 통장 있지?"

"응, 왜?"

지예가 반문을 하고 나왔다.

"불러줘 봐. 내가 그리로 돈을 넣을게. 전에 하던 사업을 하나 정리할 게 있어서…… 너한테 넣어주려고 그래. 내 일에 대해선 아무한테도 말하지 마. 알았지?"

"응, 알았어. 그건 걱정마."

종태는 그러한 다짐을 주고는 그녀가 부르는 계좌번호를 받아 적었다.

"건물을 하나 처분한 돈이니까 잘 써. 헤프게 쓰지 말고. 알았지?"

종태는 다시 당부하는 말을 건넸다.

"아아, 알았어요. 얼마나 큰 액순데 그래? 내가 잘 보관하고 있을게. 걱정마."

"받아보면 알아. 놀라지 말고."

종태는 말을 덧붙였다.

"큰돈이야? 그럼 안 써야지 뭐. 나중에 종태 씨가 가져. 난 고아원만 있어도 돼. 알았지?"

지예는 믿음직스럽게 말을 했다. 종태는 그러는 그녀가 다소 안심이 되었다. 그는 곧 다시 연락한다고 말하고는 전화를 끊었다.

종태는 방에 누운 채로 천정을 올려다보았다. 창문을 통해 주위의 산에서 들려오는 산새들의 지저귀는 소리가 싱그럽게 들려오고 있었다. 녹음이 짙은 여름산의 풋풋한 내음이 그대로 창문을 통해서 흘러 들어오고 있었다. 온수동은 온통 산으로 둘러싸여 있어서 바깥의 큰길가에서 보면 안쪽에 동네가 있는지도 모를 정도였다.

이제 그는 서서히 경마장을 털 생각에 골몰하였다. 하루에 600억이라는 돈이 굴러 들어오는 그곳을 터는 게 세인의 관심을 주목시킬 것이라고 판단되었다. 그는 어떻게 해서 털 것인가로 생각이 집중되었다.

분명히 그런 곳은 하루의 경마가 폐장이 됨과 동시에 은행과 제휴한 경비업무를 주로 담당하는 업체에서 현금을 인수해갈 게 분명했다. 그렇다면 그 시간을 알아야 할 것 같았다. 그래서 그 시간이 임박할 때쯤 일을 벌리는 게 가장 효과적일 것 같은 생각이 들었다. 분명히 경호업체에서는 힘깨나 쓰고 무술 유단자들을 채용했을 건 뻔한 이치였다. 괜히 그런 인력들과 맞붙어서 시간을 낭비할 필요는 없다고 생각되었다.

'그렇다면?…… 그 시간을 알아내서 덮친다? 그런데 나 혼자 어떻게 하지?'

그는 본론적으로 들어가서 세밀히 생각하기 시작했다. 수많은 관중들이 지켜보고 있는 가운데서 혼자서 할 수 있을까 하는 의문이 들었다. 그렇다고 누구를 끌어들일 수도 없는 노릇이었다.

물론 상호의 조직을 끌어들인다는 건 있을 수 없는 일이었다. 종태는 곰곰이 생각에 잠겼다. 무슨 수를 써서라도 혼자 해낼 수 있어야만 한다고 생각했다. 그는 담배를 꺼내 물었다. 계속 담배를 피우면서 그는 방바닥을 뒹굴었다. 생각이 잘 떠오르지 않았다.

그는 일단 어떻게 해서 돈을 빼낼 것인가가 가장 중요하다고 생각됐다. 그러고 나면 구체적인 문제에 대한 것은 그 다음 차순의 문제였다. 그 방법이 제일 문제였다.

"……!"

그는 갑자기 박격포를 사용하면 어떨까 하는 생각이 떠올랐다. 박격포를 쏴서 수많은 관중들이 우왕좌왕하게 만든 다음, 사무실의 하루치 수납액을 터는 게 좋을 것 같았다.

그런 생각을 하자, 그는 절로 가슴이 부풀어 오르는 것 같은 벅차오름이 물밀듯이 번져왔다. 상상만 해도 가슴이 뿌듯해질 지경이었다. 아마 박격포탄이 몇 발 떨어지고 나면 군중들뿐만 아니라, 사무실의 직원들까지도 전쟁이 일어나지 않았는가 해서 마구 뛰쳐나올 게 분명했다. 그만큼 박격포탄의 위력은 대단할 것이라고 생각되었다.

종태는 어렸을 적에 봤던 영화의 장면 중에서 박격포를 쏘고 나서 귀를 막는 병사의 장면을 감동 있게 봤던 기억이 났다. 포탄이 날아가서 땅에 닿으면서 터지는 위력은 수류탄보다도 더 큰 것이었다.

"좋았어!"

그는 손가락을 튕기면서 딱 소리를 냈다. 그렇게 하기로 마음먹었다. 그렇지만 자신은 군엘 안 갔다 와서 박격포를 사용하는 방법을 몰랐다. 그것이 또 문제였다. 그냥 박격포를 거치시켜 놓고서 포탄을 까서 넣기만 하면 곧바로 발사가 되는 것까진 알고 있었지만 포탄이 날아가는 각도라던가, 방향을 어떻게 잡는지가 문제였다. 그리고 포탄의 사정거리에 대해서도 그는 몰랐다.

'혹시? 청계천에 나가서 뒤지면 박격포의 사용에 관한 군인들의 책자가 나와 있을지도 모른다.'

그는 곧바로 자리에서 일어나 밖으로 나왔다. 짚차를 이용하지 않고 전철을 이용할 생각이었다. 그는 온수역으로 나가서 표를 끊었다. 그리고는 동대문역에서 내린 그는 헌책방이 있는 쪽으로 걸어갔다.

그는 걸으면서 자신이 그런 책을 찾는다는 것이 꽤나 위험한 일이라는 걸 생각했다. 나중에 그런 일이 보도가 되었을 때, 헌책방에서부터 수사의 단서가 잡혀질 것 같았다. 박격포를 사용하는 책자를 찾은 남자가 있었다는 건 곧바로 범인일 수 있다는 생각이 머리를 스쳤다.

"……?"

그는 길가에서 노점상을 하는 좌판대에서 선글라스를 하나 샀다. 그리고 마스크를 사서 끼고는 모자까지 곁들여서 사서 썼다. 그렇게 하니까 얼굴을 온통 가린 것만 같아 괜히 의심을 받을 수 있을 것만 같았다. 그는 할 수 없었다. 일단은 헌책방 으로 들어가는 수밖엔 도리가 없었다.

"어서 오십시오."

헌책방의 늙수그레한 남자가 안쪽의 퀴퀴한 곳에서 소리만 내지르고 있었다.

"어떤 책을 찾으십니까?"

그가 다시 물었지만 일어날 생각은 없는 듯했다. 그냥 들어 왔다가 그냥 나갈 사람인 것처럼 보인 것일까. 종태는 머뭇거 리며 책을 찾는 듯이 사방을 둘러보았다. 책 더미로 가득 쌓인 좁은 공간 안엔 두 사람만 들어가도 꽉 막힐 것만 같았다.

"그냥…… 읽을 만한 책이 있나 싶어서요. 한 번 둘러보겠습 니다."

종태는 그런 말을 하고는 열심히 훑어보았다. 책들이 너무 많 아서 어디에 어떤 책이 꽂혀 있는지도 몰랐다. 이미 누렇게 색 이 바랜 책들이 켜켜이 쌓여 있어서 책의 옆쪽만을 보고서 제목 을 읽어내는 데만도 눈이 아플 지경이었다. 그리고 책의 제목이 쓰인 부분이 통로 쪽으로 쌓여 있는 것도 있었지만, 그렇지 않는 것도 꽤나 많았다. 그런 것들은 제목조차 알 수 없었다.

"어떤 종류의 책을 찾으시는 데요? 여긴 책이 너무 많아서 찾기가 힘들어요."

늙은 남자의 진심어린 충고에도 불구하고 그는 대답도 하지 않은 채, 열심히 책 제목들을 살펴나갔다. 나중에는 주인도 지쳤는지 더 이상 대꾸할 생각을 포기하고서 너덜너덜한 책 표지를 풀로 붙이는 작업에만 열중하고 있었다.

종태는 샅샅이 뒤졌지만 그런 책은 없는 듯했다. 군사학이라던가, 전술에 관한 책들은 있었지만 병기에 관한 책은 눈에 띄지 않았다. 그는 다시 눈을 돌려 이때까지 살펴보지 않았던 곳을 뒤지기 시작했다. 그러나 그러한 책은 눈에 띄지 않았다.

한참 만에 그는 하던 일을 포기하고서 주인에게 넌지시 물어보았다.

"여긴, 없는 책이 있어요?"

종태의 질문이 너무 어이가 없는지 주인은 안경을 얼굴을 들었다가 대꾸도 하지 않고서 다시 하던 일에 몰두할 뿐이었다.

"......"

종태는 제풀에 주눅이 드는 것 같은 기분이 들었다. 김이 쌘다고나 할까. 화가 났지만 할 수 없는 일이었다. 그렇다고 주인에게 물어서 찾아달라고 할 성질의 것도 아니었다.

그는 다시 찾기 시작했다. 먼지가 뽀얗게 내려앉은 책 더미에서는 건드릴 적마다 풀썩풀썩 먼지가루를 내뿜는 듯했다. 그의 손에는 온통 먼지로 범벅이 된 것 같았다. 그러나 그는 포기하지 않았다. 그런 책은 쉽게 눈에 띌 것 같지 않았기 때문이었다. 그런 책은 아마도 일 년을 가봐야 한 사람도 찾지 않을 그런 책이라고 생각됐다.

그는 차라리 수산포로 다시 들어가서 해안 초소에 있는 책을 훔쳐나오는 것이 더 나을지도 모른다는 생각이 들었다. 군인들이 있는 초소로 가면 그런 책은 분명히 있을 것만 같았다. 그러나 그곳까지 간다는 것이 그랬다. 그리고 그 책을 훔치는 것도 그랬다. 만일의 경우에 책을 훔쳐내다가 들키기라도 하는 날엔 그는 꼼짝없이 박격포를 훔친 범인으로 지목될 게 분명했다. 그는 그런 위험 부담을 느끼면서까지 박격포를 사용하고 싶진 않았다.

차라리 대충 눈대중으로 포신의 방향을 정해놓고 아무 데나 쏜다고 해도 그리 문제될 것은 없을 거라고 생각되었다. 만일, 사람들이 운집해 있는 밀집 장소로 박격포탄이 날아간다면 그건 큰일 날 일이었다. 포탄 하나에 수많은 사람들이 생목숨을 잃을 우려가 있기 때문이었다. 그는 그것만은 피할 생각이었다. 어디까지나 정신이 아찔할 정도로 목숨에 대한 위협만 가할 생각이었다.

사람들이 혼비백산해서 우왕좌왕하면서 달아나는 통에 경마장 전체가 어수선해지기만을 바라는 것이 그의 계획이었다. 포탄이 떨어진 곳엔 움푹한 웅덩이가 패어지고, 포탄의 굉음에 놀란 직원들조차도 생명의 위험을 느끼고서 달아나는 데에만 온통 정신이 팔릴 정도라면 그야말로 성공일 것이었다.

그는 다시 밑쪽에서부터 책을 뒤지기 시작했다. 바닥에는 두꺼운 책들이 누렇게 변색된 채로 흙먼지를 뒤집어쓰고 있었다. 사람들이 좁은 공간에서 발을 옮기느라 밟아댔는지 책은 시커멓게 변색이 돼 있었다. 그는 켜켜이 사람 키 높이만큼이나 쌓인 가장 밑바닥을 살피다가 '병기학'이라는 책을 발견해냈다.

'아! 있다!'

그는 정말로 반가웠다. 주인 쪽을 살폈지만 주인은 아직도 책 표지를 붙이는 일에만 정신이 팔려 있는 듯했다. 종태는 얼른 위쪽의 책을 들어올리면서 가장 밑바닥의 책을 빼냈다. 그 바람에 책들이 쏟아지려고 그랬다. 그는 가까스로 책을 빼내 먼지를 털어냈다.

책 표지에는 병기학이라는 제목과 함께 밑쪽에 제 1 하사관학교라는 표시가 돼 있었다. 그는 곧 겉표지를 넘겨 목차를 살펴봤다.

"……?"

그는 위에서부터 기관총과 발칸포에 대한 목차를 훑으면서 내려갔다. 그리고 박격포에 대한 글자가 씌어져 있는 것을 보고는 절로 감탄이 터져 나왔다.

'아, 있군.'

그는 얼른 페이지를 찾아 책장을 넘겼다. 박격포라는 큰 글자가 씌어져 있는 첫 장이 나왔다. 그리고 그 다음 페이지부터 박격포의 제원과 각 부 명칭들이 나오고, 사격 요령이 적힌 페이지가 나왔다. 상세한 그림과 더불어 알아듣기 쉽도록 설명이 된 책이었다.

그는 그 책 외에 많은 책들을 골라내었다. 책방 주인이 나중에 기억할 수 없도록 제목부터가 이상한 것들만 골라내었다. 케케묵은 낡은 철학서라던가, 유럽의 변천사, 그리고 골동품에 버금 갈 정도의 옛날 성경책, 그리고 또 은밀한 야담이 적힌 낡은 책들을 골라내었다. 모두 다 스무 권 정도의 분량이었다. 그는 그 속에 병기학 책을 끼우고는 주인한테 내밀었다.

"이게 다 얼마더라? 가만······."

주인은 갑자기 횡재를 한 기분인지 책의 뒤표지를 들춰보며 일일이 정가를 확인하는 것이었다. 그 정가의 년도를 비교해서 적당한 책값을 어림짐작으로 매기는 모양이었다.

"몽땅 십 만원만 주슈."

주인의 말에 그는 두말없이 현금을 내서 지불했다. 그리고는 황급히 그곳을 빠져나왔다. 지하철로 걸어오면서 그는 쾌재를 불렀다. 그 책을 겨우 구할 수 있었다는 게 기분 좋은 일이었다.

그는 어서 빨리 집으로 가서 책의 내용을 읽고 싶었다. 그러면 곧 박격포에 대한 모든 걸 알 수 있을 것만 같았다.

그는 집으로 들어오자마자, 곧 책을 펼쳤다. 박격포에 대한 명칭에서부터 기능에 대한 설명이 씌어져 있었다. 일반 사병들이 보는 책이라선지 그리 어려운 용어나 설명 같은 건 없었다. 그는 포탄에 대한 지식까지도 알 수 있게 되었다. 그리고 박격포의 제원과 사용법도 배울 수 있었다. 박격포란 종태가 알기로도 포신의 기울기에 의해서 거리를 조정하는 것으로 알고 있던 터였다.

정확한 거리 계산을 하는 건 너무 복잡해서 알 수 없었다. 박격포의 몸체 붙어 있는 수평 고도를 통해서 포신의 기울기를 산출하는 방법이 너무 복잡했다. 그는 간단하게 포를 사용하는 방법만을 익혀도 될 것이라고 생각했다. 그는 간단한 것들만 익힌 채로 실제로 박격포를 방 안에다 들여놓고는 설치하는 방법 등을 익혔다. 그리고 포탄을 집어넣는 장면들도 실제로 재현해봤다.

하나, 둘 , 셋이라는 구호를 마음속으로 외치면서 포탄을 집어넣고는 포신 옆에 최대한 몸을 수그린다는 것이 원칙으로 나와 있었다. 일단 박격포는 포탄만 집어넣으면 자동으로 발사가 되는 물건이었다. 포탄이 포신 속으로 내려가면서 포탄의 뇌관을 부딪치게 되면 곧 폭발하게 되면서 포탄이 날아가게 되어 있는 원리였다.

모든 건 간단했다. 그는 박격포에 대한 자신감을 얻었다. 가장 간단하면서도 위력이 센 화기 중의 하나라는 걸 깨달았다. 포탄의 위력으로는 원거리 사격이 가능하고, 곡사포의 장점을 가진 것이 특징이었다. 곡사포의 장점이란 장애물이 있다면 그 장애물을 넘어 포물선을 그리며 포탄을 떨어뜨릴 수 있다는 것이었다.

종태는 포신을 기름걸레를 이용해서 잘 닦아놓았다. 그리고 사용할 포탄의 갯수를 생각해 보았다. 대충 다섯 개면 충분할 것 같았다. 다섯 개의 포탄이 떨어지면 경마장은 삽시간에 아수라장이 돼 버릴 것이었다.

종태는 다음 날 경마장이 있는 과천을 실제로 답사할 생각이었다. 그래서 모든 건물의 구조와 경리과가 어디에 있는가를 살펴보고 나서, 실제로 자신이 포 사격을 가할 위치를 선정할 생각이었다. 그리고 포탄을 쏘고 난 뒤에 가장 빠른 시간 안에 경리과를 급습하여 현금을 강탈해서 다시 차가 있는 곳으로 빠져 나와야만 성공할 수 있다고 믿었다.

그는 날이 밝는 대로 과천으로 차를 몰았다. 마침 토요일이라서 안양에서 잠깐 차들이 막혔다가 곧 풀어졌다. 그리고는 다시 과천에 거의 다 가서 다시 차들이 막혔다. 그는 길에 서 있는 앞차들의 줄을 보면서 옛날과 달리 그만큼 경마팬이 늘었다는 것을 실감할 수 있었다.

대개가 차 안에 남녀가 타고 있었다. 그들은 마치 야외로 나들이라도 가는 양, 선글라스를 끼고선 폼을 내고 있었다. 경마는 일종의 도박이었다. 화투가 상놈의 도박이라면, 경마는 꽤나 고급의 도박이라고 할 수 있었다. 사실 경마는 과학적인 도박이었다. 경마에 나서는 말의 경주 능력을 가늠해서 돈을 거는 것이라고 말할 수 있었다.

종태는 경마와 같은 도박엔 절대로 손을 대지 않았다. 그것은 어렸을 적의 아버지한테서 신물나게 배운(?) 도박 때문일 것이었다. 아버지는 맨날 도박에 빠져 거의 집에 들어오지 않았고, 거기다가 술까지 겹치면서 가세가 기울었던 것을 생생히 기억하고 있었다. 그래선지 종태는 도박을 그리 좋아하지 않았다.

과천 경마장은 꽤나 넓었다. 정부에서 일찌감치 과천과 같은 한적한 곳에다가 넓은 땅을 확보해서 경마장을 세운 탓인지 마치 어린이 대공원과도 같은 시설들이 자리잡고 있었다.

그는 입장권을 한 장 사서 일단 안으로 들어갔다.

그리고는 스탠드를 둘러보고는 다시 바깥으로 나와서 건물들을 살피기 시작했다. 스탠드가 있는 건물에 각종 사무실들이 빼곡히 들어차 있었다. 그리고 스탠드가 있는 건너편의 건물들이 바로 경주할 말들이 기거하고 있는 건물이었다. 넓은 대지 위에 커다란 트랙이 원을 그리며 펼쳐져 있었다. 트랙과 건물이 있는 곳 외에는 전부 공터나 마찬가지였다. 군데군데 숲들이 우거져 있는 게 눈에 띄었다. 종태는 한 사람만이라도 도와줄 수만 있다면, 저런 숲 속에서 박격포를 쏘게 하고 자신이 나서서 현금을 강탈하면 좋을 것이라는 생각을 했다. 그러면 좀 더 안전하고도 손쉽게 털 수 있으리라는 생각이 들었다.

그는 토요일 오후를 줄곧 그곳에서 보냈다.

오전 10시에 개장한 그곳은 발디딜 틈이 없을 정도로 사람들로 만원이었다. 가는 곳마다 발에 밟히는 것이 바로 사람들이었다. 식당에도 그랬고, 심지어는 화장실에도 만원이었다. 관람대가 있는 건물 안에서는 어딜 가나 사람들로 만원이었다.

그는 바깥으로 나와 걸으면서 박격포를 설치할 장소를 찾았다. 매표소가 있는 곳에서 그리 얼마 떨어지지 않은 곳에다가 포탄을 떨어뜨릴 계획이었다. 그래야만 혼비백산한 직원들이 우왕좌왕하는 동안에 자신이 유유히 현금을 챙겨 도주할 수 있을 것만 같았다.

그는 모든 걸 기억에 집어넣고는 5시 30분경 경기가 끝나는 시간까지 계속 매표소 쪽을 지켜보았다. 현금이 어디로 이동하는가를 살피기 위함이었다. 5시 30분이 넘어가게 되자, 모든 경기가 종료되고 나서 매표소가 있는 건물 쪽으로 봉고 트럭 한대가 다가오는 게 보였다. 봉고의 차 지붕에는 경광등이 달려 있는 것으로 봐서 현금을 수송할 차량임이 분명했다.

"음, 저 차군."

종태는 낮게 신음소리를 뱉어냈다. 경광등을 단 봉고 트럭에서 나온 수송 경비요원들이 건물 안으로 들어가는 게 보였다. 그리고 좀 있다가 커다란 자루들을 메고 나와서는 다시 봉고차로 옮겨 싣는 게 보였다. 경비 요원들의 장비라고는 고작해야 허리에 차고 있는 가스총이 전부였다.

그걸 보자, 종태는 마음속으로 자신감이 솟아났다.

가스총이래봐야 실로 별 게 아니었다. 살상용이 아니었기 때문에 겁낼 건 하나도 없는 물건이었다. 그런데도 일반 사람들은 무슨 대단한 위력을 가진 총쯤으로 생각하고서 겁을 냈지만 종태에겐 가소로운 무기랄 수 있었다. 칼과 같이 살아온 사람에게는 가스총쯤은 그야말로 어린이 장난감에 불과한 것이었다.

"⋯⋯?"

봉고 차에 돈 자루를 가득 실은 경비 요원들은 신속하게 그 자리를 떠났다. 아마 은행으로 직행하는 모양이었다. 이미 많은 사람들이 속속들이 빠져나가고 없었다.

직원들은 그냥 무표정한 얼굴로 지나치기만 했을 뿐, 종태처럼 남아 있는 사람들을 그대로 내버려두고 있었다. 그런 것이 종태에겐 헛점으로 보여지고 있었다. 종태는 더욱 자신감을 얻게 되었다.

그는 곧 그곳을 빠져나와 안양 쪽으로 달렸다. 이미 한 풀 꺾인 해는 서산 쪽으로 기울고 있었다. 도로로 나오자, 경마장을 빠져나온 차들로 만원이었다. 마치 거북이걸음을 하면서 엉금엉금 기어가고 있었다.

종태는 그리 급할 게 없었다. 그들 차들 속에 섞인 채로 조금씩 나아갔다. 안양까지 오는 데만도 한 시간이 넘게 걸렸을 것이다. 안양에 들어서면서 좀 더 속력을 낼 수가 있었다.

안양에서 광명시로 들어오면서 종태는 더욱 가속력을 높였다. 탁 트인 시야가 기분 좋게 했다. 그리고 하안동 아파트 단지를 지나서 철산동으로 들어섰다. 그는 갑자기 배고픔을 느꼈다. 이미 저녁 시간이라 아파트에서는 곳곳마다 불빛이 들어오고 있었다.

그는 차를 몰아 상업지구 안으로 들어갔다. 옛날에 나이스 호텔 사건이 생각났지만 이젠 다 잊혀진 추억에 지나지 않았다. 그는 코코스로 들어가 간단한 양식을 시켰다. 얼른 저녁을 먹고 나갈 생각이었다. 광명시라는 곳이 전재현의 살인 사건이 일어난 곳이라 다소 마음이 내키지 않았지만 옛날을 더듬어보는 것도 괜찮은 일이라고 생각되어서 들른 것이었다.

그는 옛날의 그 동지들이 다 어디로 사라졌는지 기억에 남는 사람은 별로 없었다. 모두 다 한몫 잡기 위해서 부나비처럼 조직의 세계로 뛰어들었다가 쓴 잔을 마시고서 사라져 갔을 것이었다. 그는 그렇게 생각했다. 조직의 세계에서도 엄연히 적자생존의 원칙이 고수되고 있었다. 힘 센 자만이 살아남는다. 그리고 지와 용이 고루 갖춰진 인물이 끝까지 살아남는다라고 믿었다.

그는 양식을 먹으면서 창밖을 내다보았다. 어느새 유흥가로 변해버린 듯했다. 건물마다 네온사인이 번쩍거리고, 음식점 아니면 술집이라는 식으로 즐비하게 늘어선 그곳에는 젊음이 물결처럼 흐느끼면서 흘러가고 있었다. 그에게는 남다른 감회가 있는 곳이었다. 죽음에서 가까스로 살아난 곳이기도 했다.

그는 양식을 다 먹고 나서 커피를 시켰다.

그는 담배를 피우면서 다시 창밖을 내다보았다. 이런 시간에 벌써 술에 취한 취객 한 명이 길거리에서 비틀거리고 있는 게 보였다. 비가 오는가. 그 사내의 머리카락이 유난히 검게 빛나는 듯했다.

"......?"

그는 유리창을 바라봤다. 가는 빗물이 유리창에 사선을 그으며 내리고 있었다. 조금씩 내리기 시작하는 비였다. 그는 커피를 마시면서 사이사이 담배를 피웠다. 커피맛이 예전과 다르게 느껴지는 건 또 뭔가. 커피 향내가 감미롭게 퍼져 오르는 것만 같았다.

그는 커피를 마시고 밖으로 나와서 조금 걸어보았다. 예전의 기억을 더듬었지만 기억의 창고에는 흔적도 남아 있지 않은 듯했다. 도무지 알 수 없는 길이 새로 나 있었고, 낯선 건물들로 방향조차 알 수 없었다.

그는 다시 차가 있는 데로 돌아와 시동을 걸었다.

언덕바지에 있는 시청을 지나 곧장 내달렸다. 천왕동으로 해서 다시 아까 오전에 왔던 길을 택해서 가는 길이었다. 오류동에 못 미쳐서 삼거리에서 검문이 있는지 앞서 달리던 차들이 서서히 멈추는 게 보였다.

"……?"

그는 좀 난감했다. 괜히 불심검문에 걸리지나 않을까 하는 막연한 불안감이 엄습해왔다. 차는 점점 앞으로 떠밀려 나가고 있었다. 그의 차례가 되었을 때, 비옷을 입은 경찰이 거수경례를 붙이며 다가왔다.

"실례합니다. 신분증 좀 보여 주십시오."

경찰은 종태의 짧은 머리카락을 보고선 검문을 하는지도 몰랐다. 사실 종태는 머리가 짧았다. 그가 징역에 있을 때부터 짧았던 머리카락이 사회에 나와서도 머리카락을 짧게 하는 버릇이 생겨버린 것이었다.

종태는 신분증을 내밀었다. 경찰이 종태가 내민 신분증을 들여다보다가 무전기로 조회를 하는 것이었다. 무전기의 칙칙거리는 소리가 들리고…… 종태는 다소 불안해졌다. 주소가 강원도 양양으로 돼 있었고, 오픈카에다 가죽 호로를 뒤집어씌운 짚차를 타고 있다는 것이 아마도 경찰의 표적이 된 것 같았다.

"……"

종태는 기다리는 동안, 수없이 많은 생각들이 머리를 스치며 지나갔다. 오랜 옛날의 죄과가 낱낱이 떠오르면서 어쩌면 자신은 경찰의 수사망에 걸려 여기서 곧바로 끌려갈 것 같은 기분이었다가, 아직은 그래도 아니다, 좀 더 할일이 남았다는 생각으로 어수선해졌다.

"잠깐만 내리시죠."

그런 생각을 하고 있는 와중에 좀 전의 그 경찰이 신분증을 들여다보며 말을 했다.

"……?"

종태는 의아했다.

"신원조회가 이상해서…… 잠깐 내리시죠."

다시 경찰의 말을 듣고서야 그는 퍼뜩 정신이 들었다. 속으로 큰일 났구나 싶었다. 그러나 겉으로 그런 내색을 드러내진 않았다. 그저 태연하게 차에서 내렸을 뿐이다. 그리고는 경찰의 뒤를 따라 순찰차가 있는 곳으로 걸어갔다.

좀 전의 앳된 경찰이 고참인 듯한 순찰차의 경찰에게 인계를 하고는 다시 삼거리로 돌아가 버렸다. 순찰차에 타고 있는 고참인 듯한 경찰관이 종태를 올려다보며 물었다.

"강원도에서 왔는데…… 뭣 때문에 왔어요? 전과 사실이 있는 것 같은데?"

고참인 듯한 경찰관이 예리한 눈빛으로 종태를 쏘아보았다.

"사업 때문에 왔습니다. 안양엘 갔다가…… 왜요? 무슨 일이 있습니까?"

경찰관은 종태가 말하는 것을 유심히 지켜보는 듯했다. 그저 종태가 말하는 것을 봐서 육감으로 때려잡으려는 것 같이 보여졌다. 혹시 용의자가 아닐까 하는 그런 마음인 것 같았다.

"아, 신문에 난 거 못 봤습니까? 저쪽에서 살인 사건이 났는데. 무슨 사업을 하십니까?"

경찰은 좀 더 신문조로 나왔다. 민주 경찰이 직접 신문을 한다는 인상 같은 건 아니었다. 단지 의문스러운 점이 있어서 그저 물어보는 정도였다.

"그냥…… 요즘은 친구가 하는 사업을 돕고 있습니다."

"……?"

경찰은 다시 종태의 얼굴을 유심히 쳐다보기만 했다. 그리고는 다시 신분증을 되돌려주면서 말했다.

"안녕히 가십시오. 검문에 응해 주셔서 감사합니다."

경찰은 거수경례를 올려붙였다. 종태는 유리문을 닫으면서 차를 출발시켰다. 속으로 약간 졸아들었던 마음이 풀려졌다.

비록 전과는 있었지만 기소중지 건이 없었으므로 가라고 한 것이 분명했다.

　종태는 하여튼 조심해야 할 것이라고 생각했다. 전직 대통령의 아들이 들판에서 무참하게 살해되었다는 것만으로도 전 경찰력이 나서서 수사를 하고 있음이 틀림없는 듯했다. 수사는 공전에 공전을 거듭하고 있었다. 아직까지 어떠한 수사의 단서가 될 만한 것조차 찾아내지 못한 상태에서 시민들의 목격자 제보만을 기다리고 있는 상태였다.

　"……."

　종태는 집으로 돌아와 창문을 활짝 열어젖혔다. 밤하늘에 별들이 반짝이는 것이 보였다. 검은 산이 바로 앞에 서 있었다. 종태는 가슴 속으로 맑은 공기를 듬뿍 들이마셨다가 내쉬었다. 오늘따라 달빛이 휘영청 밝은 듯했다. 산 위쪽에 떠 있는 달빛을 보자, 그는 어린 시절로 돌아가는 듯한 기분이 들었다.

　학교를 마치고 돌아오는 길에 배가 고파서 논밭에 심어진 무우를 뽑아 먹던 기억들, 그리고 마늘을 캐서 매운 마늘까지도 마다하지 않고 씹어먹던 기억들이 났다. 봄이면 산으로 올라가서 잔대를 캐서 먹고, 찔레순을 꺾어서 얇은 껍질을 까서 먹었던 시절의 기억들이 가물거리는 가로등처럼 떠올랐다.

　그런 농촌에서 이를 악물고 서울로 올라와서 몸부림을 치던 시절들. 그 시절에는 그래도 패기와 용기만 하나만으로 모든

것이 다 내 것인 양, 배부르게 생각하면서 버텨왔다고 할 수 있
었다. 돈이란 언제든지 마음만 먹으면 얼마든지 생길 수 있다
고 믿고 있을 때가 가장 행복한 때였다. 그때만 해도 종태는 별
로 돈에 대한 관심조차도 없었다. 다만 점점 조직을 키우면서
조직에 들어가는 최소한의 돈이 필요하다는 걸 느끼면서 그는
돈이 얼마나 소중한 것이라는 걸 깨달은 것이었다.

이 세상에서는 돈이 있어야 한다.

돈이 없으면 아무것도 아니다. 법에 가서도 돈이 작용했다.
그리고 술집 하나를 하려고 해도 구청이나, 세무서, 소방서 같
은 데서 자꾸만 찝쩍거렸다. 돈이 곧 말하는 세상이 돼버린 것
이었다. 종태는 그러한 돈이 곧 사람을 말해주는 것이라고 믿
게 되었다. 돈이 없는 놈은 인격도 없는 것이고, 명예도 돈이
있어야만 되찾을 수가 있는 것이라고 단정지었다. 사람을 치장
하고 있는 옷들과 액세서리들이 다 돈과 직결됐다.

아무리 못 생긴 놈이라도 값비싼 것으로 치장을 하고 나면
그럴싸하게 보인다는 것도 후에 알게 되었다. 물론 타고 다니
는 차도 그랬다. 외양만 번드르르하면 곧 그 사람의 인격인 것
처럼 평가되어지는 것이 요즘의 세태였다. 그래서 사람들은 저
마다 돈이라면 물불을 가리지 않고 모으려고 하는 것인지도 몰
랐다. 돈, 돈…… 돈이 있어서 안 되는 것이란 거의 없을 정도
였다. 다만 그 돈을 어떻게 요리하느냐 하는 것이 그 사람의 능

력이랄 수 있었다.

　돈을 가지고도 일을 잘 처리하지 못하는 것은 그 사람의 능력이 부족한 것일 뿐이다. 그리고 적은 돈으로도 사람을 잘 요리하는 것은 그 사람의 능력이 탁월한 것이라고 믿는 세상. 그래서 사람들은 요령이 있어야 한다고 믿는다. 사람들은 저마다 각기 타고난 능력이 있는데도 쉽게 발견하지 못할 뿐이다.

　종태는 배운 것은 없었지만 타고난 주먹 하나만으로도 충분히 이 각박한 서울에서 살아갈 수 있었다. 돈이 없으면 주먹이라는 말이 있듯이 돈이 없는데 무슨 능력을 펼칠 수가 있겠는가. 그는 오로지 주먹을 믿으면서 살아온 것이다. 사실 그는 주먹으로 모든 걸 이뤘다고 할 수 있었다. 비록 명예라고는 할 순 없었지만, 사업을 하는 놈이나 주먹을 써서 돈을 버는 놈이나 매마찬가지일 것이라고 생각했다. 사업을 하는 놈은 천성적으로 아부를 잘한다던지, 상대방의 마음을 녹일 수 있는 능력을 타고 났다고 한다면, 종태는 그런 것에는 아예 질색했었다.

　남자로 태어나서 비굴하게 굽실거리면서 살고 싶진 않았다. 되면 되는 것이고, 안 되면 안 되는 것이라는 식의 배짱으로 세상에 뛰어든 것이나 마찬가지였다. 다행이 그는 철저한 승부근성으로 상대방을 제압시킴으로써 구역과 돈을 한꺼번에 거머쥘 수가 있었던 것이었다.

　경마장을 터는 일도 돈 때문만이 아니었다. 그의 목적은 이 세상의 썩어빠진 구석을 확 도려내버리고 싶은 오기 하나만으로 계획한 일이었다. 같은 값이면 다홍치마라고, 이왕 썩어빠진 곳을 도려내고자 했을 때는 세상 사람들이 경악할 정도의 일을 저지르는 것이 낫다고 생각했다.

도박이 얼마나 사람을 비참하게 만드는가.

그 도박 때문에 사람이 비굴해지면서 스스로 비참해지기까지 한다는 것은 해보지 않은 사람들은 모를 것이다. 종태는 어렸을 적에 아버지가 손을 댔던 도박판을 기억하고 있었다. 나중에는 집에 있는 것들을 몽땅 가져가서 팔아치운 아버지를 바라보면서 울고 있던 어머니의 심정을 그는 이해했다.

도박에 미친 아버지는 나중에는 여자에까지 미치면서 그나마 남은 양심 같았던 마지막 삶의 광기를 내뿜는 듯했다. 그러면서 여럿 식구들을 내팽개친 채로 세상을 떠버렸던 것이다. 남은 식구들이 어떻게 살아가야 하는지에 대한 아무런 대책도 없이 세상을 떠버린 뒤로 종태의 식구들은 입에 풀칠하는 것조차도 버거웠다.

하루 세 끼를 먹는다는 것.

그것조차도 힘들다고 느껴졌을 때는 아무런 희망 같은 것도 엿보이지 않았다. 오로지 살기 위해서는 비겁한 도둑질은 못할망정, 있는 놈들의 호주머니에서 돈을 조금 빼앗는 것은 그리 죄가 안 될 것이라는 생각까지 했던 그였다. 그 어린 시절에 그는 벌써 돈의 무지막지한 힘을 배워버린 것이었다.

"······."

그는 일찌감치 침대 위에 누운 채로 TV를 보고 있었다. 그러다가 잠이 오면 잠들 생각이었다. 그러나 잠도 오지 않으면서 TV에도 신경이 써지지 않고 있었다. 무엇엔가 정신이 집중되는 듯하다가 흐트러지고 마는 것이었다.

'박격포를 어떻게 안으로 들여간다?'

그는 박격포가 제일 문제였다. 외부 주차장에다 차를 세워놓고 안으로 들어가는 경마장이었다.

"······."

그는 박격포를 일단 안으로 들여가는 것이 문제였다. 그는 오래도록 생각했다. 그래서인지 그는 아까부터 무언가 생각나지 않으면서 마음에 걸리는 부분이 있었는지 모른다.

'맞아. 경비업체인 것처럼 위장하는 거다. 돈을 가져갈 시간이 되기 전에 미리 들어가면 일단은 안심이 되지. 그러다가 시간이 되면 일을 저지르는 거고'

그는 그런 생각이 들었다. 경비업체에서 나오는 시간이 정확하다면 그는 불과 몇 초 만에 일을 해치워야 한다는 결론이었다. 아마 각 매표소에서 나온 돈을 집계하는 시간과, 경비업체에서 현금을 가지러 오는 시간과는 차이가 좀 있을 것이었다. 종태는 그 시간 안에 모든 걸 해치워야 한다는 생각이 들었다.

아마도 그 시간이란 한 30분쯤이나 한 시간 정도가 될 것이었다.

그는 만면에 웃음을 띠면서 다음 생각으로 넘어갔다.

그럼 차는? 일단 그곳으로 무사히 출입을 하려면 경비업체에서 나온 것처럼 경광등이 달린 차를 구입해야만 할 것 같았다. 굳이 그런 차가 없더라도 새 차를 사서 도색만 하면 될 것이다. 그는 다시 마음이 조급해지기 시작했다.

그리고 경비업체 사람들이 입는 옷과 장비들도 대충 챙겨야만 할 것 같았다. 그는 내일 청계천이나 남대문으로 나가서 그런 것들을 구입하고는 자동차 매매센터로 가서 중고차를 한 대 살 계획이었다.

종태는 장안평에 있는 중고차 매매센터로 갔다. 영등포에도 있었고, 구로동에도 매매센터가 있었지만 가급적이면 그곳은 피했다. 혹시 전의 식구들을 만날지도 모른다는 생각 때문이었다.

그는 중고차 아반떼를 한 대 사서는 그곳 매매센터에다 도색을 부탁했다. 경비업체와 똑같이 도색해 달라고 하고는 경광등까지 달아달라고 부탁했다. 그렇게 도색과 경광등을 달아달라고 부탁하는 것이 다소 위험스러웠지만 어쩔 수 없는 일이었다.

이젠 그런 것까지 가릴 형편이 아니었다.

그리고서 그는 남대문으로 가서 경비업체 요원들이 입는 옷과 모자, 무전기, 워커 등을 구입했다. 모든 게 다 완벽하게 갖춰졌다고 생각되었다. 그는 집으로 돌아오는 길에 혹시 몰라서 구로동에 잠깐 들렀다. 구로동에 있는 중고차 폐차장으로 가서 그곳에 있는 사람에게 헌 넘버판을 하나 구입할 생각이었다.

"아유, 말도 마십쇼. 그런 거 하나 팔았다가 감옥 가게요. 요즘은 그런 거 잘못 팔았다간 쇠고랑 차요."

그곳에 근무하는 남자는 고개를 설레설레 흔들었다.

할 수 없었다. 종태는 더 이상 그곳에서 머뭇거렸다간 괜한 의심만 불러일으킬 것만 같았다.

그는 시내에서 머뭇거리는 것조차 스스로 달갑게 느껴지지 않았다. 전 시내가 다 초비상이 걸린 것처럼 이렇게 폐차장에서도 몸을 사리는 것이라고 생각되어졌다.

그는 집으로 돌아와서 바깥출입을 하지 않았다. 더 이상 싸돌아다닐 건덕지도 없었다. 다만 넘버판을 구하는 것이 문제였다. 그는 생각다 못해 훔치기로 마음을 굳혔다. 길거리에 세워져 있는 아무 차에서나 넘버판을 떼어낼 생각이었다. 그것이 가장 안전한 방법이었다.

그는 저녁이 되기를 기다렸다가 식사를 할 생각으로 잠깐 밖으로 나왔다. 그의 뒷주머니에는 넘버판을 떼내기 위한 펜치를 집어넣었다. 역곡 쪽으로 가서 식사를 했다. 그리고는 돌아오는 길에 한적한 주택가 공터에 세워져 있는 차들을 바라보다가 그 중에서 가장 값비싼 차를 한 대 골랐다. 말하자면 그랜저였다. 그는 그 차의 넘버판을 떼어냈다.

그는 이제 다 된 것 같았다. 내일 매매센터에서 부탁한 차를 받아서 경마장으로 갈 생각이었다.

그는 그날 밤. 잠이 오질 않았다. 둥그런 달님이 하늘에 높이 떠 있는 걸 바라보면서 왠지 모르게 이 서울과도 작별을 해야 할 때라는 생각이 들면서 아쉬움이 남는 듯했다.

"……."

그는 이제 만반의 마음의 준비를 끝낸 상태였다. 더 이상 이 서울에 머물러 있다는 것도 괜한 시간만 허비하는 것 같았다. 지예한테 전화라도 걸어볼까 하다가 그만두었다. 그것 역시 마음의 분란만 일으킬 것만 같아서였다.

여자란 남자의 마음에 혼란만 줄 뿐이었다.

그는 벌떡 일어나서 양주를 꺼내 잔에 따랐다. 그리고는 조금씩 음미하면서 마셨다. 집 안의 모든 불을 꺼버리고는 혼자 마시는 양주였다. 불을 꺼버리고 나니 한결 마음이 평온해졌다. 그나마 창문을 통해 들어오는 달빛으로 인해 실내는 어느 정도 밝기를 유지하고 있었다.

"……."

그는 점점 술기운이 오르면서 상호에 대한 생각으로 가득 찼다. 만일에 자신이 경마장을 털다가 뒷덜미를 잡혀 구속이 되었다는 걸 듣는다면 상호는 어떻게 생각할까. 그가 자신이 한 행동을 이해해주기나 할까. 그런 짓을 한 선배를 욕하지나 않을까 하는 마음이 들었다가도, 종태는 머리를 세차게 흔들었다.

'아냐. 그 놈은 날 알아. 내가 왜 그런 짓을 했는지를…… 잘은 몰라도, 나한테 무슨 사정이 있는 줄 알겠지'

'면회를 올까?'

상호는 분명히 면회를 올 것이다. 그는 그렇게 생각했다. 오랜 시간 동안, 같이 있으면서 나눈 정리를 생각해서라도 상호는 나타날 것이라고 믿었다.

"……."

그러나 종태는 그가 면회를 온다는 것조차도 내키지가 않았다. 그렇다고 감방에 들어가 있는 자신이 막을 수는 없는 일이었다. 물론 면회를 거부할 수는 있는 일이었다. 그러나 그렇게까지 한다는 것은 있을 수 없는 일이라고 생각했다. 그것은 상호를 만나지 않겠다는 종태의 순수한 생각보다는, 어쩌면 영원히 너를 안 보겠다는 결별의 의미를 담고 있어서 그렇게까지는 할 수 없는 입장이었다.

그는 이런저런 생각을 하다가 늦게야 겨우 잠이 들었다.

아침에 일어나니 머리가 띵했다. 간밤에 무슨 꿈을 꾼 것 같았으나 그 꿈의 내용이 무엇인지는 전혀 기억도 나지 않았다. 상호가 따라오면서 무어라고 소리치는 것을 본 것 같기도 했고, 지예가 서울로 올라와서 같이 있겠다고 떼를 쓰는 걸 말린 것 같은 기억도 났다. 하지만 꿈의 내용이 너무 뒤죽박죽이어서 무엇이 진짜이고, 무엇이 가짜인지도 몰랐다. 개꿈이라고나 해야 할까.

그는 하늘을 올려다보았다. 맑게 갠 일요일 아침이었다. 아침부터 후덥지근했다. 시원한 바람이 산 쪽에서부터 불어왔다. 그는 세수를 하고는 아침밥도 먹지 않은 채로 밖으로 나왔다. 나가서 먹을 생각이었다.

그는 중고차 시장에서 건네받은 아반떼를 찬찬히 살펴보았다. 깔끔하게 도색이 된 차는 지붕 위에 경광등을 달고 있었다. 그는 스위치를 눌러 경광등을 시험해 보았다. 사이렌 소리가 나면서 경광등이 힘차게 돌아갔다.

"경광등 불빛을 빨리 돌아가게 하려면 이걸 이쪽으로 돌리면 됩니다."

자동차 매매센터의 상무라는 사람은 일일이 설명을 해주며 친절을 베풀었다.

"알았습니다. 고맙습니다."

종태는 그 즉석에서 차값과 부대비용이 든 값을 지불하고는 차 키를 인수받았다. 자동차 보험 같은 건 애초에 들 생각이 없었다. 단 하루만 사용할 차에 대해서 그런 것까지 신경 쓸 필요는 없었다.

그는 아반떼를 몰고 오다가 여의도 고수부지에 들러 세모 유람선의 그릴로 들어가 식사를 하고는 한강을 바라보다가 집으로 돌아왔다. 지금쯤 출발하면 어느 정도 시간이 맞을 것 같았다. 그는 경비업체 요원복으로 갈아입고는 차의 트렁크에다 박격포와 포탄을 실었다. 그리고 다리에 찬 칼날을 확인하고는 차에 올랐다.

'이제 가는 거다'

그는 속으로 마음의 준비라도 하는 듯이 중얼거리고는 차의 시동을 걸었다. 그는 한 번 집을 바라보고는 기어를 넣었다. 온수동을 빠져나와 역곡 쪽으로 가다가 좌회전을 하면서 광명시로 잡아들었다. 광명시를 거쳐서 안양 쪽으로 내달렸다.

인덕원에서 과천으로 빠지는 길을 택했다.

과천까지는 그리 멀지 않은 거리였다. 과천에 도착한 시간은 정확히 5시였다. 곧 매표가 중단되고 집계가 이뤄질 시간이었다. 그는 정문으로 들어갔다. 경광등을 천천히 돌리면서 그는 선글라스를 낀 채로 정문 앞에서 잠깐 멈추었다.

정문의 수위가 경비업체 차라는 것을 눈으로 확인만 하고서는 차단기를 올려주었다. 그는 곧바로 안쪽으로 들어갔다. 그리고는 건물 뒤편으로 가서 차를 세웠다. 시계를 보았다. 5시 7분이었다.

"……"

그는 아직 시간이 남아 있다고 믿었다. 경비업체에서 들어오는 시간은 대략 6시쯤이었다. 그는 의자를 뒤로 젖힌 채로 누웠다. 건물 뒤편으로는 사람들이 왕래하지 않았으므로 눈에 띌 염려는 없었다. 설사 띈다고 하더라도, 경비 용역업체에서 나와 잠깐 쉬고 있는 것이라고 생각할 것이었다.

그는 누워 있으면서 대략적인 계획을 머릿속으로 구상하고 있었다. 만일에 조금이라도 실수하는 날에는 현장에서 붙잡히고 말 것이라는 우려감이 들었다.

'성공할 수 있어. 이렇게 허술한 데는…… 무사히 유유히 빠져나가면 아마 신문에서도 대서특필로 다루겠지'

그는 속으로 웃음이 터져 나왔다. 그렇지만 그는 다시 침착하게 다시 한 번 계획을 점검했다. 일단 뒤쪽에서 박격포를 몇 발 쏘아올리고 난 다음, 최대한 사각을 낮추어서 건물의 벽에다가 포탄을 한 방을 먹이면 건물 벽이 울리면서 건물 안에 있던 직원들이 우르르 몰려나갈 게 분명했다. 아마 지진이라도 난 줄 알고 피신한 틈을 타서 안으로 순식간에 들어갈 생각이었다.

그리고 미처 못 빠져나간 사람이 있다고 하더라도 그리 겁낼 건 없었다. 이미 겁을 집어먹은 직원들에겐 칼날을 들이대면 충분히 될 것 같았다. 그런 생각을 하자, 종태는 미지근한 웃음이 입가로 배어나왔다.

그는 다시 시계를 보았다. 5시 34분. 그는 이때다 싶었다. 그는 차에서 내려 주위를 한 번 둘러보고는 아무도 없음을 확인하고는 장갑을 꼈다. 그리고는 재빨리 차의 뒤트렁크를 열어 박격포를 꺼냈다. 그리고는 포신과 포 다리를 결합하고는 포탄 상자를 꺼냈다. 모두 5발이었다. 그 중 네 발만 사용할 것이었다.

그는 갑자기 생각을 바꿨다. 모두 다섯 발을 사용할 계획이었다가 네 발만 사용하기로 결정한 것이다. 나머지 한 발은 사무실로 들어갈 때, 위협용으로 사용할 생각이었다.

그는 포신의 방향과 위치를 관람대 지붕으로 맞추어 놓고선 크게 심호흡을 한 번 했다. 그리고는 다시 한 번 방향과 고도를 확인하고는 상자에서 포탄을 꺼내 뇌관을 막은 뚜껑을 분리시키고는 포신에다 집어넣었다. 그는 곧 머리를 숙였다.

슈욱! 꽝!

그는 머리를 숙일 틈도 없이 다시 다음번 째의 포탄을 까서 넣었다. 이번에도 슈욱, 하는 소리와 함께 곧이어 꽝! 하는 소리가 났다. 관람대 쪽에서 사람들의 비명소리가 들려나왔다.

그는 재빨리 포신을 돌려 건물 쪽으로 향한 채로 포탄을 집어넣었다. 건물이 포탄에 맞아 부서지는 소리가 났다. 사람들의 비명소리와 함께 건물이 무너지는 소리가 들렸다. 그는 마지막으로 한 발의 포탄을 집어넣고선 얼른 사무실 쪽으로 튀었다. 그의 손에는 나머지 한 발의 포탄이 들려져 있었다.

사무실 안으로 들어선 그는 튀어나가려는 사람들에 밀려 잠깐 주춤거렸다. 모두 다 직원들이었다. 직원들은 갑자기 난데없는 포탄의 공격을 받아 전쟁이라도 일어난 것처럼 도망치고 있는 게 보였다.

"흐흐."

종태는 밀려나오는 사람들을 헤집으면서 사무실 안으로 들어섰다. 사무실에는 아무도 없었다. 그는 얼른 돈다발이 든 자루들이 여럿 있는 것을 발견하고는 한꺼번에 어깨 위에 메었다. 꽤나 무거운 것이었지만 그에겐 전혀 무겁지 않게 느껴졌다.

"……?"

그는 아무도 없는 빈 사무실에서 잠깐 둘러보다가 방금 전에 들어왔던 통로보다는 화장실 쪽의 통로를 통해 빠져나갔다. 사람들은 묘했다. 그런 일이 불시에 일어나자, 뒤쪽으로 도망치기보다는 사람들이 몰려나오고 있는 앞쪽으로 나가는 것이었다. 다행이었다. 뒤쪽으로는 사람들이 없었다.

그는 재빨리 차가 있는 데로 가서 뒤트렁크에다 자루들을 밀어 넣었다. 그리고는 운전석으로 와서 기어를 넣었다. 정문 쪽에도 이미 수많은 사람들이 밀려나와 차단기가 올라가 있는 상태였다.

종태는 경광등을 켜면서 사이렌을 울렸다.

왜앵 왜앵.

144

밀고 나가려던 사람들이 돌아보긴 했지만, 응급환자를 실어 나르는 것쯤으로 생각했는지 관심조차 두지 않았다. 서로 먼저 정문을 빠져나가려고 아우성을 치는 바람에 깔리고 넘어지는 사람들이 뾰족한 비명소리를 질러댔다.

사람들은 어떤 위험이 닥치며 우선 나부터 살고보자는 식으로 마구 허둥댔다. 남이야 깔려서 죽건, 뒈져서 죽건 간에 내 알 바 아니라는 듯이 철면피 같이 굴었다. 하긴 박격포탄이 네 발이나 떨어졌으니 전쟁이 일어나지 않고서는 그럴 수는 없는 일이었다. 사람들의 아우성을 밀치며 겨우 빠져나간 종태는 쏜살같이 내달렸다.

일단 과천을 빠져 나오면서 그는 한숨을 돌릴 수 있었다. 뒤를 따라오는 차는 없는 듯했다. 그는 가끔씩 백미러로 뒤쪽을 살폈다. 그런 난리통 속에서 가장 빠른 차는 역시 종태 밖에 없었다.

그는 안양 시내로 들어서면서 더욱 가속력을 높였다. 최대한 빨리 안양을 벗어나 부천 쪽으로 빠질 생각이었다. 종태가 타고 있는 차는 누가 봐도 얼른 알 수 있는 경비업체의 차였기 때문에 그대로 온수동으로 몰고 갈 수는 없는 일이었다. 그는 곧바로 부천 쪽으로 가서 일단 차를 버릴 생각이었다.

'몇 시지?'

그는 시계를 보았다. 6시 28분이었다. 아직 어두워지려면 좀 더 있어야 할 시간이었다. 그는 부천 쪽으로 가더라도 완전히 어두워지려면 멀었을 거라는 생각을 하면서 인천 쪽으로 돌았다. 어서 빨리 어두워지기만을 바랬다.

이렇게 어두워지기를 기다리면서 마냥 차를 몰고 다닌다는 것도 위험한 일이었다. 사태가 수습이 된 경마장에서 돈자루가 없어진 것을 발견하고서 그 원인을 캐다가보면 경비업체 차가 왔었다는 것이 알려지게 될 것이다. 그리고 진짜 경비업체에서 온 차들이 그 말을 듣고서 경찰에다 신고를 하게 되면 종태도 불신검문을 받을 수 있는 일이었다.

종태는 더 이상 움직이지 않기로 마음먹었다. 그는 인천 쪽으로 빠지다가 인천 공단 쪽으로 빠져서 들길로 나갔다. 넓은 들판에는 어스름이 내려앉으면서 사람의 그림자조차 보이지 않았다. 이미 들일을 마친 사람들은 저녁을 먹기 위해서 집으로 돌아간 그런 시간이었다.

"……."

종태는 들판에 차를 세워놓고서 라디오를 켰다. 7시 뉴스가 나오기를 기다리면서 그는 담배를 꺼내 피웠다. 음악이 흘러나오고 있었다. 팝 음악 시간대인지 계속해서 알아듣지 못할 팝만 나오고 있었다.

그는 차를 어떻게 처리해야 할지 몰랐다. 차가 제일 걱정거리였다. 차만 감쪽같이 처리할 수만 있다면 모든 건 완벽할 것만 같았다. 그는 일단 주위가 어두워지기를 기다리면서 라디오에 귀를 기울이고 있었다.

정각 7시가 되자, 뚜 뚜 뚜 하는 마감 소리와 함께 곧 7시 뉴스가 시작되었다. 종태는 숨을 죽이며 피우던 담배의 재를 털 생각조차도 하지 않은 채, 귀를 기울였다.

첫 번째 머리 뉴스가 바로 좀 전에 일어난 경마장의 현금 강탈 사건에 대한 것이 흘러나왔다.

방금 들어온 속보입니다. 오후 6시쯤 과천에 있는 경마장에서 원인을 알 수 없는 포탄이 날아들면서 사상자가 발생했습니다. 마침 그곳 경마장에는 5만 명의 관람객들이 경마를 보고 있었다고 합니다. 오늘 최대 인파를 기록한 경마장 측에 의하면, 관람대 지붕으로 떨어진 포탄은 박격포 포탄이며, 현금을 강탈할 목적으로 건물 뒤쪽에서 쏜 것이라고 추정하고 있습니다. 관계자의 말에 의하면, 건물 뒤쪽에서 60미리 박격포가 발견되었다고 합니다. 그 시간에는 사무실에서 매표 현금을 수송하기 위해 집계가 끝난 상태에서 건물 안으로도 박격포탄이 날아들었다고 전합니다. 경찰은 강도범이 박격포탄을 사용한 것에 중점을 두고 수사를 하고 있습니다.

여자 아나운서의 말씨가 다소 흥분된 듯했다.

종태는 회심의 미소를 지으면서 피우던 담배를 급하게 빨아들였다가 내뱉었다. 그리곤 창문을 열어서 밖으로 내던지려다가 그는 급히 꽁초를 안으로 거두어들였다. 그는 본능적으로 수사의 단서가 될 만한 건 담배꽁초라도 섣불리 내던질 수 없었다. 그러한 것은 그의 오랜 조직생활에서 터득된 철칙이기도 했다.

대개 범죄자들은 허술한 구석을 남겨놓음으로써 수사의 단서가 되곤 했다. 그래서 이 세상에서 완전범죄는 없다는 말이 나올 수도 있겠지만 그 말은 종태에겐 해당되지 않았다. 종태는 모든 일에 있어서 허술하게 처리하지 않았다. 일단 일을 저지르려고 마음먹었을 때는 철두철미하게 뒤처리까지 깨끗하게 처리하는 것이 그의 오랜 습관이기도 했다.

그는 차에서 내려서 뒤트렁크를 열었다. 그 안에는 돈이 채워진 자루 네 개가 있었다. 그는 그것을 논둑에다 내려놓은 뒤 다시 차 안으로 들어갔다. 그리고는 시동을 걸었다. 그는 차를 몰아 들판을 빠져나오면서 차를 처분하는 일만 남았다고 생각되었다. 차는 어디까지나 가장 큰 물증이었으므로 어떻게 감쪽같이 처분하느냐에 따라 이번 사건을 완벽하게 처리할 수 있을 것만 같았다.

그는 들판을 빙빙 돌면서 저수지를 찾았다. 분명히 들판이 있으면 물을 댈 수 있는 저수지가 있을 것이었다. 그러한 것은 종태가 시골서 자란 탓에 헤아릴 수 있는 것이었다. 마침 저수지가 있었다. 돈자루를 내려놓은 곳에서 얼마 떨어지지 않은 곳이었다. 그는 저수지 위로 차를 몰아 좁은 둑길을 나아가다가 그 자리에 섰다.

"……."

그는 창밖의 저수지를 내려다보았다. 검은 물을 가득 담아놓은 것처럼 검게 보일 뿐이었다.

그는 차 밖으로 나와 차의 넘버판을 떼어내고는 다시 차 안으로 들어갔다. 운전석의 옆문을 열어놓은 채로 그는 급히 액셀러레이터를 세게 밟은 다음, 차가 왕, 하고 나가는 순간에 그는 재빨리 옆문을 통해 몸을 날렸다.

첨벙.

차는 저수지 둑길을 달리다가 물속으로 곤두박질쳤다. 그는 축축한 땅바닥에서 일어나 차가 빠진 곳으로 가보았다. 차는 이미 물속으로 들어가고 없었다. 그는 컴컴한 둑길에 서서 사방을 둘러보았다. 어디를 보아도 칠흑 같은 어둠뿐이었다.

그는 천천히 저수지 둑길을 내려와서 찻길이 있는 곳을 향해 걷기 시작했다.

한 30분쯤 걸었을까.

한적한 도로가 나타났다. 그 길 위로 안양에서 인천으로 가는 고속도로가 지나가는 게 보였다. 그는 길 쪽으로 다가가서 차를 기다렸으나 차는 좀처럼 오지 않았다. 그는 다시 길을 따라 걷기 시작했다. 저만치 불빛이 보이는 걸로 봐서 동네가 있는 듯했다.

조그만 동네였다. 외딴 곳에 있는 동네로 들어서면서 그는 마침 들어왔다가 빠져나가는 택시를 만날 수 있었다. 그는 차를 세웠다.

"어디까지 가십니까?"

운전수가 뒷자리에 탄 종태를 돌아보면서 물었다.

"역곡까지 갑시다."

종태는 일부러 역곡이라고 말했다. 택시는 곧 출발했다.

"요즘 세상이 어수선해요. 왜 그런지 모르겠네요."

택시 운전수는 혼잣말처럼 중얼거렸다. 종태가 들으란 소리 같지는 않았다. 그냥 그저 혼자 지껄여보는 소리처럼 들렸다. 이런 곳에서 손님을 찾았다는 것이 반가워서 그랬는지, 아니면 뒤에 탄 종태가 혹시 강도짓이나 하지 않을까 싶어 일부러 말을 거는 것인지도 몰랐다.

"글쎄 말입니다."

종태는 운전수의 말에 대꾸를 하면서 다음 말을 기다렸다.

"오늘 뉴스 들어보셨어요?"

"오늘 또 뭐가 있었습니까?"

종태의 말에 운전수는 말손님을 만난 듯이 곧 튀어나왔다.

"아, 경마장의 돈을 털어갔다지 뭡니까? 그것도 박격포를 쏘고 말입니다. 그런 간 큰 놈이 어디 있겠습니까? 아마 탈영병이 그런 짓을 한 게 아닐지 모르겠어요."

"그래요? 난 첨 듣는데."

종태는 짐짓 시침을 떼면서 바깥을 내다보았다. 택시는 벌써 광명시 경계 지점을 통과하고 있었다. 광명시를 거쳐서 오류동으로 들어갈 모양이었다.

"하하, 그것도 모르고 계셨습니까?"

"⋯⋯."

종태는 잠자코 듣기만 하고 있었다.

"아, 글쎄. 어떤 놈인지는 모르겠지만, 그런 대담한 짓을 했다니 우습지 않습니까? 그것도 대낮에 경마장을 털 정도라면요. 아마 경찰도 비상이겠지만 전 군에서도 진돗개 하나는 발령됐을 겁니다. 진돗개 아시죠? 군에 갔다가 온 사람이면 다 아는데⋯⋯."

그러면서 운전수는 힐끔 뒤를 돌아다보았다, 종태는 의아한 눈빛으로 그를 쳐다보았다.

"아, 모르시는군요. 군에 안 갔다 왔습니까?"

"네. 전 아직⋯⋯."

"그거. 군에서 거는 비상이라는 겁니다. 비상을 거는 이름말입니다. 진돗개 하나라면 초비상을 말하는 거죠. 전시 정도는 아니고, 전시가 아닌 비상경계 태세를 말합니다. 박격포를 쏘고 돈을 훔쳐갔으니 군에선들 비상이 안 걸렸겠어요?"

"……."

"뉴스에서는 모두 네 발을 쐈다고 그래요. 그리고선 어떻게 돈자루를 빼앗아 갔는지 내용을 모르겠어요. 내일 아침 신문을 봐야 정확히 알겠지만. 우리나라에서 그런 일이 일어날 줄 누가 알았겠습니까? 간뎅이가 부어도 한참 부었지."

운전수는 마치 한심하다는 듯이 혀를 찰 것처럼 말을 했다. 종태는 가만히 듣고만 있었다. 운전수는 종태가 열심히 듣고 있다고 생각했는지 뜸을 두었다가 다시 말을 꺼냈다.

"나라가 썩어도 이만저만 썩어야지. 정치하는 놈들은 수억씩을 받아 처먹고도 눈 하나 깜짝 안 하는데, 우리 같은 서민들은 돈 몇 푼 공짜로 받아먹으면 알짤 없이 쇠고랑을 채우니 이게 말이 됩니까?"

"……."

"나라가 망할라고 이러는지 원……."

운전수는 혼자 혀를 차면서 분통해하는 듯했다.

"……."

종태가 계속 듣고만 있자. 그는 다시 말을 꺼내기 시작했다.

"전부 다 거짓말쟁이들이 정치를 하고 있으니, 이거, 원. 나라가 잘 될 턱이 없지 뭡니까. 김종필이는 우리나라가 이북하

152

고 대치하고 있는데 내각책임제를 해야 한다고 떠들어대고. 김대중이는 김종필을 내세워서 어떻게든 정권만 잡으면 된다는 식으로 나오고…… 다 거짓말쟁이들이지 뭡니까? 그리고 현철이는 감방에 들어가 있고. 나라가 이러니 안 망하고 어떻게 배겨요? 안 그렇습니까? 손님?"

그는 다시 뒷좌석으로 눈길을 주었다가 곧 앞으로 가져갔다.

"그건 그렇네요……."

종태는 별로 관심이 없다는 듯이 대꾸했다.

"아, 그러니까 이런 일들이 자꾸 일어나는 거지요. 나라가 깨끗하면 이런 일이 일어나겠습니까? 안 그래요? 전부 다 욕심만 가득해 가지고…… 나라는 망하던 말건 간에 지들은 시커먼 속셈만 채우고 말입니다. 이래 가지고 어떻게 나라가 되겠습니까? 김대중은 정치를 안 한다고 했다가 영국에서 돌아오면서 민주당의 쪽박을 깨버리고, 국민들을 우습게 알아가지고 다시 정치로 나서는 거짓말을 해대고 말입니다. 그리고 김종필은 북한에서 간첩들이 내려오고, 탈북자들이 막 넘어오는 이 판국에 대통령중심제는 한계에 왔다고 하면서 내각책임제를 떠들어대니…… 이거 참…… 어떤 놈이 대통령이 되건, 김대중이 대통령이 되면, 또 김종필이 대통령이 되면, 나라가 갑자기 왕창 부자 나라가 될 거 같습니까? 다 빈 말이지요. 돈 있는 놈들이 흥청망청 외제다, 뭐다 해서 써 재끼는데 뭘로 외화를 감당해요?

아무리 똑똑한 경제장관이 있다고 해도 밑에서 외제병에 걸려 있는데 경제를 어떻게 살려요? 우리 국민들도 문제 많아요. 그저 몇 푼 벌기만 하면, 휴일날 보세요? 쥐꼬리만한 월급 받아 가지고도 휴일만 되면 차를 몰고 밖으로 나와요. 그리곤 놀러 다니며 열을 올리는데 무슨 놈의 경제가 살아납니까? 있는 놈들이 쓰니까, 없는 놈도 같이 날뛰는데 석유 한 방울 안 나는 나라에서 어떻게 안 망하고 견딘답니까? 망하고도 남죠. 난 우리나라 국민들이 문제가 많다고 봐요. 뻑하면 데모나 해대고, 큰소리만 치면 다 되는 줄 알아요. 조순 시장이 아무리 똑똑하다고 해도 거, 보세요. 서울시장에 앉혀 놓으니까 맥을 못 추잖아요? 이때까지 한 게 뭐가 있습니까? 밑에 있는 공무원들이 썩어 나자빠지는데, 지가 무슨 수로 막아요. 그러니까 말입니다. 전 국민들이 정신을 차려야지, 정신을 안 차리는데 나라가 어떻게 잘 되길 바래요."

"……."

종태는 유식하게 말을 하는 운전수의 정치 경제적인 달변에 입을 떼지 못했다. 택시를 운전하면서 나라에 대한 불만이 많은 것 같았다.

"다들 썩었어요. 다 썩었는데, 나만 깨끗하면 병신이죠. 나, 혼자 살거든요."

"……?"

154

종태는 그를 쳐다보았다. 갑자기 혼자 산다는 말을 꺼내서 무슨 말을 하려는가 싶어 힐끗 쳐다보았다. 택시 운전수는 뒤를 돌아보지 않은 채로 말을 꺼냈다.

"이혼했어요."

"……?"

종태는 '왜요?'라고 묻지 않았다.

"사정이 좀 많아요. 나도 배울 만큼 배운 사람이에요. 옛날에 대학까지 나왔으니까……."

그는 한숨을 내쉬고는 다시 말을 이어갔다.

"대학을 나오면 뭐합니까? 사업을 하다가 망하고…… 마누라는 글을 배운답시고 어디라던가? 뭐 무슨 강좌 같은 데 있죠. 그런 데 나가서 글을 배운다고 하더니. 글쎄, 글 쓰는 놈들도 다 썩었어요. 그 놈들이 글 나부랭이를 쓴답시고, 마누라를 꼬셔가지고는 바람을 피웠지 뭡니까. 나 참. 난 그것도 모르고 사업을 한 번 일으켜본다고 기를 쓰고 있는데, 마누라는 그것들에게 미쳐서 정신이 나간 겁니다. 그래서 나중에 내가 뒤를 밟았죠. 글을 가르치는 놈들이 다 그래요. 나중에 알아보니까 글을 배우러 오는 여자들을 다 건드려버리는 겁니다. 그 중에서 조금만 예쁘다고 생각되면, 이런저런 구실을 대면서 돈이고, 몸을 건드리는 겁니다. 손님은 이해가 안 되시죠? 글 쓰는 놈이 왜 여자들을 건드린다는 거 말요."

"하하. 그럼 것도 있나요? 전 그런 쪽으로는 모르는데."

종태는 궁금했다. 그래서 한 번 물어본 것이었다.

"아, 모르시는군요. 그쪽도 다 썩었더라고요. 우리나라의 글 쓰는 놈들치고 여자 안 좋아하는 놈 하나도 없는 것 같아요. 나도 글 쪽은 잘 몰랐는데, 나중에 마누라 때문에 알게 됐습니다. 무조건 얼굴만 반반하면 그 놈들이 뭐라는 줄 아십니까?"

"……."

종태는 잠자코 듣고만 있었다.

"자기 애인이 돼야 클 수 있다고 말하는 겁니다. 그러면서 꼬시는 거죠. 처음에 글을 배우러 나가는 여자들이 그런 말에 안 넘어가겠습니까? 그러면서 돈을 요구하고…… 꿩 먹고 알 먹자는 식입니다. 다 그래요. 문단에 있는 유명한 놈들이라는 놈들이 다 그렇게 하는데 정치판이라고 안 그렇겠습니까? 더구나 사업을 하는 놈들도 그래요. 우리가 깨끗할 거라고 믿는 문단에도 그런데 하물며 사업하는 놈들이 안 그럴 거 같아요?"

택시 운전수는 이제 완전히 열을 받은 듯한 어조로 말을 거칠게 하기 시작했다.

"다들 미쳐서 돌아가는 세상입니다. 돈만 있으면 다 되는 세상. 뒤죽박죽인 세상. 여자들은 예뻐야 한다고 미쳐서 날뛰고…… 내가 택시를 해보니까 더 자세히 알겠더라고요. 여자들이 택시를 타고선 호텔 같은 데로 가는 건 아예 예삿일처럼 여겨요. 거기 가서 커피를 마셔야 제맛이 나나요? 그런 데에 가는 이유가 있지요. 거기서 비싼 커피를 마시다가 마음만 맞으면 곧바로 호텔방으로 올라가기 위해서 그런 데서 비싼 커피를 마시는 겁니다. 내 마누라도 글 쓰는 미친놈과 같이 그런 데서 커피를 마시고, 식사를 하면서 눈이 맞았던 거 같아요. 나중에 내가 다 알고 나서 족치니까 슬금슬금 불대요. 그 말을 듣고 참을 수 없었습니다. 실컷 두들겨 패줬죠. 그래도 화가 안 풀리길래 아이들이고 뭐고 할 것 없이 이혼을 해버렸습니다. 지금은 조금 후회가 안 되는 건 아니지만……."

그는 답답한지 담배를 꺼내 불을 붙였다. 몇 모금의 연기를 거푸 뱉어내다가 불쑥 뒤를 돌아보며 말했다.

"담배 태우시죠."

"아, 네."

그제야 종태는 호주머니에서 담배를 꺼내 불을 붙였다. 운전수가 창문을 열었다. 시원한 바람이 창문 안으로 흘러 들어오고 있었다.

"여자 뺏기고, 사업 망하니까 도무지 할 게 없더라고요. 그래서 마지못해 택시 핸들이라도 잡아야 되겠다고 나섰습니다. 그래도 입에 풀칠은 해야 되겠기에 말입니다. 아이들도 있고……."

"……."

종태는 그렇게 말을 하는 운전수의 뒷머리를 바라보았다. 40 중반쯤 될 것 같은 나이였다. 쓸쓸함이 찌든 때처럼 묻어 있는 게 보일 것만 같았다. 피곤한 일을 해서일까. 다소 처진 어깨가 눈에 와 들어박혔다.

"사실 배운 놈들이 더 도둑질이 심해요. 가정까지 파탄을 만드는 그런 놈들이 글을 쓴답시고…… 가끔 무슨 문화센터로 글을 배우러 간다고 하면서 내 택시를 타는 여자들을 보면 절로 한심한 생각이 들어요. 내가 속으로 뭐래는 줄 알아요? 너도 글러먹었구나, 하고 괜히 속이 상하는 겁니다. 내 마음 아시겠죠?"

"그렇게까지야……."

종태는 원한이 맺혀 말을 하는 그에게 다소 위안이 될 말을 건네려는 것이 그렇게 튀어나왔다.

"아, 무슨 말씀을요. 난 직접 그런 일을 당하면서 그쪽에 대해서 샅샅이 알아봤어요. 글을 가르쳐준다면서 돈이며, 몸을 요구하질 않나. 나중엔 등단을 시켜주겠다면서 또 몸을 요구해요. 그래서 문단에 나온 여자들이 수두룩하다는 겁니다. 그런 씨팔년들이 글을 쓰면 얼마나 잘 쓸 거 같습니까? 안 그렇습니까? 어떤 놈은 문단의 원로인데, 아예 공개적으로 강남에 사는 여자들만 골라서 가르치고, 문단에 데뷔를 시킨다고 소문이 자자하게 나 있어요. 그 놈은 아예 그런 쪽으로 나선 놈이고, 그

외에도 좀 이름이 있다는 문인 놈들은 알게 모르게 다 그런 식으로 여자들을 홀리는 거 다 알아요. 형 씨도 결혼을 하셨을 거 같습니다. 혹시 마누라가 글이라도 배우겠다고 한다면, 보따리를 싸가지고 나갈 각오를 하고 배우라고 하던지, 아니면 조용히 집에서 책을 보고서 글을 쓰라고 그래요. 처음엔 여자들이 그냥 글만 배울 거라고 말하죠. 그러다가 쪽박이 깨져버리는 걸요. 하하. 우리 사회에서 글 쪽만 그런 게 아닙니다. 대학도 다 썩을 대로 썩었어요. 흔히들 대학이 돈이 없어서 어렵다고 하죠? 그거 다 순 빨간 거짓말이지요. 대학이 왜 어려워요? 학생들 등록금이 한 사람당 얼만 줄 아세요? 그러고도 모자라서 대학들마다 대학병원을 차려서 돈을 긁어모으고 있죠? 분교를 짓는다며 재벌들처럼 여기저기에다 땅투기를 하고 있어요. 그런데 정부에서 그걸 막으려고 하면 대학들이 어떻게 엄살을 부리는 줄 압니까? 어려운 사학을 건드린다며 갖은 엄살을 다 떨어대죠. 돈은 대학들이 다 가지고 있어요. 그런 델 왜 감사원은 감사를 안 하는지 모르겠어요. 정부가 너무 방관만 하는 거 같아요. 감사원이 감사를 하면 아마 케케묵은 먼지가 많이 나올 걸요. 대학이란 데가 참 묘해요. 평상시엔 어렵다고 둘러대고 말예요. 정부에서 터치를 하려고 하면 운동권 학생들을 부추겨서 학교 내에 사찰 경찰이 들어온다고 시위를 하도록 교묘히 유도하죠. 그러니까 정부에서도 대학을 함부로 손을 댈 수가 없는지도 모르죠. 후우…… 내가 괜히 그런 말을 해서……
형 씨한테 푸념을 늘어놓은 것 같네요."

그는 역곡에 다 왔는지 천천히 차를 몰았다.

"역에다가 세우면 되죠?"

운전수가 물었다.

"네."

종태가 대답을 하자, 운전수는 택시를 역 쪽으로 갖다 댔다.
종태는 얼른 지갑을 꺼내 백만 원권 수표 두 장을 꺼냈다.

"이거 받으십시오."

"아니? 요금은 팔천오백 원입니다. 근데?"

택시 운전수는 놀라서 뒤를 돌아보았다.

"나도 사업을 하는 친굽니다. 아까 오면서 형님되시는 분의
말씀을 들으면서 깨달은 바가 있어서 그럽니다. 받으십시오.
기분 나쁘게 생각지 마시고. 저도 제 마누라가 글을 배우러 나
가거든요. 그래서 좋은 이야길 들으면서 가슴이 철렁거렸습니
다. 그저…… 고맙다는 표시로…… 드리고 싶습니다."

종태의 말에 운전수는 눈을 휘둥그레 떠 보였다. 믿기지 않
는다는 그런 표정이었다.

"받으십시오. 다 돈 때문에 고생하는 거 아닙니까? 다행히
전 오늘 운이 좋아서 입찰 한 건을 따냈거든요. 그래서 좋은 일
에 한 번 써보는 것도 좋잖습니까? 그냥 받으십시오."

종태의 권유에 운전수는 마지못한 듯이 수표를 받아들었다. 그는 다시 수표의 액수를 들여다보고는 종태를 쳐다보았다.

"이런 고마울 데가…… 난 세상이 다 썩어버린 줄 알았습니다. 그래서 화가 나기도 해서 마구 욕을 해댔는데……."

그는 미안해했다. 세상에 대한 푸념을 늘어놓다가 막상 종태의 호의를 받아들이자니 부끄러울 뿐이었다.

"됐습니다. 나도 좋은걸 들었으니까, 호미로 막을 걸 가래로 막는 일이 없다는 것만으로도 충분히 아저씨한테 고맙다고 말해야 할 걸요 뭐. 이만 내리겠습니다."

종태는 그러면서 문을 열었다. 운전수가 얼른 문을 열고 나와서는 종태에게 굽신거리며 인사를 보내왔다.

"안녕히 가십시오. 복 많이 받으시길 빕니다."

그가 하는 고마움은 진정으로 하는 것이었다. 종태는 그걸 알 수 있었다. 그가 얼마나 고마워하는 가를. 그의 절을 받아서가 아니라, 좋은 일을 했다는 것으로도 충분히 마음이 가벼워졌다.

종태는 역곡역에서 내려 걷기 시작했다. 그러다가 지나가는 택시를 잡아탔다. 온수동으로 가자고 말을 한 다음에 그는 뒷의자에 머리를 기댔다. 지나가는 차들의 미등을 바라보는 그의 마음은 왠지 서글펐다. 다들 저렇게 돌아갈 집이 있는데, 유독 자신만이 거리를 방황하고 있는 것만 같은 생각이 들었다.

경마장을 무사히 털어 지금쯤은 충분히 만족해야할 그였지만 그게 아니었다. 왠지 모르게 자꾸만 공허해지는 것이었다. 아직은 긴장감을 늦출 수 없었다. 그러나 그는 힘이 쭉 빠진 것 같은 나른함을 느꼈다. 이제 모든 게임은 끝났다라는 생각과 함께 맥이 빠지는 것이었다.

그는 온수동에서 내려 집으로 들어가 짚차를 꺼냈다. 그리고는 돈자루를 숨겨둔 들판으로 차를 몰았다. 오류동을 지나 이번에는 과림 저수지를 거쳐서 인천 쪽으로 달렸다. 고속도로가 지나는 들판으로 접어들면서 그는 거의 다 왔다는 생각이 들었다.

그는 한 번 가본 곳이라면 언제나 정확했다. 좀 전에 돈자루를 놔둔 논둑길 옆에다 차를 세운 그는 논둑길을 걸어갔다. 그곳에는 검은 덩어리 네 개가 놓여져 있었다.

"후후. 이게 다 돈이라는 거지."

그는 양어깨에 무거운 돈자루를 메고는 논둑길을 빠져나왔다. 짚차의 뒷자리에다 내려놓은 그는 들판을 향해 선 채로 담배를 뽑아 물었다. 어둠 속에서 바라보는 들판은 고즈넉하기만 했다. 벼가 익는 냄새가 솔솔 풍겨왔다. 그 내음은 마치 누룩이 익는 냄새와도 같았다. 비 오는 날의 흙탕물 냄새와 같은 벼내음을 맡으면서 그는 천천히 담배를 피우며 서 있었다.

다시 그의 가슴 속으로 아련한 추억과도 같은 어린 날의 가난했던 흔적들이 얼룩처럼 번져들었다. 그리고 자신은 아직까지도 떳떳이 내세울 수 없는 어둠의 자식일 뿐이라는 생각에 그는 몸서리를 쳐야만 했다. 자신이 한 일이 사회에 경종을 주고, 어떤 징계의 의미가 있었다는 것을 과연 누가 알아주기나 할까. 그런 생각을 하자, 그 자신 스스로 버거움을 느낄 수밖에 없었다. 마치 바윗돌에다 계란을 부딪는 것과도 같은 하잘 것 없는 존재에 지나지 않는다는 생각이 들기도 했다.

그러나 그는 스스로 만족하고 있었다. 이 사회의 악을 그냥 방치하는 것도 죄가 된다는 신념에는 변함이 없었다. 비록 자신은 어렸을 적부터 칼로써 이 세상을 지배하려 했지만 지금은 그게 아니었다. 이미 돈과 조직이라는 검은 명예를 거머쥐어본 그로선 더 이상의 애착심 같은 건 없었다. 다만 이제 앞으로의 삶이 더 소중할 뿐이라는 생각이 들었다.

남은 인생을 멋지게 살다가 죽자.

그는 강재구 소령을 기억해냈다. 부하가 잘못 던진 수류탄이 터지는 것을 막기 위해 몸을 던져 다른 부하들을 구했던 살신의 정신을 그는 기억하고 있었다. 초등학교 다닐 때였을 것이다. 강재구 소령의 희생정신이 얼마나 숭고하고 멋지게 보였던지 종태는 그 이야기를 듣는 순간, 온몸에서 전류가 흐르는 듯한 짜릿한 느낌을 받았던 것이다.

그리고 그가 조직의 세계로 뛰어들어서도 강재구 소령의 희생정신을 잊지 못했다. 그는 늘 정의를 생각하며 조직을 다스

렸고, 부하들을 그런 식으로 키워온 것이었다. 비록 그 자신이 배운 가방끈이 짧고, 주먹밖에는 아무런 쓸모가 없어 조직세계에서만이 그의 능력을 인정받을 수밖에 없었던 것을 한 번도 원망해본 적이 없었다. 어쩌면 그는 조직의 세계에 몸을 담고 있는 것을 남자답게 사는 한 방법일 수도 있다고 믿었다.

그는 지난날을 되돌아보면서 후회하기는커녕, 오히려 보람 있었던 삶이라고 자부하고 싶었다. 그리고 남은 앞날을 더 보람있는 일에 자신의 몸뚱아리를 바치고 싶었다.

그는 처음엔 배운 것이 없어 주먹만을 믿었지만, 지금은 그때와는 달랐다. 주먹으로도 만족할 수 없는 그 무엇이 사회의 악처럼 기생하고 있는 것을 직시하면서 그는 다시 그 주먹을 다른 곳으로 쓰고 싶었는지 모른다. 말하자면 우리 사회에 경종을 주기 위한 한 방편으로 쓰고 싶었다.

그는 수도 없이 그런 생각들만 해왔다. 그럼으로써 자신에 대한 확신을 갖고 싶었다. 남은 미래에 대한 자기 확신. 이제 그에게 있어 더 이상 바랄 것이라곤 아무것도 없었다.

그는 기분 좋게 달렸다. 밤바람이 시원하게 얼굴에 와 닿았다. 광명시를 지나 오류동으로 들어서면서 서서히 마음의 안정이 찾아왔다. 이제 오류동만 지나면 곧 온수동이었다. 우신 고등학교를 지나 온수동으로 들어가는 길목에서 그는 잠깐 차를 세웠다.

기나긴 여정을 끝마치고 나서 비로소 집으로 찾아 들어가는 나그네의 피곤한 기분 같은 걸 느꼈다. 바로 눈앞에 자신이 기거하는 집이 있다는 것은 얼마나 행복한 일인가. 그는 다시 담배를 꺼내 불을 붙였다. 담배 연기에 취해 어둠 속을 바라보고 있는 시간은 그야말로 황홀한 것이었다.

산에서 뻐꾸기가 우는 소리가 들렸다. 그 소리는 마치 시골 산골짜기에서 낭낭하게 들려오는 것만 같았다. 이 도시에 뻐꾸기 소리를 들을 수 있다는 것은 얼마나 정감있는 일인가. 종태는 자신의 귀를 의심하면서 산 그림자를 올려다보았다. 달이 중천에 떠 있는 게 보였다. 반달이었다. 오늘이 휴일이라선지 늦게 귀가하는 차들이 별로 많지 않은 것 같았다.

그는 담배 두 개비를 다 피우고 나서 천천히 차를 움직이기 시작했다. 동네로 들어서면서 그는 다시 한 번 조용한 마을을 둘러보았다. 일단 이 동네로 들어오기만 하면 산 속에 파묻힌 듯했다. 마을로 들어오는 길목만 빼고선 삼 면이 온통 병풍처럼 산으로 둘러싸여 있었다.

그는 오늘따라 밤새도록 차를 몰고서 어디론가 마구 돌아다니고 싶었다. 불심검문만 없다면 그는 밖으로 뛰쳐나갔을 것이다. 그는 집으로 돌아와서도 한참 동안 바깥으로 나가고 싶은 유혹에 빠져 있었다.

"……."

그는 창문 곁으로 가서 바깥을 내다보았다. 무사히 집까지 돌아온 것이 꿈만 같았다. 그는 담배를 피우면서 자신이 차를 몰아 들어왔던 길 쪽을 바라보았다.

"……."

조용하기만 했다. 이 동네는 그런 것 같았다. 일단 귀가한 사람들은 바깥으로 나가고 싶은 마음을 깡그리 잊어버린 듯했다. 동네가 깊숙이 들어와서일까. 이 동네에서 사는 사람들은 집 안에 갇힌 채로 하루의 피로를 달래고 있는지도 몰랐다.

종태는 냉장고의 문을 열어 양주를 꺼내왔다. 창가에 선 채로 한 잔을 따랐다. 그리고는 조금씩 독한 맛을 음미하면서 천천히 목 안으로 넘겼다. 안주도 없이 마시는 술이 더 지독한 추억을 불러내는 듯했다. 그는 한 잔을 마시고 나서, 양주의 독한 기운이 느껴지면, 다시 또 한 잔의 술을 따라 천천히 마셔 안주를 대신하고 있었다.

그는 약간 얼얼해졌다. 그런 기분이 좋았다. 그는 오늘따라 비디오를 볼 마음도 없어진 듯했다. 매일 보는 여자의 나체도 그만 싫증이 나는 것이었다. 그는 그 자리에 서서 오래도록 바깥만 내다보고 있었다. 점점 답답해지는 기분을 느끼며 그는 술 마시기를 그만두고 말았다.

"……."

잠자리에 들어서도 그는 얼른 잠이 오질 않았다. 무슨 특별

166

한 생각이 있어서 그런 것도 아니었다. 마치 몸은 피곤한데도 잠이 쉽게 오지 않는 그런 기분이었다. 오늘 일어난 일에 대해 그는 생각해 보았다.

돈이 판을 치는 세상.

돈이 없으면 사람 구실도 못하는 세상.

징역 안에서도 돈이 곧 빽이 되는 세상.

그는 돈의 중요성을 실감하려고 그랬다. 이미 자신의 손엔 20억이라는 돈이 굴러 들어왔음에도 불구하고 전혀 그런 기분이 들지 않았다. 돈보다는 더 큰 일이 아직도 남아 있다는 것에 대해 그는 불안해하고 있었다.

'일단 들어가자. 들어가서 일을 만들면 되겠지…….'

그는 아랫입술을 꾸욱 깨물었다. 입술이 아팠다. 그는 이빨 사이에 문 입술을 놓아주지 않았다.

그는 일단 훔친 돈을 어떻게 할 것인가가 문제였다. 너무 큰 액수여서 섣불리 처리할 수도 없는 일이었다. 그렇다고 마냥 집 안에만 놓아둔다는 것도 그랬다. 일단 그 돈을 처리만 하고 나면 그는 다음 일을 진행시킬 생각이었다. 그런데 돈이 문제였다.

그는 그 돈을 헤아려보지도 않았다. 네 개의 커다란 자루에 든 현금을 다 헤아리기란 힘든 일이었다. 누군가가 자기를 대

167

신해서 그 돈을 헤아려준다면, 하는 마음이 간절했다. 그는 돈 자루를 방 안에 두는 것도 귀찮았다. 그래서 옥상에다 올려놓고선 빗물이 들어가지 않도록 비닐을 덮어 씌어 놓았다.

종태에게 있어서 이제 돈의 의미란 별로 없었다. 돈 때문에 사는 게 아니라, 자신의 목적만을 위해서 살고 싶을 뿐이었다. 돈이란 그저 어쩌다가 우연히 생긴 그런 것쯤에 지나지 않았다. 그는 이제 돈을 위해서라면 칼을 들고 싶지 않았다. 그 따위의 일보다는 사람이 사람답게 사는 것이 무엇인지를 이제부터라도 깨닫고 싶었다.

종태는 자신이 저지른 죄가 얼마나 크다는 것을 알지 못했다. 사회의 썩어빠지고 삐뚤어진 곳에다 문제를 일으킴으로써 사회 문제로 부각시키는 것이 자신의 할 일이라고만 믿고 있었다.

그는 그 엄청난 돈을 어떤 곳에다 써버릴 것인가로 고민하기 시작했다. 자신이 갖고 있던 5억 가량의 돈과 전재현에게서 빼앗은 20억이라는 돈을 합치면 결코 적은 돈이 아니었다. 그는 그 돈을 다 써버리고는 홀가분하게 감방으로 들어가고 싶었다. 만약 돈을 그대로 놔둔 채, 감방엘 들어간다고 한다면 마음은 곧 바깥쪽의 세상에 놔두고 온 것만 같아서 징역살이가 곱징역을 사는 것처럼 힘들 것만 같았다.

종태는 일단 감방으로 들어가는 그날까지 최대한의 많은 돈을 쓸 생각이었다. 그는 우선 고아원에다 돈을 기탁하는 것이 가장 손쉬운 방법이라는 것을 생각해냈다. 지예한테는 저번에 보낸 돈이 많았으므로 더 이상 보낼 마음이 없었다. 혹시 그녀가 더 이상하게 생각할지도 모르는 일이었다.

그는 114로 전화를 해서 서울에 있는 고아원의 전화번호를 알아낸 다음, 고아원으로 전화를 해서 은행 계좌번호를 불러달라고 해서 1억 원씩을 입금시켰다. 그리고 나니 마음이 한결 가벼워지는 듯했다. 좋은 일을 했다는 자부심이 그를 흥분되게 만들었다.

그는 아직도 많은 돈이 남아 있었다. 그는 무작정 돈을 쓰기로 마음먹었다. 가능하면 좋은 일에다 쓰고 싶었다. 그렇게 마음먹은 그날부터는 될 수 있으면 차를 갖고 다니지 않을 생각이었다. 그래야만 마음이 내키는 곳이라면 쉽게 들어갈 수가 있었고, 어디든지 마음대로 다니면서 여러 사람들을 만나볼 수 있었기 때문이었다.

그는 모처럼만에 안마 시술소로 갔다. 그동안 뻑적지근했던 몸을 풀기 위해서 갔지만 딴은 다른 속셈도 있었다. 그는 카운터에다 일부러 여자 안마사를 들여보내 달라고 주문을 했다.

그가 누워 있는데 노크소리가 들렸다. 종태가 들어오라는 말을 하자, 맹인 여자 안마사는 더듬거리며 방 안으로 들어왔다. 나이는 불과 30 전후의 젊은 여자였다. 한 눈에 얼핏 봐도 아무렇게나 살이 찐 그런 여자가 아니었다. 하긴 앞을 못 보는 여자가 돼지처럼 살이 찔 리는 없을 터였다.

"……."

여자 안마사는 종태의 숨소리만 듣고서는 사람이 어디쯤 누워 있는지를 아는 듯, 조심스럽게 다가와 무릎을 꿇었다. 그리고는 손을 뻗어 종태의 몸을 만져보고는 말을 꺼냈다.

"맨몸에다 해드려요? 가운 입은 채로 하실래요?"

"맨몸? 맨몸으로도 하나?"

종태가 물었다.

"맨몸은 2만원이 추가돼요. 그냥 하실래요?"

그녀는 다시 물었다.

"그럼, 맨몸으로 하지. 더 좋겠지. 안 그래요?"

"그럼 가운을 벗으세요."

그녀의 말에 그는 가운을 벗어 한쪽으로 놓아두었다. 반듯이 누운 자세에서 그녀는 먼저 팔부터 안마를 하기 시작했다.

"……."

그녀는 짧은 미니스커트를 입고 있었다. 단정히 무릎을 꿇은 자세로 종태의 손가락과 팔목, 그리고 팔뚝을 올라가면서 안마해주고 있었다. 가녀린 여자의 손이 보기보다는 달리 무척 매웠다. 꾹꾹 누르면서 주무르는 손가락의 힘이 무척 세다고 느껴졌다.

종태는 그녀의 가는 허벅지를 보았다. 스타킹을 신고 있어서 맨살은 아니었다. 잘록한 허리선이 안마를 하느라 자주 꿈틀거렸다. 그녀의 스커트 속으로 안쪽의 하얀 살결이 조금 내비쳤다. 종태는 그걸 바라보면서 일종의 죄의식 같은 게 느껴지고 있었다.

앞을 못 보는 여자의 그곳을 살펴본다는 것이 스스로 미안한 마음을 불러일으켰다. 그는 눈을 다른 곳으로 돌리려다가 그녀의 가슴 쪽에서 시선이 머물렀다. 알맞게 부풀어 오른 젖가슴이 몸을 숙일 때마다 약간씩 드러났다.

"여긴 맨몸으로 안마를 하는 덴가?"

종태가 물었다.

"주인이 그렇게 시켰어요. 저희들은 그렇게 하고 싶지 않지만…… 그렇게 안 하면 안 돼요. 우리도 이걸로 밥을 벌어먹고 사니까 그래요. 이렇게 하면 손님들이 심한 장난을 걸어오거든요. 근데 할 수 없어요."

"……."

종태는 그녀의 얼굴을 들여다보았다. 앞만 볼 수 있었다면 꽤나 괜찮은 미인이라는 걸 금방 알 수 있었다. 어떻게 화장을 했는지는 모르겠지만 보통 여자들을 뺨 칠 정도로 꽤나 잘된 화장을 하고 있었다. 다만 한 가지 흠이라면 입술의 루즈 색깔이 너무 붉다는 것이 한 가지 흠이랄 수 있었다. 하긴 색깔을 못 보니까 그저 어울린다는 말만 듣고서 아주 진한 붉은 색의 루즈를 칠한 것 같았다.

"여기서 일하면 얼마나 버나? 10만원을 냈는데, 아가씨가 가져가는 건 얼마나 되지?"

종태가 물었다. 궁금한 것이기도 했다.

"그런 건 묻지 마세요. 얼마 안 돼요. 우린 그저 몸뚱이만 와서 일해주고는 삯만 받으면 끝나요."

"……?"

종태는 괜히 그런 질문을 한 것 같았다. 앞을 못 보는 여자의 최소한의 자존심을 건드린 것 같아 약간 얼굴이 달아올랐다.

"……."

그녀는 묵묵히 제 할 일만 할 생각으로 이번엔 엎드리라고 해놓고선 목덜미 부분을 아프게 주물러주었다. 그리고 머리의 두피 부분을 긁듯이 훑어내릴 때에는 머리의 시원함으로 스르르 잠이라도 올 것만 같은 상쾌함이 느껴졌다.

그녀는 다시 어깨를 주무르다가 엎드린 종태의 팔을 잡고서 안마하기 시작했다. 그녀의 손가락은 맵고 야무졌다. 살갗을 촘촘히 매만지면서 주무르는 데엔 아프면서도 시원함이 동시에 느껴졌다.

종태는 무슨 말이든 묻고 싶었으나 굳게 다물어진 그녀의 입술을 보면서 선뜻 질문을 던질 수가 없었다. 그러나 그는 그녀에 대한 궁금증을 참을 수가 있었다.

"여기 한 군데만 하나? 아니면 다른 데도 가는지 궁금하군."

종태의 그런 일상적인 질문에는 그녀도 선뜻 대답을 해왔다.

"한 군데만 해서는 밥을 못 먹어요. 이 근처에 있는 두세 군데를 뛰어요. 부르면 가는 거죠."

"원래 어려서부터 앞을 못 봤나? 이런 질문해도 되는지 모르겠지만……."

종태는 이제 어느 정도는 그녀의 기분을 맞춰줄 줄 알았다. 그녀의 자존심을 건드리지 않는 한도 내에서 이야기를 주고받고 싶었다.

"네, 전 어려서부터 앞을 못 봐요."

그녀는 될 수 있으면 간단하게 대답했다. 손님의 불필요한 질문에 일일이 응하다가 보면 손님이 어떤 생각을 품고 있을지 몰라서 그러는 것 같았다.

"그러면 이런 기술은 어디서 배웠지?"

"고아원에서요. 고아원에 있으면서 맹아 학교를 다녔어요."

그녀는 서슴없이 대답을 했다.

"그래? 거기서 이런 기술을 가르치는가 보지?"

"이런 기술 말고도 다른 기술도 배워요. 앞을 못 보는 우리들한테 제일 쉬운 게 바로 이런 안마인 걸요. 그리고 침술을 놓는 것도 배웠지만, 그건 한의사법에 걸려서 지금은 못 써먹어요. 그러니까 안마밖엔 할 게 없어요."

“…….”

종태는 그녀의 말을 듣고 나서 기분이 침울해졌다. 그녀의 음색이 어딘지 모르게 젖어 있는 듯했다. 원래 그런 것인지는 모르겠지만 종태가 듣기에는 그랬다.

“그럼, 결혼은 했나 모르겠네…… 내가 보기엔 한 것 같기도 하고…… 안 한 것 같기도 한데.”

종태는 좀 더 알고 싶은 마음에서 물어보았다. 그녀는 안마를 하다 말고 잠깐 멈췄다가 다시 주무르기 시작했다.

“그런 건 말 안 해요.”

그녀는 쌀쌀맞게 나왔다.

“그럼, 알았어요. 난 별 뜻이 있어서 물어본 게 아니고…… 그냥 가만히 있으려니까 그렇기도 해서 물어본 거니까. 성질내지 마요. 난 그저 궁금한 게 있어서 물어보는 것뿐이니까.”

“알아요. 손님들이 다들 그래요. 그런 건 안 묻는 게 좋아요.”

그녀는 다시 안마하는 데에 열중할 뿐이었다.

“…….”

종태는 더 이상 물을 수가 없었다. 그녀가 하라는 대로 반듯이 누우면서 그녀의 얼굴을 다시 한 번 쳐다보았다. 벌써 이마엔 진땀이 배어 나오고 있었다. 다소 힘이 드는 모양이었다.

“…….”

종태는 그녀가 아랫도리를 마사지할 때에 뿌리께가 꿈틀거리는 걸 느꼈다. 이미 아까부터 빳빳이 서 있던 뿌리는 그녀의 손이 닿으면서 점점 더 힘있게 일어서는 것이었다. 이미 종태의 뿌리는 터질 듯했다.

"정 참기 힘들면 사정하게 해드릴까요?"

그녀는 종태의 힘센 뿌리를 만져보고는 그렇게 말을 해왔다. 그건 어디까지나 무미건조한 말투일 뿐이었다.

"그냥?"

"네, 그냥요."

그녀가 대답했다.

"어떻게 그냥 하나? 난 그런 거 싫은데."

"하는 건 못 해요. 그렇게 하려면 여기 있는 아가씨들 불러서 해요. 팁만 주면 돼요."

그녀는 자상하게 가르쳐줬다.

"난 그런 건 싫어. 그냥 일어서니까 그런 거지……."

"……."

그녀는 다시 안마하는 데에 열중했다. 뿌리를 잡고서 뿌리 근처의 경혈을 마사지할 때마다 뿌리에 힘이 부쩍부쩍 들어가는 것이었다. 그녀는 힘껏 일어선 뿌리를 잠재우려고 그러는 것인지 그녀의 두 손바닥 사이에 끼우고는 한참을 비벼댔다.

"아!……."

종태는 그녀가 그럴수록 더욱 일어서는 듯한 느낌이었다. 한참 동안 그렇게 하던 그녀는 엷은 미소를 띠면서 말을 건네왔다.

"대개는 이렇게 하면 죽는데…… 아마 손님은 센가 봐요. 이따 나가면서 젊은 아가씨 하나 불러드릴까요? 여기 있는 아가씨들은 다 예뻐요. 나이도 젊고…… 팁 오만원만 주면 돼요."

"아냐. 됐어요."

종태는 손을 내저었다. 그리고는 가는 신음소리를 안으로 삼키면서 꾸욱 참았다. 그녀는 다시 회음부 쪽으로 내려가면서 안마를 하기 시작했다. 그곳은 역시 뿌리만큼이나 민감하게 반응하는 곳이었다. 그녀의 손가락은 그곳을 지압하면서 밑으로 내려갔다가 다시 위로 올라오면서 경혈을 끌어모았다.

"……."

종태는 정신이 아득해졌다. 평소엔 몰랐던 곳이었는데 그녀의 손이 닿으면서 벌떡벌떡 일어나는 것이었다. 그녀의 안마 기술이 좋아서일까. 하여튼 그녀의 손은 마치 남자를 주무르는데 필요한 요술 손 같았다. 그녀의 손길이 닿는 곳에서는 그동안 잠자던 성욕들이 일시에 꿈틀대며 일어서는 것만 같았다.

그녀는 다시 종태를 엎드리게 해놓고선 종태의 허리에 올라앉아서는 다리를 꺾은 채로 힘껏 죄기 시작했다. 미니스커트를 입은 그녀의 두 다리가 벌려지면서 그녀의 허벅지 안쪽 살갗이 종태의 등에 고스란히 와 닿았다. 그녀는 진땀을 흘리면서 다리의 근육을 풀어주는 동작을 계속하고 있었다.

"아! 시원해!"

종태의 탄성에 그녀는 더욱 힘있게 다리를 꺾었다가 풀어주었다. 그리고는 마지막으로 종아리의 근육을 풀어주고는 종태의 몸에서 일어났다.

"이제 다 됐어요."

그녀는 종태의 옆에 앉으면서 말했다.

"다 했나? 그럼 조그만 더 해주면 안 될까? 팁을 더 주면 되지?"

종태는 시원함이 그대로 남아 있는 듯했다. 그래서 좀 더 해줬으면 하는 바램이었다.

"그러세요. 그럼 이번엔 좀 부드럽게 해 드릴게요. 누우세요."

그녀는 다시 가벼운 마사지를 하기 시작했다. 종태는 그녀가 하는 것을 물끄러미 지켜보면서 가벼운 흥분기를 느꼈다. 자꾸만 불끈거리는 성욕이 그를 사로잡는 것이었다.

종태는 참다못해 마음에 있는 말을 하는 수밖에 없었다.

"성관계는 안 하나?"

"......?"

그녀가 보이지 않는 눈을 들어 종태 쪽을 물끄러미 쳐다보았다. 그러면서도 그녀는 손동작을 멈추지 않고 있었다.

"마음이 그래서 그러는데…… 안 돼요?"

"안 돼요. 전 결혼을 했거든요. 이런 거 한다고 해서 다 그거 하는 건 아녜요. 나중에 아가씨를 불러서 하세요. 아저씬 몸이 매우 단단한 것 같아요. 운동을 했어요?"

"왜?"

"우린 그냥 만져보면 알아요. 운동을 해서 단단해진 몸인지, 그저 의자에만 앉아 있어서 생긴 살인지 대번에 알아요. 운동 하는 사람 맞죠?"

그녀가 물었다.

"하하, 바로 알아맞혔네. 맞아."

그의 말에 그녀는 엷은 미소를 지어 보였다. 자신이 알아맞힌 것에 대해 만족하는 모양이었다.

"아, 됐어. 이젠 시원해졌어요. 그만해요."

종태는 그녀를 그만두게 하고는 얼른 일어나서 벽에 걸어둔 바지 주머니에서 지갑을 꺼냈다. 십만 원권 수표 세 장을 빼내 그녀에게 건네주었다.

"이건 수푠데?……."

그녀는 만 원권인 줄로 알았다가 수표인 줄 알고는 놀란 얼굴을 쳐들었다. 그녀의 얼굴은 종태를 향하기만 했을 뿐, 정확하게 바라보지는 못하고 있었다. 그녀의 가는 손가락이 계속 수표의 매끄러운 감촉을 만져보면서 다시 한 번 확인해보는 것이었다.

"받아둬요. 일부러 준 거니까."

종태는 너그럽게 말했다.

"이게 뭐예요? 왜 이렇게 많이 주는 거예요? 혹시……."

그녀는 얼굴을 한 번 찡그려 보였다가 폈다.

"아, 그냥 받아요. 다른 뜻은 전혀 없으니까."

종태는 혹시 그녀가 몸값으로 그런 돈을 건넸을지도 모른다고 생각할 것 같아서 그런 말을 덧붙였다. 그 돈은 순전히 종태가 주고 싶어서 줬을 뿐이었다. 그 어떤 불순한 마음에서 준 돈이 아니란 걸 설명하고 싶었다.

"……."

그녀는 잠자코 있었다. 수표를 만지작거리던 그녀가 얼굴을 쳐들었다. 그녀의 정확한 시선은 종태의 옆으로 스쳐 지나가고 있었다. 대충 종태가 있을 법한 장소로 눈길을 주고 있을 뿐이었다.

"자, 가봐요. 난 좀 쉬다 나갈 테니까."

종태는 자리에 드러누웠다. 그러면서 한껏 기지개를 켜댔다. 온몸에 안마를 받아서인지 몸에서 뿌두둑거리는 소리가 들려나왔다.

"저……."

"……?"

종태는 머뭇거리며 서 있는 그녀를 쳐다보았다. 그녀는 그 자리에 서 있다가 종태의 옆에 무릎을 꿇고 앉았다. 그리고는 말했다.

"저, 여기 있을게요. 안마 더 해주고요. 돈을 받았으니까……."

그녀는 말을 더듬고 있었다.

"아닙니다. 그냥 가도 돼요."

"아녜요, 조금만 더 있다 갈게요."

종태는 그녀의 말에 더 이상 고집을 부릴 수 없었다. 인간적인 친밀감을 느껴서일까. 그녀의 얼굴을 자세히 뜯어보고 있으면서 어떤 고뇌의 흔적이 얼핏 스쳐 지나가는 듯했다.

"……."

종태는 가만히 있었다. 이미 그의 뿌리는 시든지 오래였다. 더 이상 그녀에게서 불순한 생각 같은 건 들지 않았다.

"제가 안마해 드릴게요."

그녀는 그러면서 다시 안마를 하려고 했다. 종태는 그녀를 만류하지 않았다. 마음에서부터 우러나오는 고마움을 매정하게 거절하고 싶진 않았다.

"전요……."

"……."

180

그녀는 어느새 부드럽게 말을 꺼내고 있었다. 종태는 그녀의 입술을 쳐다보면서 그저 바라보기만 했다.

"아직 결혼을 안 했어요. 이런 데 오면 으레 결혼을 했다고 그래야 돼요. 안 그러면 남자들이 자꾸 짓궂게 굴어요. 전 안마만 해도 먹고 살아요. 그런데 자꾸 그런 말을 하니까…… 동생 여럿을 데리고 살고 있거든요. 그리고 엄마 아버지도 계시고…… 그래서 결혼 같은 건 할 엄두도 못 내요. 같은 맹인들이 있어서 둘이 같이 벌어도 되지만, 결혼을 하게 되면 집엔 아무것도 갖다 줄 수 없잖아요? 그래서 결혼 같은 건 생각도 못해 봤어요."

"……."

종태는 그녀의 말을 들으면서 고개를 끄덕였다. 그런 말을 해줄 수 있는 그녀의 속마음을 높이 사고 싶었다. 그녀는 진정으로 하는 말 같았다. 어쩌면 그녀는 종태의 사심없는 호의에 대해 약간의 연민을 느꼈는지도 몰랐.

종태는 그녀의 손길이 좀 전과는 다르다고 느꼈다. 그것은 좀 더 마음이 통했을 적에 느낄 수 있는 그런 것이었다. 뭐랄까. 그녀가 마음을 열고 나오는 데에 대한 애틋한 감정일지도 몰랐다. 그는 괜히 마음이 이상해지는 기분이었다. 한 여자의 서글픈 운명을 바라보는 것만 같은 기분이었다.

"반듯이 누우세요. 아래쪽을 할 거예요."

그녀의 주문에 그는 반듯이 누웠다. 이번엔 그녀가 팔에서부터 어깨, 그리고 가슴으로 내려가면서 안마를 하기 시작했다. 그녀의 엄지손가락을 경혈만 누르면서 마사지를 하는 듯했다. 경혈을 눌러서인지 시원함이란 더 말할 것도 없었고, 약간 아픈 듯한 시원함이 피로를 싹 몰아내는 듯했다.

"이번엔 밑을 할 거예요."

"……."

그녀의 말에 종태는 눈을 감았다. 그녀의 얼굴을 똑바로 쳐다볼 수가 없었다. 밑을 안마할 거라는 말에 그는 이제 더 이상 그녀를 쳐다볼 수가 없었다. 그는 잠자코 그녀의 손길을 느끼면서 다른 방향으로 생각을 돌리려고 애썼다.

그러나 이미 그의 뿌리는 힘껏 일어서 있었다. 검붉은 그것은 천정을 향해 치솟아 있었다. 그녀의 손이 뿌리를 감싸쥔 채로 다른 손으로는 음모가 나 있는 언덕바지 부분에 있는 두 속의 경혈을 꾹꾹 누르고 있었다. 그곳은 남자의 성욕을 자극하는 경혈이기도 했다. 그녀의 손가락은 그곳 외에도 뿌리 바로 옆의 안쪽 허벅지에 분포돼 있는 경혈을 누르며 점점 밑으로 내려가고 있었다.

그러면서 그녀는 종태에게 말했다.

"정 못 참겠으면 말씀하세요."

"……."

"괜찮아요. 아까 제가 그랬던 건 미안해요. 똑같은 손님인 줄로 알고 그런 거니까…… 선생님 같은 분에게는…… 제가 받은 건 몸값이라고 생각 안 할게요. 미안하게 생각하지 마세요."

그녀는 떠듬거리며 말했다.

"난 이제 그런 생각없어요. 아깐 괜히 그래본 거지만…… 괜찮아……."

종태는 마치 숨쉬기를 하느라 바쁜 것처럼 말을 했다. 그건 쾌감이 집중되고 있다는 증거였다. 그걸 숨기느라 말을 끊었다가 다시 이었을 뿐이었다.

"……."

그녀는 마사지를 하던 동작을 멈추었다. 그리고는 종태의 뿌리를 입 속에 집어넣고서는 핥기 시작했다. 그때, 종태는 깜짝 놀랐다. 얼른 눈을 떠서 그녀를 바라보았다. 그녀는 부드럽게 애무하고 있는 중이었다.

"아!……."

그는 더 이상 그녀를 만류할 수 없었다. 그녀의 진지한 모습에 넋을 잃은 듯했다. 그녀의 애무는 극치를 이루는 듯했다. 앞을 못 보는 사람들은 원래 손가락 하나에도 아주 민감한 신경을 갖고 있다는 말을 어디선가 들었던 기억이 났다. 그래서인지 그녀의 혓바닥은 어느 누구보다도 더 달콤했고 부드러웠다. 그는 미칠 것만 같았다.

"이제 됐어요. 하세요."

그녀는 하던 동작을 멈추고서는 윗옷을 벗어 내렸다. 까만 브래지어가 나타났다. 그리고는 더 이상 옷을 벗지 않았다. 나머지는 종태에게 일임한다는 표정 같았다.

"아……."

종태는 지금 마음이 그랬다. 마치 한 여자를 강간하는 것과도 같은 죄악감이 엄습해오고 있었다. 그러면서 다른 한편으로는 이 여자의 가슴을 안아주어 고독함을 다 퍼네 주고만 싶은 강렬한 욕구가 치밀어 올랐다. 마치 자신만이 이 여자의 고독한 그림자를 몰아낼 수 있을 것 같은 생각이 들었다.

"제가 할까요? 그래도 돼요? 기분이 안 나쁘다면……."

그녀는 조심스럽게 물어왔다. 너무나 진지한 물음이었다. 혹시 앞을 못 보는 여자가 남자의 위로 올라감으로 해서 이 남자가 기분 나빠 할까봐 그렇게 물어보는 것이었다.

종태는 그렇게 물어오는 그녀에게 더 이상 견딜 수가 없었다. 그는 손짓을 하면서 그녀의 팔을 잡아당겼다. 그녀가 몸을 일으키면서 스커트를 벗어 내리고는 팬티와 브래지어를 벗겨 내렸다. 그리고는 다리를 들어 종태의 몸 위로 올라왔다.

종태의 뿌리를 거머쥔 그녀는 자신의 열려진 꽃잎 속으로 집어넣었다. 그리고는 천천히 움직이기 시작했다. 그녀의 모든 동작은 마치 부드러운 윤활유를 친 기계마냥 아주 능숙하게 움직였다. 앞으로 밀었다가 뒤로 빠지면서 뿌리와 자신의 꽃잎의 간격을 늘였다가 다시 앞으로 전진해 들어왔다. 그녀는 그냥 전진해 들어오는 것이 아니라, 그 짧은 간격임에도 불구하고 느낌이 길게 느껴지도록 엉덩이를 좌우로 움직이면서 깊숙이 안으로 들어왔다.

그러면서 그녀는 끌어올리듯이 자신의 질벽을 조이면서 힙을 들어올렸다간 다시 내려쫓었다. 그 기분은 종태가 말로 다할 수 없는 것이었다. 종태의 입에서는 절로 신음소리가 새어나왔다.

"아아……."

종태의 입에서는 단내와 함께 거친 숨소리가 같이 튀어나왔다. 그는 두 손으로 그녀의 엉덩이를 붙잡았다. 움직이는 그녀의 엉덩이는 출렁거리면서 열심히 앞뒤로 움직였다.

"기분이 어때요? 좋아요?"

그녀가 물었을 때, 종태는 숨이 가빠 대답조차 할 수 없었다. 그냥 고개만 끄덕였을 뿐이었다. 물론 좋다는 표현이었다.

"전요. 선생님이 마음에 들었어요. 그래서 그냥은 못 나가겠더라고요. 미안해서요……."

그녀는 점점 더 거칠게 몸을 움직여댔다. 그녀의 꽃잎에서는 질척거리는 물소리가 났다. 마치 뿌리를 휘어잡고서 가지고 노는 것 같은 기분이 들었다. 꽉 다문 꽃잎은 종태의 뿌리를 빨아들일 듯이 들어 올렸다가 다시 내뱉었다. 그녀는 점점 엉덩이를 높이 들었다가 내려놓았다.

"아! 좋아!"

종태는 그 말밖엔 할 수 없었다. 이미 목 안의 물기가 다 말라버린 것처럼 타들어 가는 느낌이었다.

종태는 더 이상 견딜 수 없었다. 아무리 참으려고 해도 참을 수 없는 경지에 다다른 느낌이었다. 금방이라도 곧 폭발해버릴 것만 같은 절박감이 온몸을 저리게 하고는 지나갔다.

"아! 됐어."

그 말과 동시에 그는 벌써 사정을 하고 있었다. 뿌리에서 정액이 토해지면서 움찔거렸다.

"그래요. 해요. 시원하게 하세요."

그녀는 더욱 격렬하게 몸을 움직였다. 몸이 가뿐했는지 움직이는데 전혀 힘이 들지 않은 듯했다. 마치 운동으로 잘 단련된 듯한 몸놀림이었다. 그녀는 종태가 완전히 사정을 끝낼 때까지 잠시도 쉬지 않을 듯했다.

"아!"

이미 종태는 모든 게 다 빠져나갔다고 생각되었다. 벌써 시들기 시작하는 뿌리에서는 그녀의 움직임이 벅찰 뿐이었다. 기분은 좋았지만 이미 시들기 시작한 뿌리에서 느껴지는 것이란, 쾌감의 늪을 지나 깊은 수렁으로 빠지는 듯한 기분이 느껴지고 있었다.

"……."

그녀는 하던 동작을 멈추었다. 대개 남자들은 한 번 사정을 한 다음부터는 극도로 성기의 귀두 부분이 예민해진다는 것을 그녀는 알고 있었다. 그래서 그녀는 동작을 멈출 수밖에 없었다.

그들은 이제 마음이 서로 통한 것이었다. 육체를 통해서 쉽게 통한 그들은 더 이상의 어떠한 말도 필요치 않았다. 서로에게 아낌없이 건네준 마음을 무엇으로도 설명할 수 없는 것이었다.

그녀는 일어나 아까 옷을 벗었던 그대로 다시 옷을 입기 시작했다.

"……."

종태는 그녀가 옷을 입는 모습을 바라보면서 낮은 한숨을 내쉬었다. 이제 자신은 모든 걸 다 포기할 수 있을 것만 같았다. 이 세상의 어떠한 미련도…… 어떠한 욕심도 다 버릴 수 있을 것만 같았다.

"저, 갈게요. 이 돈 고마워요."

"……."

종태는 무슨 말이든 해줘야겠다는 생각을 했지만 막상 입이 떨어지지 않았다. 그녀가 문을 열고 나가려다가 다시 한 번 종태 쪽을 바라보았을 때도 종태는 어떠한 말도 할 수 없었다.

"아저씨, 행복하세요. 복 받으시고요."

그녀는 슬픈 듯이 말을 했다. 그것은 종태의 눈에 그렇게 비쳐졌을 뿐이었다. 그녀는 억지로 웃으려고 하다가 문을 닫고는 나가버렸다.

"……."

종태는 눈을 감았다. 다시 마음이 흔들리려는 기분이었다. 나간 그녀를 붙잡고서 오래도록 같이 있고 싶은 충동이 일어났다. 그러나 그는 억지로 그런 기분을 참아내며 가벼운 한숨을 토해냈다.

인생이란 이렇게 만나고 헤어지는 것이라는 것을 그는 다시 한 번 절감했다. 그는 그녀에게 더 많은 돈을 줘서 내보냈어야만 했다는 것을 나중에서야 깨달았던 것이다. 이 세상에는 그렇게 살아가고 있는 사람들도 있다는 것을 다시 한 번 새삼스럽게 깨달은 것이다.

23
다시 뻥끼통으로

그는 이제 더 이상 미룰 수 없다는 것을 깨달았다. 자꾸만 세상에 대한 미련 같은 게 남아 있어서 마음만 심란해질 뿐이었다. 이러다가는 자신이 계획한 모든 것들이 다 깡그리 무너질 것만 같은 절박함으로 마음이 더 초조해지는 것이었다. 그는 최종적으로 마음을 결정지었다.

'이제는 들어가는 거다. 일단 들어가서 생각하는 거다'

그는 그렇게 마음먹고 나자, 한결 마음이 놓여졌다. 대개 감방엘 들어가 본 사람이라면, 감방에 들어가기 전이 망설여지는 것인지 일단 마음을 굳히고 나면 한결 마음이 편해졌다. 그건 종태뿐만이 아니었다. 모든 범죄자들은 다 그랬다. 바깥에 있는 것은 단순한 몸이었을 뿐, 마음은 전혀 그렇지 않았다. 일단 감방 안으로 들어가야만 비로소 마음이 놓이는 것이었다.

그는 이제 감방 안으로 들어간다고 해도 전혀 서운할 것이 없었다. 전재현을 멋지게 처치하고, 또 경마장을 감쪽같이 턴 이상, 더 이상 자신이 세상에 남아 있는다고 해서 마음이 편할 것 같지 않았다.

그는 차라리 법의 심판을 받는 것이 도리어 마음이 편할 것 같았다. 대신, 전재현의 사건이나 경마장 사건이 아닌 다른 일로 들어가는 것이 나을 것 같았다. 전재현이나 경마장과 같은 사건이라면 아마 최소한 무기 아니면 사형이 뻔했다. 그렇게까지 솔직하고 싶지는 않은 게 그의 심정이었다.

그는 이제 할 일을 다 끝낸 사람처럼 마음이 홀가분해졌다. 이제 이 온수동과도 작별할 때라고 생각되었다. 그는 온수동을 한 바퀴 돌아보면서 다시 바깥으로 나오게 되면 언젠가 한 번은 이 동네로 와서 살아야 되겠다는 마음을 먹었다.

그런 날이 과연 오게 될지…….

그는 앞일을 생각하면 절로 마음이 캄캄해졌다. 그리 생각하고 싶지도 않았다. 그러나 이 동네로 와서 그동안 정이 들었던 것은 오로지 조용하다는 것과, 바로 곁에 산이 있었다는 것 뿐이었다. 그런대로 살만한 동네라는 생각이 들었다.

그는 짚차를 몰고 나오면서 다시 한 번 동네를 바라보았다. 아침 일찍 출근을 해버린 탓인지 동네는 온통 아녀자들뿐이었다.

골목에는 조그마한 아이들이 몰려나와 놀고 있는 게 보였다.

'그래. 잘 있어라'

그는 속으로 그 한 마디를 하면서 액셀러레이터를 밟았다. 그가 가진 것이라곤 짚차 한 대와 저금통장이 전부였다. 그가 살던 집의 대문에는 커다란 자물쇠로 채워놓았다. 그는 어젯밤 집 주인에게 전화를 걸어 열쇠는 앞집 슈퍼가게에다 맡겨놓았다고 일러두었다.

모든 걸 가지라고 말을 하고선 그는 홀가분하게 집을 나선 것이다. 그는 비디오테이프와 디스켓까지도 어젯밤에 다 태워버렸던 것이다. 기억에서 모든 걸 깨끗이 씻어버리고 더 이상의 미련이 남아 있지 않도록 했다. 그게 좋았다. 징역 안에 들어가서도 남겨놓은 비디오테이프 때문에 생각이 혼란스러워진다면 그것 또한 후회할 것만 같아서였다.

그는 일단 고척동 쪽으로 차를 몰았다. 안양이라면 아무데나 가서 사건을 저지를 생각이었다. 그것도 제법 큰 사건을 저질러야만 나중에 징역 안에 들어가서도 그 값을 충분히 해낼 것만 같았다.

징역 안에서는 죗값이 크면 클수록 돋보이게 되고, 소위 말하는 범틀이라는 것이 될 수 있었다. 그래야만 나중에 교도관들한테도 주목을 받게 마련이고, 모든 재소자들한테서도 그만한 대우를 받게 마련이었다.

고척동에서 서부 간선도로를 타고 계속 달렸다. 안양까지는 불과 30분이면 갈 수 있는 거리였다. 그가 굳이 안양을 택한 것은 전두환이 안양교도소에 있다는 것뿐이었다. 그래서 안양에서 사건을 저질러야만 곧바로 안양교도소로 송치될 수 있다는 것을 그는 알고 있었다.

서부 간선도로의 끄트머리에서 다시 광명시로 접어들었다. 그리고는 다시 안양으로 가는 길을 택했다. 넓은 4차선 도로를 달리면서 그는 길가의 산들을 바라보았다. 녹음이 짙어진 산은 점점 검은 빛을 띠기 시작하고 있었다. 저수지인지 길가의 둑에 차들이 서 있는 게 보였다.

종태는 그 차들을 바라보면서 이런 대낮에 할 일 없이 낚시를 즐기는 사람들도 있구나 싶었다. 그걸 보면서 우리나라 사람들은 그저 놀기를 좋아하는 것으로만 보였다. 돈만 있으면 언제든지 잘 놀 수 있는 곳을 택해서 차를 몰고 다녔고, 몸에 좋다는 것만 있으면 어디든지 찾아다니며 먹는 데에 열을 올렸다. 도무지 생산적인 일에는 관심조차 없는 듯했다.

종태는 한심하다는 생각이 들었다. 그렇게 놀고먹는 나라에서 어떻게 부자가 될 수 있는지. 부자가 아니라, 거지가 되었어도 할 말이 없을 것이다. 그런데 우리나라는 조금만 여유가 있어도 놀기를 좋아하는 게으른 국민으로 전락해버린 데에 대해 종태는 울화가 치밀었다.

정치판이 검은 돈으로 얼룩지고, 조그마한 권력만 있으면 그 걸 휘둘러 돈을 뜯어내는 데엔 일가견이 있는 국민들이었다. 그리고 대학교수라는 자들도 돈만 갖다 주면 양심까지 팔아가 며 돈을 긁어모으는 데에 혈안이 된 듯했다. 그런 국민성을 가 진 나라에서 대통령을 해먹기란 얼마나 어려운가.

그저 우리나라라는 곳은 매를 때려서 정신을 바짝 들도록 해 야만 겨우 정신을 차릴 듯했다. 그렇지 않고서는 도무지 제정 신을 차릴 줄 모르는 국민들 같았다. 돈만 있으면 거드름이나 피우고, 돈이 없으면 비굴하게 굴면서 남한테 사기나 쳐대기나 하고, 공정한 법을 다루는 판사들까지도 돈 앞에서는 굴복하는 나라였다. 돈이 사람보다 행세를 하는 사회였다.

종태는 이러한 세상에서 그동안 살았던 것이 한심할 뿐이었 다. 좀 더 많은 사람들의 목에다 칼을 들이대고, 호주머니를 털 어서 더 많은 불우한 이웃들에게 나눠주지 못하고서 감방 안으 로 들어간다는 것이 아쉬울 뿐이었다. 누군가 자신과 같은 주 먹잽이들이 나와서 돈 있는 자들을 혼내주면서 그 돈을 빼앗아 가난한 자들에게 나눠주었으면 하는 바람이었다.

여자들은 가정에서 빠져나와 대낮에도 모텔을 들락거리고, 남편의 쥐꼬리만한 월급봉투에 만족하지 못하면서 허풍만 부 풀려가지고서 없는 돈에 값비싼 옷을 사 입는 것을 보면 될 대 로 되라는 식으로 마구 살아가는 것만 같았다.

종태는 강원도에서 서울까지 오면서 길가에 늘어선 휘황찬란한 모텔들을 보면서 서글픈 생각이 들곤 했다. 어디 거기뿐인가. 서울 근교에는 어디를 가더라도 한적한 곳엔 꼭 모텔들이 들어서 있었다. 그곳에 남녀가 같이 들어가서 무엇을 하겠는가.

종태는 그동안 강원도와 서울을 오가면서 수없이 봐온 모텔들을 생각하면서 서울뿐 아니라, 대도시 주변에 가면 으레 있는 그런 모텔들이 구역질이 날 지경이었다. 그런 곳은 돈 있는 자들이 즐기기 위한 장소일 뿐이었다. 돈에 갈증이 난 여자들을 꼬셔서 실컷 분탕질을 해대기 좋은 곳이었다.

이제 종태에게는 지난날들이 모두 다 물거품처럼 생각되었다. 이 세상에 더 이상의 미련을 갖지 않기 위해 그는 그런 생각을 하면서 달렸다.

곧 안양에 닿았다. 노루표 페인트 회사가 있는 곳을 지나 안양역 쪽으로 다가가면서 그는 군포에 있는 안양교도소를 생각했다. 차라리 그곳으로 들어가서 바늘로 눈을 꿰매버리는 것이 나을지도 모른다는 생각이 들었다. 저번에 영등포 구치소에 있을 때, 이 세상의 꼴을 보기 싫다며 자신의 눈을 꿰매버린 채 발버둥을 치던 칠구 생각이 떠올랐다. 그 놈은 결국 저 세상으로 갔지만…….

종태는 징역 안이 훤히 들여다보이는 듯 점점 실감이 났다.

그는 안양역 쪽으로 차를 몰았다. 안양역 근방에는 번화했다. 바삐 오가는 사람들의 모습들이 여름 뙤약볕에 축 늘어져 있는 것처럼 보였다. 그들은 따가운 여름 햇볕에 찌들었다기보다는 오히려 고달픈 삶에 찌들어버린 것처럼 보였다. 삶이란 이렇게도 고달픈 것인가. 그는 지나다니는 사람들을 바라보며 절로 한숨이 새어나왔다.

안양역 앞에 있는 주차장에다 그는 차를 세웠다. 그리고는 근처에 있는 식당으로 들어가서 점심 식사를 하고 나왔다.

"......."

그는 좀 이른 시간인 것 같은 생각이 들었다. 술집들이 문을 열려면 오후 5시 정도는 돼야 할 것이다. 그때까지 그는 기다릴만한 곳을 찾아 그 주위를 걸어 다녔다. 그럴 때엔 당구장이 가장 시간 죽이기에 안성맞춤이었다. 그는 당구장에서 오후 5시까지 기다렸다.

시간은 지겹도록 천천히 흘러갔다. 그는 어서 빨리 안양교도소로 들어가고만 싶었다. 그래서 모든 긴장을 풀어버리고 며칠 동안 계속 잠만 잤으면 싶었다. 교도소란 그런 면에선 좋은 점도 있었다. 바깥에서 먹을 것이 없거나, 겨울이라서 몸을 눕힐 만한 곳이 없는 걸인들에겐 교도소만큼 편한 곳이 없었다. 국가에서 내주는 밥을 먹을 수 있고, 잠자리까지 해결해주는 법무부 탁아소가 가장 편한 곳이었다.

그는 5시가 되자, 어슬렁거리며 당구장을 내려왔다. 그리고는 근처에 있는 술집으로 들어가서 술을 시켰다. 일단 술을 마시고 나서 다음 일을 생각할 계산이었다. 그는 술을 마시면서 옆에 앉은 아르바이트 아가씨에게도 술을 따라주었다.

"저, 아직 시간이 일러요."

아르바이트 아가씨의 나이는 스물 대 여섯쯤 됐을까. 호프집으로 나와 술을 팔아주고 월급을 받으면서 손님들한테서는 팁을 받는 그런 아가씨 같았다.

"마셔. 괜찮아. 어때? 나랑 같이 연애나 할래?"

그러면서 종태는 자꾸 술을 권했다. 혼자 마시기보다는 아가씨와 같이 마시는 게 기분 좋았다. 아가씨는 마지못한 듯, 술잔을 받아들었다.

"아저씨, 오후부터 그렇게 술을 마셔요?"

"으응, 오늘 기분 좋은 일이 있을 거 같아서. 왜? 이런 날도 있어야지."

종태는 활짝 웃어 보였다. 마치 사업을 하다가 기분 좋은 일이 터져서 술을 마시러온 사람 같아 보였다.

"호호. 그러네요. 사업이 잘 되시는가 보죠?"

아가씨는 슬슬 종태의 기분을 맞춰주기 위해서 술잔을 받아 마시곤 했다. 그들은 주거니 받거니 하면서 맥주를 비워냈다. 그러다가 이번엔 양주를 시켰다. 이런 호프집에선 양주 한 병을 시키는 손님이 얼마나 고급인지 몰랐다.

"아이, 사장님두. 맥주에다 양주를 짬뽕하면 폭탄주예요. 그래도 괜찮겠어요?"

아가씨는 술을 따라주며 염려해주는 듯했다. 종태는 그러는 그녀가 밉지 않았다. 그는 될수록 빨리 취하기 위해서 빨리 잔을 비워내곤 다시 그녀에게 잔을 내밀었다.

그녀도 나중에는 취하는 것 같았다. 좀 더 격의 없이 깔깔거리며 나왔다. 종태는 모처럼만에 술기운이 위장 속으로 들어가면서 술이 올라오는 것이었다. 조금 얼얼해졌다.

"야. 나 오늘 너무 기분이 좋아서 사고하나 쳤으면 싶은데. 어떠냐?"

종태 역시 술이 취한 상태였다.

"어머! 멋져라. 어떤 사고?"

그녀는 마치 단골에게나 하는 것처럼 종태의 어깨를 끌어안으며 소리쳤다.

"그냥 사고. 무슨 재밌는 거 있으면 아무거나 치고 싶어."

"아우, 멋져! 사장님 따봉이다!"

그녀는 술힘을 빌어 스스럼없이 나왔다. 종태는 그러는 그녀를 끌어안은 채로 양주 한 병을 다 비워냈다. 점점 더 가까워진 그녀에게 그는 불쑥 제의를 내걸었다.

"오늘 나하고 한 방 할래? 어때?"

종태는 그녀를 안고 싶었다. 오로지 술기운 때문이었지만 진담도 섞여 있었다.

"그래요? 팁 얼마 주실래요?"

"팁? 그거 많이 주면 되지. 어때? 됐냐?"

종태는 호기를 부렸다. 이번이 이 아가씨가 마지막이라는 생각에 그는 더욱 섹스 생각이 나는 것이었다. 어차피 조금 어두워질 때까지 기다리자면 그녀를 데리고 어디 여관에라도 들어가는 게 좋겠다는 생각이 들었다. 마치 마지막 장식을 하기 위해 그러는 것 같았다.

징역이란 일단 들어가기만 하면 일체 여자 냄새도 맡을 수 없는 곳이었다. 그래서 그런지 그는 술김에 그녀를 안아보고 싶은 강렬한 욕망이 되살아났다. 그래서 몸이라도 풀고 들어가면 개운할 것만 같았다.

"좋아요. 주인한테 얘기해보고요. 잠깐만요."

그녀가 일어나 룸을 나가는 걸 보고선 종태는 다시 한 잔을 따라 마셨다. 입안이 썼다. 그러나 그걸 참으면서 목 안으로 집어삼켰다. 톡 쏘는 듯한 양주맛이 속 안을 찌르르 울리며 내려갔다.

"이젠 이 술도 못 마시게 되겠지. 그리고 여자 냄새도. 흐흐. 이제 이 차종태는 이 세상에 없는 거야. 어쩌면 영원히 못 나올지도 모르지. 흐흐."

그는 그녀가 올 때까지 혼자서 술을 마셨다. 곧 그녀가 돌아왔다. 두 사람은 곧바로 바깥으로 나와 호텔로 들어갔다. 안양에서는 하나뿐인 호텔이었다. 엘리베이터를 타고서 올라가는 동안, 종태는 얼핏 시계를 보았다. 8시 7분이었다. 그는 아직 시간이 넉넉하다고 생각했다.

　룸으로 들어가자마자, 그는 그녀를 침대 위로 눕혔다. 그리고는 옷을 입은 채로 그녀의 몸 위로 올라갔다. 키스 세례를 퍼부으면서 그녀를 끌어안았다. 그녀의 입에서는 독한 술 내음이 풍겨 나왔다.

　"아아, 씻고 와서 해요."

　그녀의 말에 그는 팔을 풀어주었다. 그녀가 얼른 욕실로 들어가고 나서 종태는 담배를 빼내 피우고 있었다. 창밖에는 어느새 어둠의 그림자들이 서성거리고 있는 게 보였다. 가게들마다 제각기 다른 네온사인 불빛들을 내뿜어대고 있었고, 길거리에는 낮 동안의 일과로 인해서인지 축 늘어진 어깨를 드리운 사람들로 북적거렸다.

　그는 이제 어느 정도 마음이 편안해지고 있었다. 이제는 안양교도소의 지척에 바로 와 있다는 것이 마음을 놓이게 만들었다. 일단 교도소로 들어간다고 생각하니 마치 여자들이 친정에 온 것 마냥 마음이 푸근해지는 것이었다. 일단 그 속으로 들어가기만 하면 두 발을 뻗고서 편안하게 지낼 수 있을 것만 같았다.

그녀가 밖으로 나왔다. 물기가 있는 그녀의 알몸에는 커다란 타월이 덮여져 있었다. 그녀는 이미 어느 정도 술이 깬 듯했다. 얼굴이 풋풋하게 되살아나오고 있었다.

"그거, 벗어."

종태는 지시라도 하듯이 말했다.

"이거?"

그러면서 그녀는 타월을 벗겨 내렸다. 흰 알몸이 그대로 다 드러났다. 작은 숲이 아래쪽에 앙증맞게 붙어 있는 게 보였다. 가는 몸매에 비해 그녀는 꽤나 성숙한 젖가슴을 지니고 있었다. 탐스러운 과일을 매달고 있는 듯이 보여졌다.

"멋있어. 그만하면 굿이야."

종태는 어색했지만 그런 찬사를 보냈다. 그녀는 그러는 종태를 보며 풋풋 웃고 서 있었다.

그는 그녀가 보는 앞에서 바지를 벗겨 내렸다. 그리고 팬티를 벗어냈다. 이미 그의 뿌리는 힘껏 일어서 있었다. 하늘을 향해 치켜든 그의 뿌리는 검붉은 빛깔로 충만되어 있었다.

"시원한 맥주나 꺼내 마시고 있어."

그리고는 그는 욕실로 들어갔다. 시원한 물을 틀어 그는 비누칠을 하기 시작했다. 이번이 여자를 품을 수 있는 마지막이 될지도 모른다는 생각에서 그는 여러 번 비누칠을 했다. 그리고 찬물로 씻어내렸다.

그는 침대로 돌아오자마자, 그녀를 부둥켜안았다. 알몸인 그녀의 몸매는 마치 작은 물고기와도 같이 파닥거렸다. 그는 입을 갖다 대 그녀의 입과 젖가슴을 애무해주고는 성급하게 밑으로 내려갔다.

이미 그녀의 음순은 젖어 있었다. 입에 묻어나는 물기를 통해서 그는 알 수 있었다. 미끌거리는 물기가 온통 입가에 묻어났다. 그는 혀를 내밀어 샅샅이 핥아주고는 몸을 일으켜 뿌리를 들이밀었다. 마치 미꾸라지가 꿈틀거리며 들어가듯이 쉽게 안으로 들어갔다.

그는 처음부터 격렬하게 움직이지 않았다. 그렇게 하면 금방 끝나버린다는 걸 알고 있었다. 그는 처음부터 천천히 뿌리를 움직이면서 최대한 아쉬움이 남을 수 있는 그런 섹스 쪽으로 몰고 갔다.

남자고 여자건 간에 처음부터 격렬하게 움직이면 금방 달아올라서 곧 사정을 하고 마는 것이었다. 여자가 흥분을 참지 못해 마구 소리를 질러대도 남자가 쉽게 사정하고 마는 것이었다. 어느 한쪽이 지극히 빨리 달아오르는 것도 상대방을 쉽게 달아오르게 하는 것이 되었다.

그들은 끈적거리도록 오래 그 짓을 했다. 술을 마셔서일까. 아니면 종태가 이번이 마지막이라고 생각해서 그런 것일까. 그는 오늘따라 전날과 달랐다. 이 여자를 놓아버리는 순간, 곧바로 교도소의 정문으로 들어가야 하는 것처럼 느껴졌다.

황금 같은 밤이었다. 이 밤이 지나가고 있다는 것이 아쉬웠다. 그의 뿌리는 든든하게 그녀의 꽃잎 속에 박혀 있었다. 그의 엉덩이가 움직일 때마다 뿌리는 힘차게 솟아올랐다가 추락하듯이 밑으로 침몰해 들어갔다. 뿌리의 표피에 와 닿는 질벽의 감촉이 미끈거리고 좋았다.

좁은 질벽이었다고나 할까. 꽉 끼는 듯한 질구를 쑤셔대는 기분이란 전율할 것만 같은 기분이었다. 사실 그는 마음속으로 짜릿한 쾌감이 여러 번 다가왔다가 멀어지곤 했다. 그것은 여러 번 반복적으로 일어나면서 참을 수 없는 흥분을 가져다주었다. 그는 사정을 하려고 할 때쯤이면 잠깐 하던 동작을 멈추었다.

"⋯⋯."

깊은 심호흡을 한 번 하고는 다시 뿌리를 움직였다. 밑으로 내려다본 그의 뿌리는 그녀가 흘린 분비물로 인해 허옇게 묻어 있는 게 보였다. 그리고 자신의 검은 털들이 물기에 젖어 번들거렸다.

"아!"

그녀는 짧은 목소리를 내면서 입을 벌렸다.

"좋은걸. 멋져!"

그는 훌륭하다는 것을 그렇게 표현했다. 그리고는 다시 엉덩이를 들었다가 내려놓았다. 밑에서는 물소리가 들려나왔다. 사랑의 물이 흘러나와 몸과 몸이 부딪치면서 내는 소리였다. 찰싹거리는 소리를 들으면서 그는 더욱 힘있게 뿌리를 들이박았다.

그는 좀 더 허리를 세웠다. 두 팔을 침대에다 딛고서 세운 허리에서는 더 큰 힘이 솟아나왔다. 그는 있는 힘을 다해 엉덩이를 부딪쳤다. 굵고 튼튼한 뿌리는 거침없이 안으로 들어가면서 질벽을 긁어내는 듯했다.

"아아!"

그녀는 또다시 짧은 목소리를 냈다. 그러면서 그녀는 더욱 다리를 벌려 그를 끌어안았다. 종태의 아랫도리가 꼼짝 못하도록 붙잡았지만 완전히 붙들 수는 없었다. 종태의 아랫도리는 쉬지 않고 움직이고 있었다.

뿌리가 들어가는 각도에 따라 그녀의 몸짓 반응이 달라졌다. 절정을 향해 치밀어 오르듯이 허리를 끌어당겼을 때, 그녀는 마치 활처럼 몸을 휘면서 그를 끌어안았다. 그리고는 헐떡거렸다. 뿌리의 끝에 그녀의 자궁이 와 닿는 걸 느꼈다. 그는 최대한 그녀의 어깨를 잡아당기면서 허리에 힘을 주었다. 뿌리와 꽃잎이 완전히 맞닿으면서 깊숙이 들어가는 느낌이었다.

그는 들어갈 때와 나올 때의 각도를 달리했다. 그러면서 뿌리를 축으로 해서 빙글 돌리듯이 빠져나왔다. 그럴 때마다 그녀는 몸을 비틀면서 그에게 찰싹 달라붙었다. 그녀의 이마에 진땀이 배어나와 있었다. 그는 그녀의 이마와 콧잔등에다 입술 갖다 대면서 귓바퀴로 돌아갔다. 귓속을 후벼파면서 혀를 집어 넣었다. 그녀는 마지막 진저리를 치면서 아랫도리를 들어올렸다.

"아!"

종태는 그때, 몸속으로부터 뜨거운 것이 흘러나오려는 걸 느꼈다. 이미 한계를 넘어선 인내는 곧 사정으로 이어졌다. 그의 뿌리 꿈틀거리면서 정액을 토해냈다.

"아! 좋아요!"

그녀는 기쁜 듯이 입을 벌린 채로 허둥대고 있었다. 그녀 역시 쾌감의 늪으로 완전히 빠진 듯했다. 원래 여자란 남자의 사정하는 순간을 보면서 같이 오르가즘을 느끼는 것이었다.

"……."

두 사람은 완전히 축 늘어져버렸다. 그의 입술이 천천히 그녀의 얼굴을 핥아주었다.

"끝났어……."

그가 중얼거렸다.

"아, 좀 더 있어봐요. 난 아직…… 안 끝났어요."

그녀는 그를 꽈악 붙잡고서 놓아주지 않았다. 그녀의 꽃잎이 움직이는 것 같았다. 찔끔거리며 조여오는 것이었다. 그리고 나서야 그녀는 그를 놓아주었다. 그들은 곧 한숨을 내쉬며 후끈 달아오른 몸을 떼어냈다.

"……."

그들은 나란히 누워 있었다. 처음 본 사이였지만 육체의 결합으로 인해서 더욱 가까워진 듯한 기분이 들었다. 그래서인지 누가 먼저랄 것도 없이 그들은 서로의 손을 잡은 채로 누워 있었다.

"아, 좋았어. 나한텐 추억이 되겠어."

종태의 중얼거림에 그녀는 그저 웃기만 했다.

"마지막이야…… 그래서 더 아까운 걸."

"왜요? 안양엔 이제 안 오세요?"

"응, 난 멀리 갈 사람이야. 그런데 아가씨와 같이 자고 싶었어. 마지막으로……."

"……?"

그녀는 눈을 동그랗게 뜬 채로 그를 쳐다보았다. 종태는 그녀의 눈길과 마주치는 것이 싫었다. 천정을 올려다보며 누워 있을 뿐이었다.

"옆에, 담배 하나 줘."

그의 말에 그녀는 담배를 집어 종태에게 내밀었다. 종태는 담배 한 개비를 꺼내고는 다시 그녀에게 담배를 내밀었다.

"같이 피우지."

"……."

그녀가 담배 한 개비를 꺼내는 걸 보고선 그는 라이터를 켰다. 그녀의 담배에다 불을 붙여주고는 자신의 것에도 불을 붙였다. 그는 길게 한 모금을 내뿜었다. 그녀도 옆에서 담배연기를 내뿜고 있었다.

"좀 있다가 한 번만 더 해도 될까? 마지막인데."

그가 말했다.

"또요?"

그녀가 물었다.

"응, 난 할 수 있어. 이것이 마지막이라고 생각하니까 그래…… 이제 난 어디로든 멀리 가야 할 사람이거든."

그는 마치 꿈을 꾸듯이 말했다.

"어디로 가요? 외국으로? 그러면 다시는 안양엘 안 와요?"

그녀는 마치 어린애처럼 딴 소리를 하면서 종태를 쳐다봤다. 종태는 이번에도 그녀를 쳐다보지 않았다.

"그래. 가야지…… 이 세상의 꼴을 보는 것도 싫어져서……. 그런데 이런 섹스는 좋거든. 난 그게 더 마음에 걸려. 이제 이런 것도 할 수 없을 테니까 말야."

"……?"

그녀는 눈을 동그랗게 뜬 채, 쳐다보았다. 그는 깊은 한숨을 내쉬면서 그녀를 껴안았다. 알몸뚱이가 가슴 안으로 쏙 들어왔다. 그는 미친 듯이 그녀의 살갗 아무데나 키스를 퍼부어댔다.

206

특히 젖가슴에다 입술을 갖다 대고는 오래도록 빨았다. 돌기가 톡 불거져 올라왔다. 그의 혀는 돌기 주위를 맴돌면서 핥다가 돌기를 혀끝과 입술로 물었다. 탱탱하게 부풀어 오른 그것은 입술 사이에서 진저리를 치는 듯했다.

종태는 다시 뿌리를 세웠다. 그리고는 그녀의 가랑이 속으로 밀어 넣었다. 좀 전보다 더 쉽게 들어간 뿌리는 이제 편한 자세로 움직일 수 있었다. 그는 다시 끓어오르는 쾌감을 느끼며 그녀의 온몸 구석구석을 샅샅이 훑으면서 애무해 주었다.

그의 뿌리는 점점 힘을 얻는 듯했다. 아까보다 더 지속적이면서 오래 계속되었다. 기계적으로 움직이다가 가끔씩 그녀를 다른 체위로 바꿔놓은 다음에 다시 시작하곤 했다. 그녀는 양순하게 그가 시키는 대로 따라 했다. 다리를 들어올리거나, 엎드린 채로 엉덩이를 뒤로 빼는 것이라던지, 침대 끄트머리에 그녀를 엎드리게 해서 종태는 서서 그녀를 공격하기도 했다.

"아아…… 좋아. 좋아!"

그녀는 목이 마른 듯이 쾌감의 소리를 질러댔다. 그러면서 자신의 엉덩이를 마음껏 흔들어대면서 종태의 움직임에 보조를 맞췄다. 두 사람이 출렁거리는 침대 위는 온통 난장판이었다. 체위를 바꾸느라 움직인 흔적들이 침대보 위에 다 드러났다.

그는 한참 만에 사정을 하면서 그녀를 꽈악 끌어안았다. 두 번째의 정액량이 더 많은 것 같았다.

이제 종태는 할 일이 다 끝났다는 생각이 들었다. 그녀에게 수표 다섯 장을 쥐어주고는 먼저 옷을 걸쳐 입었다.

"가시게요?"

"응."

"……."

그녀는 수표를 물끄러미 쳐다보다가 다시 종태를 쳐다보았다.

"언제 안양엘 오면 다시 찾아와요. 아셨죠?"

그녀의 말에 종태는 다만 고개를 끄덕였을 뿐이었다.

"너무 좋았어요. 제 전화번호 적어드릴게요. 그래도 되죠?"

"……."

종태가 이번에도 묵묵히 서 있기만 하자, 그녀는 얼른 핸드백에서 종이와 연필을 꺼내 전화번호를 적어서는 종태에게 건네주었다. 종태는 그것을 받아 안주머니에 집어넣고는 그대로 밖으로 나왔다.

벌써 캄캄한 밤이었다. 다리가 휘청거리는 걸 느끼면서 그는 걷기 시작했다. 안양에서 제일 큰 술집으로 찾아 들어갔다. 아가씨 두 명이 그의 옆에 앉아서 시중을 들고 있었다. 그는 양주와 안주 몇 가지를 시켰다. 무대 위에는 가수들이 번갈아가며 나와서 노래를 부르고 있었다.

그는 아가씨들이 따라주는 양주를 몇 차례 받아 마시고는 갑자기 술기운이 오르는 걸 느꼈다. 그는 그렇게 되기를 기다렸는지 모른다. 옆에 앉은 아가씨의 나이는 대충 열아홉 살쯤 되었을까 말까한 나이였다. 둘 다 이십 세 전 후반인 것 같았다. 짙은 화장을 한 탓에 나이를 정확히 알아맞출 수 없었다.

그는 무대 위를 바라보았다.

무대 위에는 요즘 한창 주가를 올리고 있는 젊은 여가수가 나와서 랩 댄스 노래를 부르며 춤을 추고 있었다. 그는 벌떡 일어나면서 양주병을 들어 무대 쪽을 향해 냅다 집어던졌다.

"야! 집어치워! 이 쌍년!"

종태의 갑작스런 소란에 옆에 잇던 두 아가씨들이 비명을 질러댔고, 곧이어 건장한 어깨들이 우르르 달려왔다. 무대 위에는 종태가 집어던진 술병이 깨어진 채, 산산조각이 나 있었고, 노래를 부르던 여가수는 유리 파편에 맞았는지 얼굴을 감싸 쥐고는 그 자리에 풀썩 쪼그려 앉았다.

"야! 이 새꺄! 어디다가 술병을 던져! 끌어내!"

누군가의 소리에 여러 명의 어깨들이 우르르 달려들어 종태를 일으켜 세웠다. 종태는 이때다 싶었다. 그 중 한 놈의 면상을 향해 힘껏 주먹을 날렸다.

"퍽!"

종태의 주먹을 맞은 놈은 벌렁 나동그라지면서 얼굴을 감싸 쥐었다. 그 순간에 여러 명의 주먹과 발길질이 동시에 날아왔다. 종태는 그들과 맞붙어 몇 차례 주먹을 날리다가 탁자 위로 올라갔다.

"와. 이 새끼들아. 다 죽여버릴 테니까. 다 와!"

종태는 탁자 위에서 소리 질렀다. 그 바람에 술을 마시고 있던 손님들이 비명을 질러대면서 한쪽으로 달아나고 있었다. 입구 쪽에서 더 많은 어깨들이 몰려왔다. 그들은 종태가 선 탁자 주위로 몰려들었다.

"야! 이 새끼들아! 다 덤벼! 죽여버릴 테니까!"

종태는 소리를 내지르면서 탁자 위로 올라오려는 놈의 면상을 향해 힘껏 걷어찼다. 그 놈은 면상을 직통으로 맞으면서 의자 위로 벌렁 나자빠졌다. 더욱 약이 오른 어깨들은 맥주병을 깨들고서 덤벼들었다.

이미 홀에는 손님들이 다 빠져나가고 없었다. 종태와 그들만의 싸움이었다. 그들은 성난 듯이 덤벼들었다. 맥주병을 깨서 들고 있는 놈이 있는가 하면, 쇠파이프를 들고 있는 놈도 있었다. 종태가 서 있는 탁자 주위로 몰려들면서 벌떼처럼 달려들었다.

"야! 죽여버려!"

"감히 어디서 행패야! 저런 놈은 없애버려!"

그들은 인원수가 많다는 것을 믿고 있었다. 한 놈이 그런 말을 외치면 다른 놈들이 한꺼번에 덤벼들었다. 종태는 일단 발로 그들을 걷어차 냈다. 종태의 날쌘 발에 맞은 놈들은 발놀림이 보통이 아니란 걸 금방 깨달았다.

종태의 발은 마치 공중을 나는 새와 같았다. 한 놈을 걷어차면서 넘어지는 그 놈의 몸집을 딛고서 다시 탁자 위로 올라왔다. 그만큼 그는 날쌔게 몸을 움직였다. 일단 탁자 위에서는 놈들이 휘두르는 쇠파이프에 다리만 맞지 않는다면 상대적으로 유리한 위치였다.

"야! 문 닫어! 저 놈을 죽여버려!"

다시 한 번 그런 외침이 있고난 후, 그 놈들은 더욱 기승을 부리며 달려들었다. 종태는 좀 더 바빠졌다. 발과 손을 동시에 사용해야 할 형편이었다. 발만으로는 역부족이었다. 그는 주먹을 날리면서 동시에 발길질로 그 옆에 있는 놈들을 거꾸러뜨렸다. 한 번의 몸 날림으로 해서 두세 명을 동시에 쓰러뜨리면서 뒤로 빠졌다.

술힘이 그를 돕는 듯했다. 종태는 열 명 가량을 그런 식으로 거꾸러뜨린 다음, 계속해서 그렇게 싸울 수는 없었다. 문 입구 쪽을 지키고 있는 놈을 향해 자리를 이동하면서 부지런히 몸을 놀렸다. 종태가 한 번씩 움직일 때마다 무언가 부러지는 듯한 뼈마디 소리가 들려오곤 했다.

"야! 도망간다! 잡아!"

그들은 다시 그를 에워쌌다. 바로 문 입구 쪽에서였다. 종태는 마지막으로 서너 명의 복부를 향해 발과 주먹을 휘두른 다음에 바깥으로 나왔다. 밖에서 싸워야만 비로소 경찰이 달려올 것이었기 때문이었다. 그는 바깥에 나와서 그들과 싸웠다. 이미 그들은 이성을 잃은 듯했다.

전부 쇠파이프로 무장한 그들은 종태를 따라오며 쇠파이프를 휘둘러댔다. 종태 역시 그들 중 한 놈을 갈기면서 쓰러진 그놈의 쇠파이프를 빼앗아 들었다.

"와! 전부 다 와! 죽여버리겠어!"

종태는 마치 악에 받힌 사람처럼 외치고는 종횡무진으로 쇠파이프를 휘둘렀다. 길을 지나가던 사람들이 그걸 구경하려고 모여들었다가 휘두르는 쇠파이프를 피해 이리저리 몰려다니면서 날카로운 비명을 질러댔다.

안양역 앞은 사람들이 모여들어 차들이 온통 마비가 돼 있었다. 종태와 술집의 어깨들이 한 판 붙느라 치고 빠지는 동안, 구경하는 사람들도 이리저리 몰리면서 넘어지거나 깔리면서 비명을 질러대는 소리가 곳곳에서 튀어나오고 있었다.

종태는 역부족을 느꼈다. 구경하는 사람들 때문에 행동반경이 좁아져서 마음대로 날고 뛸 수가 없었다. 좁은 공간 안에서 그들과 대치하면서 그는 다리에 숨겨놓은 칼날을 빼냈다.

"자, 덤벼! 한꺼번에 덤벼라!"

종태는 그 말과 동시에 날듯이 뛰어오르며 칼날을 휘둘러댔다. 앞쪽에 있던 두서너 놈을 향해 부웅 뛰어올랐다가 내려치면서 다른 쪽으로 빠져나갔다. 칼을 맞은 놈들은 두 명이었다. 팔목을 맞았는지 허연 살점이 보였다가 이내 검붉은 피가 솟구쳐 나왔다.

"악! 피다!"

사람들의 비명이 튀어나왔다. 사람들은 우르르 달아나면서 넘어지거나 밟힌 것인지 다시 비명소리가 흘러나오고 있었다.

"자, 덤벼!"

종태는 다시 오른손의 칼에 힘을 주며 외쳤다. 이미 그의 눈은 충혈된 듯, 시뻘겋게 달아올라 있었다. 그가 겨누는 칼날에 그 누구도 함부로 덤벼들 수가 없는지 어깨들은 서로 주춤거리며 서 있었다. 서로 칼을 겨누며 대적하고 있을 때였다.

왜앵, 왜앵……

호르륵 호르륵.

순찰차가 골목에서 나타나고, 호루라기 소리가 울려나왔다.

"……"

종태는 순찰차가 가까이 다가오는 것을 바라보았다. 이미 늦었다는 생각이 들 정도로 벌써 가까이 다가와 있었다. 술집의 어깨들도 역시 마찬가지였다. 아예 튈 생각을 하지 않고 있었다.

그도 그럴 것이 그렇게 많은 동료들이 칼을 맞거나, 부상을 당해서 실려나갔는데 그들이 물러설 턱이 없었다. 이미 늦었다는 생각을 하고 있는 것 같았다. 종태와 그들은 서로 칼과 칼로써 대치하고 있다가 경찰들이 들이닥쳤다.

"칼 버려! 칼 버려! 양쪽 다 칼 버려!"

순찰차에서 경찰이 나오는 것과 동시에 순찰차에서 방송이 흘러나왔다. 다가오는 경찰의 손엔 권총이 들려져 있었다. 세 사람의 경찰관들이었다. 그들은 조심스럽게 다가오면서 종태와 어깨들을 번갈아 쳐다보면서 칼을 버리라고 그랬다.

"……."

종태는 더 이상 버틸 수 없다는 것을 깨달았다. 그러나 칼은 버리진 않았다. 혹시 저쪽에서 홧김에 먼저 칼을 들고서 불시에 공격을 해올 수 있을지도 모르기 때문이었다.

"이쪽 먼저 버려! 안 버려?"

경찰은 종태와 대적한 그들이 더 인원이 많으면서, 안양 바닥에서 낯이 익은 어깨들에게 칼을 버리라고 소리쳤다. 그들도 역시 칼을 버릴 생각을 않고 있었다. 씨근덕거리며 종태를 노려보기만 할 뿐이었다.

"야! 안 버릴 거야? 춘구! 병목이! 상실이! 칼 버리라니까?"

경찰은 이미 그들의 이름까지도 알고 있었다. 그러자, 그들은 하나씩 칼을 버리기 시작했다. 그들이 다 칼을 버리고 나자, 경찰은 다시 종태에게 소리 질렀다.

"칼 버려! 이쪽이 다 버렸으니까 너도 칼 버려!"

"……."

종태는 마지막으로 칼을 버렸다. 그들 주위에는 때 아닌 볼거리로 모여든 사람들로 인산인해를 이루었다. 경찰들이 차에서 내려서 주위를 정리했지만 밀려드는 사람들을 다 통제하지는 못했다.

왜애앵, 왜애앵.

다시 경찰 봉고차가 골목으로 접어들면서 수많은 사람들을 뚫고 들어왔다. 그리곤 경찰 봉고차에서 내린 전경들이 구경나온 사람들을 정리하기 시작했다.

종태와 어깨들은 모두 다 수갑이 채워졌다. 그리고는 순찰차와 봉고차에 나뉘어져서 실려졌다. 종태는 순찰차로 태워졌다. 사람들의 웅성거림을 뚫고 순찰차가 먼저 사이렌을 울리며 앞서 나가고, 그 뒤를 봉고차가 따라왔다. 피비린내 나는 칼싸움은 그것으로 일단락이 된 것이다.

그들은 모두 안양경찰서로 압송이 되었다.

경찰 조사에서 종태는 가해자로 폭력죄라는 조서가 꾸며졌고, 피해자인 어깨들은 범죄조직 결성이라는 죄목으로 조서가 꾸며졌다. 일단 그들과 분리가 돼서 조사를 받은 종태는 일주일만에 안양교도소로 수감이 되었다. 경찰 조사를 받을 때가 힘들었을 뿐이지, 일단 교도소로 넘어가게 되면 오히려 마음이 편했다.

그는 저녁 늦게 서울지검에서 최종적으로 조사를 받고는 안양교도소로 넘어왔다. 신입실에서 그는 신입 조사를 받으면서 아는 직원들이 있나 해서 둘러봤지만 눈에 익은 교도관은 없는 듯했다.

"자, 제자리에 앉는다. 실시!"

"실시!"

그날 입소한 제소자들은 모두 구호를 복창하면서 제자리에 앉았다. 종태는 빵잽이답게 빵간의 초자들처럼 구호를 외치지 않은 채로 앉았다.

"너! 일어서봐!"

"……."

종태는 부시시 일어섰다. 일어서는 폼이 아무래도 다른 제소자들과는 다르다는 걸 알았는지 교도관은 다소 누그러진 말씨로 나왔다. 그건 교도관 생활을 오래 했다면 눈치밥으로도 알 수 있는 것이었다. 만일 재소자가 범틀이라면 자신에게 어떠한 도움이 될지도 모르기 때문이었다.

교도관이란 그랬다. 돈이 많은 재소자가 자신이 담당하는 구역으로 들어와서 혹시라도 범치기를 해주는 대가로 금전적인 대가를 받음으로써 도움이 될 수도 있기 때문이었다. 교도소 안에서도 으레 부정이 있기 마련이었다. 교도소 내의 부정이란, 재소자가 필요한 연락을 해준다는 비둘기 날리기가 있고,

216

재소자가 필요로 하는 담배를 넣어주면서 뒷돈을 챙기는 담배 장사가 있었다. 그리고 심지어는 감방 안으로 화투나 포커를 넣어주는 하우스 주인이 있었고, 어떤 경우에는 히로뽕을 몰래 넣어주는 경우도 있었다.

재소자와 교도관은 서로 공존공생하는 관계였다. 재소자의 가려워하는 곳을 긁어줌으로써 가족들로부터 돈을 받아챙기는 것이다. 그리고 적당한 변호사를 물색해주면서 그 대가로 변호사 선임비를 받는 경우도 있었다. 교도관이 알선해주는 변호사는 앞으로 재소자들 간에 명성을 얻기 위해서라도 교도관의 청탁을 신중히 고려하지 않을 수가 없었다. 그래야만 더 많은 사건이 맡겨질 수 있었기 때문이었다.

종태를 일으켜 세운 교도관은 찬찬히 아래 위를 훑어보면서 물었다.

"뭘로 들어왔나?"

"폭력입니다."

종태는 서슴없이 대답했다.

"그래? 어쩐지 냄새가 나더라니만. 어디서 싸웠지?"

교도관은 아직은 종태를 몰랐다. 그저 잡범들처럼 우연한 주먹다짐으로 인해서 폭력으로 들어온 줄로만 알고 있는 듯했다.

"역 앞에 있는 왕궁입니다."

"왕궁? 거기서 싸웠나? 술값을 못 냈나?"

"……."

종태는 입을 다물어버렸다. 교도관의 질문에 일일이 대꾸하는 자체가 귀찮았던 것이었다.

"호오. 그럼 조직 싸움인가?"

그제야 그는 종태를 알아본 모양이었다.

"그럼 공범이 있겠군. 어딨지?"

교도관은 종태를 바라보다가 주위를 둘러보았다.

"……."

종태는 대답하지 않았다. 그걸 안 교도관은 주위를 둘러보며 말했다.

"여기, 공범 누구야?"

교도관의 말에 저쪽에 있던 패거리들이 손을 들었다. 모두 다섯 명이었다. 그들은 모두 종태와 같이 싸웠다는 죄목으로 같은 공범으로 들어온 셈이었다. 말하자면 같은 주먹세계의 주먹잽이들로 보는 것이었다.

"응, 너희들이군. 알았어. 앉아."

교도관은 종태와 같이 들어온 공범들을 보자, 비로소 종태의 위치를 알 수 있는 듯했다. 술집 왕궁에서 싸웠다면 그냥 보통의 주먹이 아니란 걸 이미 눈치 채고 있었다.

"자, 지금부터 검신을 실시한다! 모두 옷을 벗는다. 실시!"

"실시!"

재소자들은 교도관의 구령에 맞추어서 실시! 라는 복창을 하면서 후다닥 옷들을 벗어 내렸다. 완전히 알몸뚱이가 된 재소자들은 엉거주춤 서 있었다.

교도관은 일일이 한 사람씩 돌아다니면서 훑어보았다. 대략적인 검신이었다. 그러나 그것으로 끝나지 않았다. 그것은 일종의 위압적인 분위기를 풍겨냈을 뿐이었다.

"모두 앞으로 허리를 숙인다! 실시!"

"실시!"

재소자들은 다시 90도 각도로 허리를 신속히 굽혔다. 일렬로 죽 늘어선 재소자들은 뒤쪽에 있는 남자의 성기를 보며 웃었다.

"이번엔 항문을 벌린다! 실시!"

그 말에 재소자들은 다시 후다닥 두 손을 뒤로 가져가 항문을 벌렸다. 처음 들어온 재소자들은 이미 빵잽이인 사람들이 하는 걸 보고서 얼른 따라 했다.

"……."

교도관은 후레쉬를 든 채로 일일이 재소자들의 항문을 검사하면서 돌아다녔다. 그러다가 의심이 가는 놈을 막대기로 지적하면서 불러세웠다.

"너!"

"……."

지적을 당한 사람은 벌떡 일어났다.

"다시 항문을 벌려봐."

"……."

그 사내는 항문에 무엇을 숨겨 들어왔는지 우물쭈물거렸다. 난처한 얼굴을 하고 서 있었다.

"너! 이 새끼! 벌려봐! 뭘 숨겨왔지?"

이번엔 막대기가 사내의 가슴을 쿡 찔렀다. 그 바람에 사내는 뒤로 한 발짝 물러섰다.

"다시 엎드려! 항문을 까봐."

결국 그 사내는 울상을 지으면서 엎드렸다. 그리고는 교도관이 비추는 후레쉬 세례를 받으면서 결국은 항문 속에 감췄던 담배를 끄집어낼 수밖에 없었다. 비닐로 돌돌 말아진 담배들이 항문 속에서 나왔다. 열 개비 정도 되는 담배들이 납작하게 비닐에 싸여 있었다.

"이 새끼가! 너, 저리가! 저리 가서 꿇어앉아 있어!"

그 사내가 한쪽으로 가서 꿇어앉자, 교도관은 다시 후레쉬를 들고 검사하기 시작했다. 그러면서 다시 덧붙이는 말이 튀어나왔다.

"다시 말하겠는데, 여긴 징역이다. 나를 속이려 하지 마라. 너희들이 속이려고 해도 안 속는다! 어설프게 숨겨가지고 있다가 들키면 어떻게 되는 줄 알지? 숨긴 거 있으면 스스로 내놔라. 알았나!"

"……."

그러나 숨겨갖고 들어온 것을 스스로 내어놓는 바보는 없었다. 후레쉬 불빛에 들켜서 나온 것들은 주로 담배였다. 그리고 담배 속에 라이터돌이 가장 많았다. 그리고 간혹 수표 몇 장을 돌돌 말아서 집어넣은 경우도 있었다.

으레 항문에 무엇을 집어넣은 사람들은 자신도 모르게 항문 끝에 힘을 주게 마련이었다. 빠져나올 염려가 전혀 없었는데도 무심코 힘을 주게 된다는 것을 교도관은 미리 알고 있었다. 그런 놈들만 불러내서 따로 철저히 검사하면 영락없이 무엇인가 튀어나왔다. 들킨 사람들은 전부 다 한쪽으로 가서 꿇어앉았다. 발가벗긴 채로 시멘트 바닥에 꿇어앉아 있는 사내들의 몰골이란 영락없는 죄인의 꼴이었다.

일단 철저한 검신이 끝난 다음, 이번엔 신원 확인이 있었다.

교도관들이 재소자들 주위로 둘러서고, 무궁화 세 개를 단 간부 교도관이 나타났다. 그 뒤를 따라 신분장을 든 교도관이 들어와서 책상 위에다 신분장을 내려놓았다.

"에, 여러분들은 죗값을 치르기 위해 이곳에 들어왔습니다. 검신을 받아서 잘 알겠지만, 이곳은 특수 구금 시설이다. 그래서 여러분의 신변을 안전하게 보호하기 위해서는 이곳에서 따라야 할 수칙이 있는 것이다. 잘 알겠지만……."

무궁화 세 개를 단 교감은 종태의 눈과 부딪치면서 말을 중단했다.

"……."

종태는 그를 알아보았다. 아까 그가 들어올 때부터 알아보았던 것이다. 아까 종태는 그를 알아보고서 깜짝 놀랐던 것이다. 언제 그렇게 승진을 했는지 벌써 무궁화를 세 개나 달다니.

"어? 종태 아닌가? 어떻게 들어왔지?"

바로 송경섭 교감이었다. 종태가 영등포 구치소에 수감되어 있을 때, 옛날엔 잎파리 세 개인 부장이었던 그가 언제 간부 시험을 쳤는지 벌써 무궁화 세 개를 달고 있었다.

"아, 부장님 반갑습니다. 아 참, 이젠 계장님이시군요."

종태는 반가웠다. 이런 곳에서 그를 만나다니. 종태는 벌떡 일어났다. 그러나 많은 재소자들이 있어서 함부로 가까이 갈 수가 없었다.

"반갑네. 천하의 차종태가 여기서 만나다니. 이리 와보게."

송경섭 계장은 책상에서 일어나 종태에게로 다가왔다. 그리고는 옆에 서 있는 교도관들에게 말했다.

"잠깐만. 저쪽으로 가서 얘기 좀 하고. 그동안 교도소 수칙 사항이나 전달하고 있어요."

송경섭 계장의 말에 교도관들은 알았다는 듯이 움직이기 시작했다. 교도소에는 재소자들이 지켜야 할 수칙이 있었다. 부정물품을 만들거나, 은닉해서 사용하거나 유포하는 것은 행형

법상의 죄가 추가될 수 있었다. 그리고 유리조각이나 바늘을 이용해서 포경수술을 하는 것도 금지하고 있었다. 물론 화투놀이나 마약 등을 숨겨놓고 사용하는 것도 엄벌에 처할 수 있었다.

일단 부정물품을 만들어서 숨겨 가지고 있다가 들키면 행형법에 따라 독방에 구금되고, 죄질의 정도에 따라 구금 일수가 정해지며, 면회나 도서의 열람도 제한할 수 있었다. 심한 경우에는 손과 발을 꽁꽁 묶어서 아예 햇빛조차도 들지 않는 먹방으로 보내버리는 수도 있었다.

종태는 송경섭 계장을 따라 복도로 나갔다.

"이렇게 만나니까 반갑네. 근데 어떻게 들어왔나?"

계장이 먼저 손을 내밀었다. 종태는 악수를 하면서 씨익 웃어 보였다.

"화가 날 일이 좀 있어서 그랬습니다. 근데 언제 간부가 됐습니까?"

종태는 궁금한 것을 물어봤다.

"종태 자네가 언제 나갔더라? 자네가 출소하고 나서 곧바로 얼마 안 있다가 간부 시험을 쳤지. 그리고 나서 이곳저곳을 떠돌아다니다가 안양으로 온 거야. 서울하고 가까우니까 힘 좀 써서 이곳으로 왔지. 근데 자네가 나갈 때, 같이 나간 희자라는 여자는 어쨌는가? 잘 있는지 모르겠네?"

송경섭 계장은 희자의 이름까지 기억하고 있었다.

"아, 네…… 그 여잔 죽었습니다…… 사고로……."

종태는 그 말을 하면서 자신도 모르게 고개를 떨어뜨렸다. 영등포 구치소 내에서 재소자건 직원이건 간에 종태와 희자의 일을 모르는 사람들이 있었다면 그건 빨갱이였다. 그러니 자연 송 계장이 물어보는 건 당연한 일이었다.

"그래? 왜 죽었지? 그 여자 참 참했는데……."

종태는 대충 이야기를 해줬다. 희자가 바닷가에서 사고로 물에 빠져 죽었다는 사실과 자신은 양양에서 살다가 며칠 전에 서울에 왔다가 볼일이 있어 안양에 들렀다가 사고를 일으켰다며 대충 둘러댔다.

"저런! 그랬구나! 근데…… 전에 영등포에 있던 함 주임이 이곳 보안과장으로 와 있는 거 모르지?"

"네? 그래요?"

종태는 깜짝 놀랐다. 함 주임이 이곳 안양에 보안과장으로 와 있다니. 종태는 다시 한 번 놀랐다.

"후후. 그렇네. 자네하고 함 주임하고는 특별히 친했잖은가? 여기서 또 만났으니 정말 인연은 인연이군 그래. 어때? 내가 신입 검사를 끝마치고 나서 함 과장을 한 번 만나게 해줄까? 아직 퇴근을 안 했어. 마지막 출정차가 들어와야 퇴근을 할거 거든. 폐방 인원이 맞아야 되니까 말야."

대개 구치소나 교도소는 재판을 나갔던 호송차가 다 들어오고 나서 폐방 점검한 인원과 재판을 나갔다가 돌아온 인원이 맞아야만 과장이나 소장이 퇴근할 수가 있었다.

"으흠……."

종태는 낮은 신음소리를 냈다. 이런 데서 또 다시 함 주임을 만난다는 것이 왠지 모르게 내키지가 않았다. 그러나 한편으론 마음이 놓이는 구석도 없지 않았다. 어차피 이곳에서 편히 지낼려면 함 과장을 만나봐야 할 것이라는 생각이 들었다.

"이따 보세. 일단 내가 가서 보고를 해놓을 테니까. 나도 여기 있는 동안, 자네를 잘 봐줄 수 있으니까 뭐든지 말만 하게. 뭐 필요한 게 없나?"

송 계장은 은근히 종태에게 뭔가를 바라는 듯한 눈치를 보내왔다.

"아직은 없습니다. 나중에…… 말씀드리죠."

"알았네. 언제든지 필요하면 나를 부르게. 함 과장이야 이제 과장이니까 재소자를 함부로 불러내서 만날 수 없겠지만, 난 그래도 과장보다는 나을 걸세. 자네가 부탁하는 일이라면 무엇이든지 들어줄 수 있네. 자네에 대해선 누구보다도 잘 알지."

송 계장은 다시 종태의 환심을 사려고 그랬다. 자꾸 자신의 위치를 들먹이면서 보안과장보다 더 자유롭게 만날 수 있다는 것을 암시하고 있었다.

"자, 들어가세."

그들은 다시 신입실로 들어왔다. 송 계장은 신분장 확인을 하느라 책상에 앉아 있었다. 종태는 송 계장의 어깨에 붙어 있는 무궁화 계급장을 바라보면서 세월의 빠름을 다시 한 번 실감하고 있었다. 언제 간부 시험을 쳐서 무궁화 두 개인 주임을 거쳐 벌써 세 개를 달았다는 말인가. 그만큼 시간이 빨리 지나갔음을 실감할 수 있었다.

종태는 재소자 신입식을 마치고 나서 방을 배정받았다. 5동 하 7방이었다. 교도관이 팔뚝에다 붉은 매직으로 방 표시를 써주었다. 재소자들은 커다란 바께쓰에 담아온 쟌밥을 나눠 먹었고, 허기진 배를 채우느라 후다닥거린 그들은 다시 일렬로 서서 목욕탕 안으로 들어갔다.

"목욕 시간은 10분이다! 나중에 나오는 사람은 알아서 해라! 알았나!"

어딜 가나 교도관들은 군대식으로 명령했다. 목욕 시간이 말로는 10분이라는 했지만 하나, 둘, 셋…… 을 헤아리며 열까지를 헤아렸을까. 탐방기로 겨우 물을 끼얹고는 마악 비누칠을 하려는 찰나에 호각 소리가 울려 퍼졌다.

"목욕 그만! 빨리 나와!"

다시 요란한 호각소리가 목욕탕 안을 시끄럽게 울려퍼졌다. 재소자들은 물을 조금이라도 더 퍼서 쓰려고 아우성들이었다. 겨우 물을 한 번 끼얹고는 비누칠을 하고난 다음에 비눗물을 씻어내는 것이 고작이었다.

그래도 그랬던 것이 그나마 다행이었다. 경찰서 유치장에서 일주일을 머무는 동안, 그들은 전혀 목욕을 하지 못했던 것이다. 몸에서는 더운 땀내와 함께 악취가 나기 시작했고, 사타구니에서는 썩는 듯한 끈적거림이 미끌거리고 있었다. 그나마 재빨리 물을 끼얹고는 사타구니부터 씻어내는 것이 요령 있는 빵잡이들의 목욕 방법이었다.

종태는 목욕을 하고 나서 닦지도 않은 채로 복도에 쪼그리고 앉아 있었다. 방 배정을 해준 교도관이 신 사동과 구 사동으로 갈 재소자들을 따로 나눠서 앉힌 다음, 구 사동 쪽으로 가는 재소자들을 먼저 일으켜 세워 복도를 지나가면서 차례로 떨어뜨리고 나면 복도 끝에까지 갔다가 재소자들을 사동마다 다 떨어뜨리고 난 다음에 다시 돌아와서 신 사동 쪽으로 갈 재소자들을 일으켜 세웠다.

"자, 일어서서 나를 따라와!"

교도관의 지시에 그들은 움직이기 시작했다. 그때였다.

"어이, 현 담당!"

누군가 뒤에서 부르자, 앞서 걸어가던 담당이 얼른 뒤돌아서서 뛰어갔다. 거수경례를 하는 앞쪽에 함 과장이 서 있는 게 보였다. 종태는 그가 함 주임이라는 것을 대번에 알아볼 수 있었다. 금테 모자를 쓴 정복 차림의 함 주임이 과장이라는 계급장을 달고 있었다.

담당이 달려와서 종태를 불러냈다.

"과장님이 부르니까 넌 가봐."

그리고는 담당은 나머지 재소자들을 데리고 가버렸다. 함 과장 있는 데로 걸어가면서 종태는 남다른 감회가 서리는 듯했다. 함 과장이 저만치 서 있다가 뚜벅뚜벅 걸어왔다.

"어이, 종태. 오랜만이군."

그가 손을 내밀어 악수를 청했다. 어둑컴컴한 복도에는 함 과장과 종태 외에는 아무도 없었다. 그래서 그런지 함 과장은 스스럼없이 손을 내밀 수 있었는지 모른다.

"반갑습니다. 아까 송 계장님으로부터 이야긴 들었습니다. 잘 지내셨습니까?"

종태는 함 과장의 손을 굳게 잡았다. 함 과장이 손을 흔들다가 악수를 풀면서 말했다.

"그래. 그동안 자네는 어디 있었나? 한 번도 연락이 없어서…… 난 또, 조직에서 완전히 손을 씻었는가 했지. 하하. 그래, 결국 물고기는 물에서 못 떠난다는 말이 맞군 그래."

함 과장은 비아냥인지, 아니면 반갑다는 뜻인지 모를 말을 해왔다.

"이번에도 신세 좀 져야겠습니다. 이렇게 만나게 돼서……저야, 뭐 조직에서 떠날 수 있습니까? 맨날 함 주임님, 아 참, 함

228

과장님 신세나 져야지요 뭐."

종태는 옛날에 부르던 함 주임이라고 부른 것을 다시 수정하면서 과장님이라고 불렀다.

"하하, 그래. 돌고 도는 게 인생이니까. 여기서 자넬 만나게 될 줄은 몰랐지. 송 계장한테서 연락을 받고 특별 사동으로 배치를 했으니까 필요한 게 있으면 부르게. 전에부터 안다는 게 다 뭔가. 내가 도울 게 있으면 도와야지. 안 그런가? 하하."

함 과장은 다소 배가 나와 있었다. 그동안 과장으로 승진한 탓에 조금 편해진 모양이었다.

"고맙습니다. 신경 써 주셔서."

종태는 허리를 깊숙이 굽혔다. 조직의 부하가 윗선에게 하듯, 허리를 깍듯이 굽히는 것이 그의 오래된 체질이었다. 종태의 그런 자세가 맘에 들었는지 한 과장은 다시 한 번 덧붙였다.

"가세. 5동 하 7방이지? 내가 데리고 가지. 담당이 보고는 차종태라는 인물을 다시 볼 걸세. 하하."

함 과장은 그런 것까지 미리 머릿속에다 집어넣고 있었다. 이런 식으로 종태의 환심을 사두는 것이 나중엔 돈이 되어 돌아오리라는 것을 그는 미리부터 생각해둔 것이었다.

보안과장이 직접 차종태를 데리고 오자, 의자에 앉아 있던 부장이 벌떡 일어나면서 거수경례를 붙였다. 부장이 인원 보고를 하려고 하자, 과장은 얼른 손을 들어 만류하고는 턱짓으로 차종태를 가리켰다. 그것만으로도 부장은 벌써 종태를 알아본 듯했다. 종태를 대하는 태도가 사뭇 달랐다.

"들어가서 쉬게. 난 퇴근을 해야 하니까."

그러면서 함 과장이 돌아서려고 했다. 종태는 얼른 함 과장을 향해 또 한 번 허리를 숙여보였다.

보안과장이 나가고 나자, 부장은 차종태의 옆으로 와서 속삭이듯이 말했다.

"너, 범틀이구나. 처음 보는데? 패찰 줘봐."

"……."

종태는 들고 있던 패찰을 넘겨주고는 그 자리에 서 있었다. 사방 담당인 부장이 패찰을 보고는 고개를 끄덕였다. 패찰에는 차종태라는 이름과, 나이, 그리고 폭력이라는 죄명이 씌어져 있었다.

"잠깐."

부장은 종태를 방으로 집어넣으려다가 말고 다시 불러세웠다. 그리고는 자신의 책상이 있는 곳으로 데려가서 이것저것을 묻기 시작했다. 함 과장이 직접 사동으로 데려올 정도라면 보통 위인이 아니란 것쯤은 알 수 있었다. 그래서 물어보는 것이었다. 종태는 대충 조직원이었다는 말을 해주면서 잘 부탁한다는 말을 잊지 않았다.

"하하. 내가 알아서 하지. 과장이 신경을 쓰는 거 보니까 범틀이잖아. 뭐든지 필요하면 나한테 말해. 그 대신 과장한테는 말하지 말고. 알았나?"

부장은 은밀히 그 말을 했다. 사방을 맡고 있으면서 범틀 한 사람만 들어와도 그들은 그랬다. 범틀한테 잘해주면 반드시 그 대가가 있기 마련이었다. 교도관들은 그런 것에 꽤나 익숙했다.

"자, 들어가 쉬어."

부장의 말에 종태는 다시 허리를 굽혀보였다. 그렇게 하는 건 이곳의 인사법이랄 수 있었다. 그래야만 징역을 사는 동안에 조금도 부족함 없이 지낼 수가 있는 것이었다.

부장이 7방의 철문을 열었다. 이미 방에 들어있던 재소자들은 부장과 종태가 하는 말을 엿들어서인지 5동 하 사동에 범틀이 한 명 들어왔다는 것을 알아차리고 있었다. 종태가 방으로 들어가자, 방 사람들은 자리에서 일어나 앉으며 종태를 보느라 눈들을 휘번덕거렸다.

"야, 자리 치워라."

방장인 듯한 남자 한 명이 그렇게 명령했다. 그 말에 나이어린 놈이 벌떡 일어나서 뺑끼통 쪽이 아닌 벽 쪽으로 잠자리를 마련했다.

흔히 처음 들어오는 신입에게는 악취가 나는 뺑끼통이 있는 쪽에다 잠자리를 펴주는 것이었는데, 종태에게만은 달랐다. 그건 오로지 부장이 어떠한 말을 하진 않았지만 그동안 징역을 살면서 눈치로 때려잡을 줄 아는 그들의 처세랄 수 있었다.

"……."

종태는 자리를 펴준 곳으로 가서 정좌를 하며 앉았다. 굳게 다문 종태의 표정을 살피면서 방 안의 재소자들은 관심어린 눈길을 보내고 있었다. 모두 다 방장이 어떻게 나오는가를 지켜보고 있을 뿐이었다.

"아까 보안과장이 데리고 오는 것 같던데. 과장과 아는 사이우?"

방장이 무겁게 입을 열었다. 애써 무게를 갖추려는 표정이 역력했다. 종태는 그러는 그가 가소롭게 여겨졌으나 웃지는 않았다.

"조금…… 아는 사이요."

"어떻게 아는 사이?"

방장은 말을 놓을 수도, 그렇다고 무작정 말을 놓을 수도 없었는지 아예 말끝을 줄여버리는 것이었다.

"그냥…… 저번에 영등포 구치소에 있을 때, 아는 사입니다."

종태는 그렇게 대답을 하면서 조금도 무게를 흩트리지 않았다.

"……."

방장은 그 말만 물었을 뿐, 더 이상 묻지 않았다. 그것으로 일단은 신입식이 끝난 셈이었다. 대개 초범들은 방으로 들어오면, 들어오는 순간부터 정좌를 한 상태에서 혹독한 신입식을 치르게 돼 있었다. 미리 배식반장이라는 놈이 신입식을 하는 순서를 가르쳐주고 나서 그대로 순서대로 하지 않으면 이불을 뒤집어씌운 채로 돌아가면서 한 주먹씩을 가하는 것이었다. 그리고 나서 다시 이불을 걷어내고선 처음부터 다시 신입식을 하게 돼 있었다.

그러나 종태에게는 그것이 생략되었다.

"……."

방 안 사람들을 모두 잠자리에 누워서도 얼른 잠이 들지 않은 듯했다. 하긴 종태의 존재가 궁금했고, 어떻게 해서 보안과장이 직접 사동에까지 데리고 왔는가 하는 것이 궁금할 뿐이었다. 분명히 종태와 보안과장은 어떠한 밀접한 관계가 아닌가 하는 생각들을 하고 있었다. 징역 안에서는 조그마한 일이라도 관심의 대상이 될 수 있었다. 좁은 방 안에 열 명 가량이 생활해서 그런 것일까. 그들은 조그만 일에도 자주 싸웠으며 그리고 금방 화해를 하곤 했다. 어차피 이 좁은 방을 빠져나가서 따로 살 수가 없었기 때문이었다.

"……."

방장도 말이 없었다. 날씨가 더웠으므로 홑이불 하나만 걸친 채로 천정만 멀뚱거리며 쳐다보고 있었다. 촉수가 낮은 전등불이 천정에 매달린 채로 누워 있는 그들을 내리비추고 있을 뿐이었다.

그동안 부장이 살금살금 매트 위를 걸어서 7방을 훔쳐보고 지나갔다. 부장이 구두 소리를 내지 않으려고 깔아놓은 매트 위를 조심스럽게 걸었지만 방 안의 그들은 귀신같이 알았다. 부장이 방 안의 동정을 살피려고 소리 내지 않고서 왔다가갔다는 것을 그들은 알고 있었다.

종태의 잠자리가 어디쯤 정해졌는가. 그리고 방 안의 사람들과 싸움을 하지는 않았는가. 방장과 종태와는 어떤 기류가 흐르고 있는가를 살피는 것이 야간의 사방을 맡은 담당 부장의 임무랄 수 있었다. 혹시라도 방 안의 주도권을 잡기 위해서 종태와 방장이 서로 주먹다짐이라도 하는 날엔 부장의 책임도 없지 않았다. 일단 방 안에서 싸움이 일어나서 누군가가 코뼈가 부러지거나, 이빨이 나간다고 한다면 그건 곧 사방 담당의 책임이었다.

종태는 희미한 불빛을 내뿜고 있는 전구알을 쳐다보았다. 한편으론 마음이 편하면서도, 다른 한편으로는 막막하기만 했다. 자청해서 들어온 징역이었지만 막상 들어오니 갑갑하기만 했다.

그는 쇠창살을 쳐다보며 영등포 구치소를 떠올렸다. 희자와 사랑의 감정을 나누면서 자주 쳐다보곤 했던 쇠창살이었다. 차가운 느낌이라기보다는 오히려 정감이 도는 창살이었다. 창살 바깥으로 달빛이 쏟아져 내리는 게 보였다. 그는 일어나서 창살로 가서 밖을 내다보고 싶었지만 오늘 처음 들어온 신입이라 그럴 수도 없는 노릇이었다. 아직 방 안의 분위기를 파악하지 못했을 뿐만 아니라, 그렇게 할 수 없는 입장이었다.

종태는 방장이라는 자를 쳐다보았다. 방장도 역시 종태를 쳐다보다가 눈길이 마주치자, 얼른 고개를 돌려버렸다.

"……."

종태는 다른 사람들을 쳐다보았다. 모두들 잠든 것 같았다. 가는 코를 골면서 쌔근거리는 소리가 들려왔다.

복도 쪽에서 담당 부장이 각 방을 시찰하는지 구두 소리가 들려왔다. 다른 방에서 가는 기침소리가 들려오는 것도 종태에겐 이곳이 바로 징역 안이구나 하는 걸 느끼게 했다. 징역 안에서는 밤이 깊으면 깊을수록 기침하는 소리, 잠꼬대 하는 소리, 이를 가는 소리들이 여기저기 방에서 들려오곤 했다.

"차 형."

누군가 불렀다.

"……?"

종태는 소리가 나는 쪽을 둘러보았다. 방장이었다. 방장이 자신을 쳐다보고 있는 것이었다.

"왜요?"

종태는 일어나려다가 말고 엉거주춤 그대로 있었다.

"그냥 누우시오. 다른 게 아니라…… 내가 방장이오."

"……"

종태는 누운 채로 듣고만 있었다.

"이때까진 내가 방장을 했는데, 내일부턴 차 형이 방장을 해
얄 거 같소."

"……"

종태는 듣고만 있었다. 이 자가 무슨 말을 하려는가 싶어서
였다.

"아까 부장하고 이야기하는 걸 들었소. 폭력이라면…… 그리
고 보안과장을 알 정도라면 내가 양보해얄 거 같아서…… 방장
맡을 생각있소?"

"……"

종태는 말을 하지 않았다. 방장을 해야만 자신의 위치에 걸
맞을 거라는 생각은 들었다. 그렇다고 그가 그렇게 말한다고
해서 섣불리 맡겠다고 말할 수 없는 노릇이었다.

"맡으시오. 난 그저…… 나보다는 더 큰 물인 거 같소."

"뭘……"

종태는 대뜸 말을 놓았다. 이미 저쪽은 꼬리를 내리는 판국
이었다. 그런 자한테 굳이 존칭어를 쓸 필요는 없는 일이었다.
주먹세계에서는 일상적으로 윗선을 알아보게 돼 있었다. 이미
보안과장과 부장과도 친한 종태에게 그가 먼저 주눅이 들어 일

방적으로 방장을 내놓겠다고 나온 마당에 그걸 고사할 이유는 없었다.

"……."

그는 더 이상 말을 하지 않았다. 그만하면 종태도 알아들었을 것으로 생각하는 모양이었다.

"……."

종태는 방장의 말 따윈 곧 잊어버렸다. 앞으로의 남은 일만 자꾸 생각이 떠올랐다.

'어떻게 한다?……'

그는 일단 안양교도소로 들어온 이상, 좀 더 구체적으로 실행에 옮길 생각이었다. 일단 재판을 받고 나서 실행하는 것이 좋을 듯했다. 그는 머릿속이 점점 맑아졌다. 함 과장에 대한 생각이 떠올랐다.

그를 어떻게든 이용할 수만 있다면 좋을 텐데…….

그러나 그건 불가능할 것 같았다. 예전의 함 주임일 때는 모르겠지만 일단 과장까지 승진한 그가 일개 주먹잽이에게 과다한 호의를 베풀지는 않을 것 같았다. 자신이 바라는 것보다는 이곳에서 그저 편한 생활을 할 수 있도록 배려해주는 것밖엔 해주지 않을 것 같았다.

'좋아. 그것도 괜찮지'

그는 일단 그렇게 생각했다. 재판을 받고 나서 이곳에 그대로 머무르게 선처해 달라는 부탁밖엔 할 수 없었다.

재판을 받고 나면 타 교도소로 복역을 하기 위해 이송을 가는 것이 원칙이었다. 그러나 편법으로 이곳에 남을 수 있도록 하는 것의 첫 번째 목표였다.

"……."

종태는 잠이 오질 않았다. 벌써 옆에서는 코를 고는 소리들이 방 안의 공기를 휘젓고 있었다. 이빨을 가는 소리가 자꾸만 귀에 거슬렸다. 그리고 이따금씩 뼁끼통엘 가느라 문을 삐그덕거리는 소리조차도 잠을 방해했다.

소변을 보고 나온 재소자는 잠결에 휘청거리면서 제 자리로 가다가 이불 속의 남의 다리를 밟았는지 투덜거리는 소리도 들렸다. 그리곤 다시 조용해졌다가 소란스러워지기도 했다. 감방 안은 쉴 새 없이 뼁끼통을 들락거리는 소리, 사방 입구에 철문을 여는 교도관의 소리, 구두 발자국 소리, 조금 떨어진 망루에서 경비교도대원들이 근무 교대를 하느라 질러대는 복창 소리들이 피곤한 잠을 깨워놓고 있었다.

아침에 출정 나가는 호송버스를 타고 검찰청으로 나갔다. 아침부터 검사의 조사가 있었다. 검사는 종태의 폭력전과 사실을 보면서 조직의 확장이냐며 따져 물었고, 종태는 술김에 일어난 사건이라고 우겨대고 있었다.

238

"야, 차종태!"

"……."

종태는 검사를 올려다보았다. 양 팔을 포승줄에 묶여 있었으므로 얼굴만 쳐들었다. 검사는 여러 시간 취조를 하면서 화가 났는지 화가 난 얼굴이었다.

"너, 안 불래? 폭력조직 결성으로 묶어버린다. 그래도 돼?"

검사의 윽박지름에 종태는 피식 웃었다.

"웃어? 어라? 그래, 좋다 이거지?"

"마음대로 하쇼. 죽이든 살리던 검사님 마음대로 엮으쇼."

종태는 오기가 솟아올랐다. 분명히 조직의 확장이 아니라고 말했는데도 검사는 자꾸만 그런 쪽으로 몰아가는 데에 화가 치민 것이었다.

"이 자식이! 여기가 어디라고 얼굴을 쳐들고 그래? 한 번 해보겠다는 거야 뭐야!"

검사의 호통에 옆에 있던 검찰 계장이 얼굴을 찡그리며 노려보았다. 계장도 화가 나는지 앞에 앉은 다른 재소자들을 향해 소리 질렀다.

"야, 너희들은 다 왜 그러냐? 임마. 무조건 오리발만 내밀면 다 돼? 자, 빨리 불어. 그러면 형량을 참작해 줄 테니까. 빨랑 불어."

계장의 말에 앞에 앉은 재소자는 콧방귀를 뀌었다.

"아이구, 계장님. 누가 오리발을 내밀어요? 저는 사실대로 말해도 오리발이라고 하니 미치겠네."

"어어, 이 자식! 그래, 그럼 두고 보자. 교도관 양반, 이 자식 데려가요. 내일 또 데려와요."

계장은 엿을 먹일 작정으로 내일 또 검취가 있다고 지시를 내리는 것이었다. 그 말에 재소자는 발끈 했다.

"아이구우, 게장님. 했던 말 또 하고, 또 했던 말 또 할라고 내일 또 오라고 그라요? 괜히 사람만 불러내놓고 고생시킬라고 그라요?"

재소자는 이번 조사가 한두 번이 아닌 듯, 계장에게 대들었다.

"빨리 데려가요."

계장의 말에 옆에 서 있던 교도관이 재소자의 포승줄을 잡아 흔들었다. 재소자는 교도관의 재촉엔 더 이상 뭉그적거릴 수가 없었는지 벌떡 일어섰다. 교도관한테는 잘못 보여서 좋을 게 없다는 걸 아는 재소자였다.

"내일 만약 불러내놓고 또 조사를 안 하면 뻥끼통으로 들어가서 목매 자살해 버릴 테니까 그리 아슈."

재소자는 그 말만을 남겨놓은 채, 교도관의 손에 이끌려서 검사 방을 빠져나갔다.

"어허, 저 자식이! 요즘 도둑놈들은 다 저래요."

계장은 새파란 검사한테 기가 찬다는 듯이 투덜거렸다. 검사는 담배를 꺼내 피우면서 다시 종태에게로 얼굴을 돌렸다. 검사가 내뿜는 연기가 종태의 얼굴로 번져왔다.

　"검사님."

　종태가 불렀다. 그 말에 검사는 종태의 마음이 변한 줄 알고 책상 앞으로 다가앉았다.

　"왜? 사실대로 불래?"

　"담배 한 대만 주십시오."

　종태의 말이었다. 그 말에 검사는 실망한 빛이 역력했다. 실망이라기보다는 화가 치민 얼굴이었다.

　"뭐? 담배를 달라고? 이게 미쳤나?"

　검사는 마치 주먹으로 칠 기세로 나왔다. 그러나 참는 듯했다. 의자에서 벌떡 일어났다가 도로 앉는 것이었다.

　"징역 들어오고 나니까 담배 맛이 어떤지 알고 싶어서요. 한 대만 주십시오."

　사실 종태는 담배연기를 맡으면서 침이 목 안으로 넘어가는 걸 참고 있었다. 이왕 이렇게 된 거 담배 한 대 피우고 싶은 마음뿐이었다.

　"야! 데려가!"

　야! 라는 소리는 분명히 종태에게 한 것이었다. 그러나 화가 치민 검사는 교도관을 향해 데려가라는 말밖엔 할 수 없었다.

종태는 교도관이 잡아당기기 전에 의자에서 일어나면서 다시 한 번 말했다.

"검사님, 전 조직에서 완전히 손을 씻은 사람입니다. 제 주소도 강원도 양양으로 돼 있고요. 양양에 있는 놈이 어떻게 조직을 세웁니까? 내 말 믿어주십시오."

종태는 마지막으로 할 말을 다 하고 싶었다. 그러나 검사는 더 이상 못 참겠는지 책상을 꽝 내려치면서 호통쳤다.

"야, 이 자식아! 그럼 좋아! 내가 엮을 테니까 알아서 해!"

"마음대로 하십시오."

종태는 꾸벅 절을 하고는 검사실을 나왔다. 교도관이 뒤에서 포승줄의 끄트머리를 붙잡고서 뒤따라왔다. 복도로 나오면서 검취 교도관이 말했다.

"어이, 왜 그래? 그러다가 괜히 검사한테 밉보여서 형량만 배꼽나게 올라가려고."

"됐습니다. 담당님. 전요, 조직을 키우려고 왕궁을 쳐들어간 게 아니라니까요. 만일 그랬다면 내가 혼자 가겠습니까? 애들 데리고 가지요. 검사도 꽉 막혔잖습니까? 담당님도 그럴 때에 혼자 가겠습니까?"

"......."

종태의 말이 맞는지 교도관은 말을 하지 않았다. 종태는 씨근덕거리며 검찰청을 빠져나왔다. 다시 유치장으로 돌아온 종태는 은근히 화가 났다. 한 번 검취를 갔다 온 제소자들은 포승줄을 풀어주지 않았다. 검찰청에서 교도소로 돌아갈 시간이 다 되었는지 묶인 포승줄을 풀어주지 않았다.

종태는 저녁이 되어서야 교도소로 돌아왔다. 마치 고향 집으로 찾아오는 것만 같은 기분이 들었다. 어서 빨리 방 안으로 들어가 편하게 몸을 눕히고 싶을 따름이었다. 온종일 검찰청의 유치장에서 대기하면서 검사 앞에 가서 조사를 받는 시간은 고작 몇 십분에 지나지 않았다. 그것도 검사가 엮으려는 데에 종태가 반발하면서 입씨름만 하다가 들어오는 것이었다. 분명히 검사는 종태가 순순히 불지 않자, 혼자 열이 올라서 기분 내키는 대로 최악의 형량으로 처리할 것이 분명했다.

이미 종태는 그러한 것을 각오하고 있었다.

검사의 성질을 건드려놨으니 그런 것쯤은 각오해야만 했다. 종태는 사방으로 들어와 담당에게 오늘 받은 검취에 대해서 그대로 다 이야기했다. 담당은 종태의 말을 다 듣고 나서 얼굴을 찌푸리면서 걱정스런 표정을 지었다.

"그럼 검사가 최고형량을 때리겠는데?"

"……."

종태는 그리 겁날 거 없다는 식으로 웃고만 서 있었다. 이미 각오한 문제가 아닌가. 그는 다시 한 번 마음속으로 최고형이 구형될 것이라는 각오를 했다.

“세면장으로 가서 씻어. 곧 순시가 올지 모르니깐. 빨리 해야 돼.”

“알았습니다.”

종태는 얼른 방에서 내주는 비누와 타월을 들고서 세면장으로 들어갔다. 이럴 때가 아니면 마음 놓고 샤워를 할 수 있는 기회가 별로 없었다. 담당이 종태를 봐주는 것이었다. 그는 얼른 옷을 벗어던지고는 찬물을 끼얹기 시작했다.

찜통과도 같은 더운 날씨에 이런 찬물을 마음껏 끼얹는다는 것을 사방 담당의 배려가 아니면 절대로 할 수 없는 일이었다. 그는 마음 놓고 샤워를 했다. 만약에 간부가 순시를 뜬다고 하더라도 담당이 먼저 알아채고 달려와서 알려줄 것이었기 때문이었다.

그러면 종태는 얼른 옷을 입고서 방 안으로 들어가 버리면 되는 것이다. 순시는 대개 옆 사동을 거쳐서 오기 때문에 옷을 입을만한 충분한 시간이 있게 마련이었다.

“오늘 어떻게 됐습니까?”

종태가 방으로 들어가자, 방 안의 재소자들이 그것부터 물어왔다.

“그냥 그랬어. 검사하고 싸우다가 돌아왔어. 아마 최고 형량을 때리겠지 뭐.”

그러면서 종태는 창틀 밑에 깔아놓은 담요 위로 가서 벌렁 드러누웠다. 방장을 위해서 항상 깔아놓은 자리였다.

"……."

종태가 그렇게 말하자, 다른 재소자들은 모두 입을 다물고는 종태의 눈치를 살피기만 했다. 종태 바로 전에 방장을 했던 맹순호는 벽에 등을 기댄 채로 종태만 쳐다보고 있었다.

"아, 이놈의 세상 확 안 뒤집어지나."

"……."

종태는 푸념을 하면서 길게 하품을 했다.

"이것 좀 드십시오."

배식반장을 맡고 있는 차길로가 얼른 이불장 안에서 먹을 것들을 꺼내 놓았다. 플라스틱 식기에 담은 포장된 치킨과 과자 부스러기들을 내놨다.

"그래. 고맙다. 그래도 니들이 최고지. 여기 나가면 다 서럽더라. 새파란 검사가 후려칠 것처럼 그러는데 주먹이 울더라 울어."

종태는 마치 푸념을 늘어놓듯이 말했다.

"고정하십시오. 다 나가면 싹 쓸어버려야 합니다. 그러니까 이 안에서 썩을 대로 썩어야 악이 생긴다 안 캅니꺼."

간통으로 들어온 한상식이었다. 종태의 비위를 맞추기 위해서 슬쩍 옆으로 다가앉으며 말을 붙였다.

"넌 뭘로 들어왔냐?"

종태가 한상식을 보고 물었다. 그러자, 한상식은 얼른 바로 앉으며 말을 꺼내기 시작했다. 누워 있는 종태의 바로 코앞이었다.

"난요. 뭐, 여자 밑을 조금 넘보다가 들어왔심더. 사업을 하다가 젊은 기집애 하나가 경리로 들어왔거든요. 그래서 얼굴도 반반하고 몸매도 날씬해서 조금 넘본 기라요. 마누라쟁이 땜에 이 고생하고 있는 거 아닝교. 그 가시나도 저쪽 여사에 있구만요. 그 기집애는 말입니다. 고게 얼마나 쫀득쫀득한지 말도 못해요. 내가 그거 하는 거 다 가르쳐줬다 아입니꺼. 아직 나이가 어린 앤데, 나중엔 내가 혀를 내두를 정도로 잘 돌리더라 아입니꺼."

한상식은 경상도 사투리로 그렇게 천연덕스럽게 말하자, 방 안에 있는 재소자들이 모두 웃음을 터뜨렸다. 가끔, 한상식은 그렇게 무뚝뚝하면서도 경상도 계집애 같은 말씨를 구사하면서 방 안을 웃기곤 했다.

"나이는 얼만데?"

종태가 옆으로 누우면서 물었다.

"이자 고등학교 나왔으니게요. 한 스물 됐나? 쫙 빠졌심더. 나중에 행님이 한 번 봐주이소 마. 한 번 보면 눈이 깜빡 갈 겁니더. 그만큼 예뻐요."

한상식은 공범인 게집애를 침이 마르게 칭찬을 해댔다.

"그럼 넌 이혼했냐?"

종태가 물었다.

"그람요. 나를 여기에다 처박아 넣는 여편네가 어딨습니꺼? 당장에 이혼을 해버렸지요 머. 가정법원에 불려나가서 간단하게 해버렸심더."

한상식은 조금도 후회하는 얼굴빛이 아니었다. 당연하다는 듯이 말을 했다.

"그럼, 네가 이혼 당한 거네?"

종태의 말에 다시 한 번 좌중에 웃음보가 터졌다.

"아입니더. 그 년이 재판을 걸었지만서도. 나를 겁줄려고 그랬다가 내가 세게 나오니까 나중엔 지도 어쩔 줄을 몰라하면서 나한테 빌더라니게요. 그란데 내가 가정법원까정 나가서 여편네한테 빌꺼 있습니껴? 마, 깨끗이 정리하고 다시 시작하는 거라고 말해줬심더."

"하하하."

종태는 커다랗게 웃었다. 말은 그럴싸했지만 결국은 한상식이 가정법원에 불려나가서 일방적으로 이혼을 당한 게 틀림없었다. 종태는 이미 그의 말을 들으면서 그 내막을 환히 들여다보는 것 같았다.

"맞심더. 정말입니더."

한상식이 창피스러운지 정색을 하며 나왔다.

"그래. 맞다. 이 안에 있으면 다 못난 놈이 되는 거다. 여자가 바깥에서 바람이 나도, 이 안에서 어떻게 할 수 있나, 때려 죽이고 싶어도 손발이 묶여서 그럴 수도 없지. 이 안에서 징역을 살고 나가면 벌써 여자는 멀리 달아나고 없는 거다. 서럽고 분한 건 너야."

"……"

종태의 말에 한상식은 일부러 억울하다는 얼굴 표정만 짓고 있었다.

"방장님, 전요. 그런 여자들 많이 따먹고 들어왔습니다요. 말하자면 속칭 제비걸랑요. 히히."

이번엔 지사길이었다. 충청도 말씨를 쓰는 놈이었다. 한상식을 떠밀어내고는 방 중앙에 앉은 채로 말을 걸며 나왔다. 말하자면 종태를 즐겁게 하기 위한 그들 나름대로의 생각이었는지 모른다.

"……?"

종태는 지사길을 쳐다보았다. 지사길은 종태의 눈빛에 힘을 얻으면서 말을 꺼냈다.

"제비는요. 고런 여자들 밑을 잘 닦아주고 돈 받는 거 아닙니까? 반짝반짝 빛이 나게 냄비를 잘 닦아줘야 많은 돈을 받는 거잖아요. 전요. 서울에서 잘 나가는 카바레는 다 다녀봤어요. 여자들을 한 번만 척 보면, 돈이 있는 년인지 아닌지 금방 알잖

248

습니까? 그래서 강남에 있는 년 하나 알았어요. 남편이 큰 사업을 하고 있는데 말입니다. 이 년이 돈이 헤퍼요. 그래서 마빡에 땀이 나도록 해줘야 아 글쎄 이 년이 기꾸를 하지 뭡니까? 나 참, 그 년 때문에 허리 디스크 걸릴 정도였어요. 아, 그 년은 한 번 했다 하면 안 놓는 겁니다.”

“하하. 그래서? 니 허리 부러졌냐?”

이번엔 재수가 끼어들었다. 지사길의 말에 참견을 하며 나왔다. 말의 흥을 돋우기 위해 끼어드는 것이었다.

“야야, 그런다고 내 허리가 부러지냐? 내 자지가 불지겠냐? 그 년 냄비가 찢어지지. 근데, 그 년이 나중에 알고 봤더니 다른 놈팽이 하나 물고 있더라고. 어떤 놈인가 싶어서 뒷조사를 해봤더니, 학교 선생님이야. 그 년 아들놈이 중학교를 다니는데, 아 글쎄, 그 년이 학교 선생하고 붙었더라고. 그래서 화가 나 만나자마자 골목길로 데려가서 마구 패버렸지. 얼굴이고 가슴이고 가릴 거 없이 마구 짓이겨버렸어. 화가 나서 참을 수 있어야지. 그때, 안 팼더라면 내가 이 고생 안 하고 바깥에서 푹신푹신한 침대 위에서 잠을 잘 텐데 말이야.”

지사길은 그 말을 하면서 다소 아쉬운 듯한 표정을 지어보였다.

“그래. 그 년한테선 얼마나 뜯어냈냐?”

김재수가 물었다. 지사길과는 같은 또래일 것 같았다. 서로 말을 터놓고 지내는 사이였다.

"뭐, 한 장 정도 되나? 더 뜯어낼 수 있었는데. 그 정도면 됐지 머."

"한 장?"

종태가 물었다.

"네. 1억 정도 됩니다. 그 년은 꼭 그거 할 때, 얼마나 줄 거냐고 물어야 돼요."

지사길이 덧붙였다.

"왜?"

종태는 지사길의 얼굴을 쳐다보며 물었다. 얼굴은 반반했지만 말을 하는 걸로 봐서는 가방끈이 짧다는 걸 금방 알 수 있었다. 말하자면 육체파일 뿐이지, 속은 텅 비었다는 말이나 마찬가지였다.

"그 년은 꼭 그래요. 그거 할 때, 칭얼대야 기분이 좋아서 막 준다고 하지. 그거 다 끝나고 나면 또 달라져요. 그래서 맨날 그거 할 때마다 내가 돈이 좀 필요한데 말야, 하고 보채야 겨우 내놓는 년입니다. 그 년은 보지에 뭐가 꽉 차 있어야만 헐레레 해서 내 부탁을 들어준다니까요."

"하하하. 그럼 그 년은 원래 색골인갑다. 그거 할 때라야 돈을 내줘? 그런 년이 이런 델 들어와야 조질나게 쥐여주는데."

방 안의 사람들은 군침을 흘리면서 말을 거들었다.

"그래. 너 그거 잘하냐?"

종태는 그게 궁금했다.

"저요?"

지사길이 알면서도 손가락으로 자신을 가리키며 물어왔다.

"그래. 너 말고 또 누가 있냐?"

"암요. 저야 뭐, 그거 빼면 시체죠 머. 한 번 올라가면 안 내려오지요 머. 미리 칙칙이 쏘고 난 다음에 하니까 그게 감각이 없어요. 재미는 없지만 그게 다 나를 먹어살리는 거죠."

"하하, 칙칙이. 그거 잘못 썼다간 나중에 성불구자가 된다는 거 몰라? 으이그, 이 자식!"

김재수가 옆에 있다가 지사길의 머리를 콩, 쥐어박을 듯이 주먹을 쥐어 들었다간 그만두는 것이었다.

"왜? 그것도 쓸만해. 여자한텐 그게 쥑이는 거라고! 그거 하고서 하면 얼마든지 할 수 있거든. 헤헤. 나중에야 어떻게 될값에라도 우선은 쥐여놔야 돈이 나오지."

지사길은 여전히 김재수를 놀리려는 듯이 까불어댔다.

"야, 전두환은 요즘 뭐하냐? 맨날 방 안에만 틀어박혀서 뭘 하지?"

종태는 은근히 전두환에 대해 떠보았다. 며칠 전에도 종태는 뼁끼통 옆의 창살로 밖을 내다보다가 전두환이 직원의 단독 계호를 받으면서 운동을 하고 있는 걸 본 적이 있었다.

일반 재소자들이 접근하지 못하도록 양쪽에서 교도관이 막고 서 있는 가운데 전두환이 왔다 갔다 하면서 운동을 하는 모습을 본 것이다. 천천히 뛰어다니다가, 걷기도 하면서 맨손 체조도 하는 모습이 보였다. 얼굴에서 벌써 늙은 티가 나는 전두환은 그래도 건강은 양호했는지 뛰는 폼이 예전의 군인다운 모습이 묻어났다.

"아, 그 대머리요? 그 대머린 매일 독방에서 책이나 보고 있다고 그러대요. 매일 면회 오고, 뭐…… 교도관하고 장기나 두고 있다고 누가 그러던데……."

"그래?"

종태가 반문하자, 이번에는 다른 놈이 끼어들었다. 사기를 치고 들어온 성호재였다.

"아, 그렁께. 그 씨벌 놈이 사식당에서 만드는 비싼 밥 사 처먹으면서 무슨 놈의 운동이냐 말여. 일찌감치 뒈져버렸어야지이. 아, 그런 놈 땜시 나라가 이 모양 이 꼴이잖여. 군인이 무신 놈의 정치를 한다고 그렁께. 광주 사태 때, 전두환하고 그 뭐시기냐, 정 머시기하고 노태우하고 다 살인한 놈들 아녀 말여. 내가 칵 쥑여버렸어야제. 여기 있을 때, 죽여버리면 편할 껀데 말여. 이왕 빵잽이 하는 거 곱징역 산다고 생각하고 칵 쥑여버릴까?"

성호재는 전라도 특유의 사투리를 써가며 이를 갈았다.

"야야, 성호재. 그래도 전두환은 물가 하나는 확실히 잡았잖어. 군인이 나선 건 잘못했지만, 전두환은 그래도 덜 해. 노태우는 말야. 지금 서울구치소에 있는데, 88올림픽 때 말야. 그놈의 부동산값을 올려놓고 얼마나 많은 돈을 받아 처먹었냐? 사천 억인가 오천 억인가를 해먹고 빵깐에 들어와 있으니까 참 꼴 좋지!"

이번엔 미성년자 보호법 위반으로 들어온 이돈형이 대꾸했다. 돈형은 술집을 하면서 미성년자인 중학교를 중퇴한 여학생들을 한 방에다 여러 명을 기거시키면서 접대부를 시키고, 손님이 외박을 원하면 외박하는 값으로 30만원을 받아 그 중에서 20만원을 뗀 나머지를 여학생들에게 돌려준 혐의로 들어온 친구였다.

"의무과나 목욕은 안 가나?"

종태가 궁금한 것은 바로 그것이었다. 이때까지 안양교도소에 있으면서 복도에서 한 번도 부딪친 적이 없었다. 그래서 궁금해서 물어본 것이었다.

"아, 우리 같은 잡범들을 만나게 합니까? 간부들이 전두환이 다칠까봐 벌벌 떨고 있는데요 뭐. 폐방이 끝난 다음에 전두환은 따로 계호해서 의무과에도 데려가고, 목욕도 시키니까 우린 볼 수가 없죠. 운동만 낮에 나와서 하고, 나머진 모두 폐방이 끝난 다음에 시키니까 볼 수 있겠어요?"

방 안 사람들의 말에 종태는 고개를 끄덕였다. 그럴 것 같았다. 전두환을 일반 재소자들과 맞닥뜨렸다간 언제, 누가 갑자기 행패를 부릴지 모를 것이다. 그렇게 되면 보안과장과 소장이 일차적으로 문책을 받을 건 뻔한 일이었다.

"각 방 취침!"

담당의 목소리가 복도를 울리며 들려왔다. 곧이어 취침 나팔 소리가 스피커를 타고 흘러 나왔다. 각 방에선 후다닥 이불을 까는 소리가 요란하게 들리기 시작하고, 쇠창살 앞에서 다른 방을 향해 욕지거리를 하는 소리가 마구 튀어나왔다.

"야. 이 씨팔 좆 같은 놈들아! 잘 뒈져 자라! 전두환이도 잘 자라아!"

"니기미, 씨팔. 좆통수 불지마라!"

"야, 어떤 씨팔놈이 좆통수 부냐! 확 뒈져버려라아!"

방마다 욕설들이 튀어나왔다. 어느 한쪽에서 욕을 하면, 다른 방에선 더 심한 욕설이 맞장구를 치며 튀어나왔다. 그들은 하루 동안의 짜증을 그런 식으로 풀어냈다.

그러다가 조용해졌다. 이불 속으로 들어간 그들은 이제부터 세상 돌아가는 이야기로 소란스러웠다. 방에서 웅성거리는 말소리들이 전부 복도로 몰려나와 왕왕거리는 소음으로 변했다.

담당은 아예 제지할 마음조차도 없는 듯했다. 저러다가 제풀에 잠들기만을 바라는 듯했다. 그러나 재소자들은 밤늦도록 자지 않았다. 밤이 깊어져서 나중에는 담당이 복도를 걸어다니면서 빨리 자라고 야단쳤지만 재소자들은 콧방귀도 안 뀌었다. 폐방이 되면서 인원 점검을 끝내고 나면 일단 방마다 키가 잠기고, 그 키는 보안과로 반납이 되었기 때문에 담당의 손엔 문을 열 수 있는 키가 없다는 것이 재소자들을 마음 놓고 떠들게 만들었다.

담당 손에 사방을 열 수 있는 키가 있으면 그들은 조금 겁을 냈지만, 키가 없는 담당은 야단만 칠 뿐이었다.

"야, 안 잘 거야! 입 다물어!"

담당은 고작해야 이런 소리밖엔 할 수 없었다. 그래도 정 말을 안 들으면 내일 아침에 개방이 되면서 그 재소자를 불러내서 족치는 수밖에 별다른 방법이 없었다.

밤이 깊어지자, 소란스럽게 떠들던 재소자들도 하나둘씩 잠에 골아 떨어지기 시작했다. 벌써 옆방에서는 코를 고는 소리가 낮게 들려오고 있었다. 그리고 아직까지도 두러두런 말들을 하는 소리가 낮게 엿들렸다.

종태는 눈을 감았지만 쉽게 잠이 오질 않았다. 막상 눈을 감으면 잠은 오지 않고, 감방엘 들어오기 전의 일들만 머릿속에 꽉 차는 것이었다. 희자와 연애하던 영등포 구치소에서의 일들이 맨 먼저 떠올랐다. 그때가 가장 행복했었던 때라고 그는 속으로 생각했다. 그때는 쇠창살 사이로 하늘에 떠 있는 달만 봐도 시상이 떠오를 만큼 애틋한 마음이 절로 일어나곤 했다. 그리고 밤이 왜 그렇게 길게 느껴졌는지 모른다.

어서 날이 밝아서 여사로 잔밥 찌꺼기를 걷으러 작업 들어가는 것만 고대하고 기다렸으니까. 그리고 그녀를 바라보고 있으면 왠지 모르게 가슴이 뛸 것 같았다. 그때는 그걸 몰랐었지만 지금 생각해보면 종태는 꼭 그랬었던 것만 같았다. 그녀를 보는 것이 마냥 즐겁고 혼자서 가슴이 뛰었을 거라고 생각했다.

종태는 희자의 손목에 채워진 은색 수갑을 보면서 더 애틋함을 가졌는지 모른다. 연약한 손목에 좀 커 보이는 수갑이 헐렁하게 채워져 있었다. 그녀는 종태가 바라보고 있다는 것을 알았는지 자꾸만 손목 안으로 수갑을 감추려고 애썼다. 그러는 그녀를 바라보는 종태의 마음은 더욱 더 애절해져서 포근히 감싸주고 싶은 마음이 더욱 솟구쳤다.

그때부터 종태는 점점 열화와 같은 사랑의 느낌을 버릴 수가 없었는지 모른다. 그녀를 데리고 어디론가 멀리 가서 단 둘이 살고 싶다는 생각을 했던 적이 바로 그때였을 것이다. 그것은 한 여자에 대한 남자의 사랑하는 마음이었다. 그녀를 완전히 이 세상으로부터 격리해서 종태 자신만이 혼자 데리고 살면서 사랑을 듬뿍 퍼부어주고 싶은 마음뿐이었다.

그녀와 첫 관계를 가졌을 때, 종태는 정말 황홀한 느낌이었다. 이때까지 어느 여자와도 비교할 수 없는 그런 느낌이었다.

마치 상상 속의 여자를 만나 비로소 첫사랑을 나누는 것처럼 온몸에서 쾌감이 느껴질 정도였다. 그녀는 조용하고도 부드럽게 그를 맞았다.

거친 남자를 부드럽게 감싸면서 숙연히 받아들이던 그녀의 모습을 종태는 잊을 수 없었다.

"……."

종태는 홑이불 속에서 자신의 아랫도리를 만져보았다. 언제 섰는지 불끈 선 뿌리는 터질 듯이 팽팽하게 부풀어 있었다. 그는 팬티 속으로 손을 집어넣어 단단해진 그것을 어루만졌다.

다시 희자의 모습이 떠올랐다.

잠시 뿌리에 신경을 쓴 그는 희자의 생각을 잃어버렸다가 다시 기억을 되찾은 것이다. 그녀가 자신의 뿌리를 거머쥐고서 입술을 갖다 댔을 때를 생각해봤다. 마치 솜사탕처럼 달콤하게 느껴지던 그녀의 혓바닥이 지금도 곧 생생하게 느껴지는 듯했다.

"……."

종태는 이불 속에서 자신의 뿌리를 거머쥔 채로 움직였다. 앞뒤로 움직이자, 뿌리는 곧 부러질 것처럼 딱딱해졌다. 마치 정액이 가득 차서 토해내지 않고는 견딜 수 없을 것만 같았다. 그는 희자에 대한 생각을 하면서 계속 움직였다.

그녀의 몸은 신비로웠다고 생각되었다.

마치 자신을 받아들이기 위해 태어난 암말 같았다. 일단 종태와 섹스로 돌입하면 그녀는 가녀린 듯했지만 그럴 때엔 또 달랐다. 끝없이 종태를 즐겁게 해주기 위해서 몸부림을 치면서 껴안아왔다. 그러면서 종태의 목이며 가슴이며 어깨를 혀로 핥아댔다.

그녀의 작은 꽃잎은 종태의 뿌리가 들어가면 꽉 차는 듯했다. 한 번씩 움직일 때마다 그녀가 딸려 올라올 것처럼 할딱거리곤 했다. 마치 수선화 같다고나 할까. 그러면서 마지막으로 종태가 사정을 끝냄과 동시에 그녀도 절정감에 올라가서는 진저리를 치며 몸을 떨어댔다.

'아!……'

종태는 자신도 모르게 속으로 그런 소리를 냈다. 마치 그녀와 섹스를 할 때의 기분과도 같았다. 그는 마치 상상 속의 그녀와 섹스를 하고 있는 것 같은 기분이었다. 그녀의 모든 것이 그대로 다 느껴졌다.

그녀에 대한 생각이 점점 생생해지면서 실감나게 바뀌고 있었다. 그녀의 꽃잎을 핥았을 때의 느낌을 그는 기억하고 있었다. 작은 꽃잎 속엔 아기자기한 주름살들로 가득 했고, 그 속에는 맑은 물이 고여 있는 듯했다. 혓바닥을 갖다 대면 어느새 흥건한 물기가 번져 나와 있었다. 그 물을 마시면서 종태는 더욱 깊은 사랑을 확인하곤 했었다.

그의 뿌리가 들어갔을 때의 처음 느낌이란 마치 수많은 꽃잎 파리 속에 뿌리를 집어넣은 것과도 같은 기분이 들었다. 부드 러우면서도 포근하다는 기분. 바로 그런 것이었다. 아무리 움 직여도 질리지 않을 듯한 그런 기분이었다. 그럴수록 종태는 더욱 거세게 움직였다. 그의 뿌리는 마치 제집을 찾은 새처럼 온 정성을 다해 움직였다.

그녀는 행위를 하는 동안, 몇 번인가 오르가즘에 오르는 듯 했다. 입을 벌린 채로 깊은 한숨을 토해내면서 다리를 꽈악 죄 었다간 풀어놓곤 했다. 그러면서 그녀는 종태의 등을 꼬옥 끌 어안았다. 마치 숨이 막힐 것처럼 달라붙은 그녀의 알몸에서는 향기가 가득 흘러나오는 것만 같았다.

"……."

종태는 그런 생각을 하면서 깊은 한숨을 토해냈다. 생각하면 할수록 더욱 깊어지는 아름다운 것들이었다. 이제 다시는 그런 여자를 만날 수 없을 것만 같았다. 희자가 자신에겐 마지막이 라는 생각에서 그는 다시 한 번 한숨을 내쉬면서 쇠창살을 바 라보았다.

달빛이 은연히 흘러 들어오고 있는 게 보였다. 그 달빛 속에 희자의 웃음이 묻어있는 것만 같았다. 그는 좀 더 빨리 손을 움 직였다. 희자가 기억 속에서 홀연히 달아나버릴 것만 같았다.

'아…….'

그는 끝내 뿌리 끝에서 울컥거리는 느낌을 받았다. 이윽고 뿌리를 통해 정액이 쏟아지는 것을 느꼈다. 그는 얼른 손바닥으로 뿌리의 끝을 감쌌다. 뜨거운 정액이 손바닥에 고였다.

"……."

그는 지금 말할 수 없이 기분이 좋았다. 마치 생각 속의 그녀를 만나 섹스를 나눈 것만 같은 기분이었다. 그는 살며시 일어나 뻥끼통으로 들어갔다. 그리곤 휴지를 뜯어 손바닥의 정액을 닦아냈다.

그는 일어나서 뻥끼통의 환기통에 쳐진 쇠창살 사이로 바깥의 달을 쳐다보았다. 둥그런 달빛이 보였다. 마치 희자가 웃고 있는 것 같은 착각이 들었다. 그는 손을 뻗어 쇠창살을 만져보았다. 차가웠다.

뻥끼통이란 얼마나 편한 곳이었던가. 재소자들은 가끔 울적할 때마다 뻥끼통으로 들어와서 앉아 있곤 했다. 딱히 대변이나 소변이 마렵지 않더라도 일단 뻥끼통에 걸터앉아 있으면 그렇게 마음이 편해질 수 없었다. 면회를 온 여자가 이만 헤어지자는 던지고 가면 그들은 슬그머니 뻥끼통 안으로 들어가서 혼자 울었고, 혼자 분을 삭이곤 했다.

그리고 세상을 원망하기도 했고, 자신을 낳아준 어머니의 자궁을 원망하기도 했으며, 돈이 없어 그럴듯한 변호사 한 번 사보지 못한 자신의 신세를 한탄하기도 하는 곳이었다. 그리고 마지막으로 유언을 남기듯이 울다가 쇠창살에다 수건을 감고서 자신의 목을 매다는 곳도 바로 뺑끼통 안이었다.

그런 사연이 있는 곳이라 종태는 무연히 서 있으면서 바깥에서의 생활들이 다시금 떠올랐다. 가장 추억에 남는 것은 양양에서의 기억들이었다. 희자와 같이 바닷가를 거닐면서 망망한 동해바다를 쳐다보던 기억들이 자꾸만 가슴에 실려 왔다. 그리고 어느샌가 귀에 익은 파도소리가 들려오는 듯했다.

그리고 지예의 생각이 났다.

'지예는 아마 자고 있겠지. 쓸쓸하지 않을까?'

그는 그런 생각을 했다. 혼자 적적한 별장에서 자고 있을 그녀를 생각하면 쇠창살을 뚫고서 밤을 달려 양양으로 도망치고 싶을 뿐이었다. 그래서 새벽녘에 다다라서 곤히 잠든 그녀의 알몸에다 혓바닥으로 핥아주면서 자신의 성난 뿌리를 박아주고 싶은 마음뿐이었다.

지예는 희자와 또 달랐다. 착 달라붙듯이 안겨드는 그녀의 느낌이란 많은 섹스 경험 중에서 얻은 몸짓이랄 수 있었다. 종태가 움직이면 같이 엉덩이를 들어 보조를 맞추면서 헐떡거렸다. 그녀는 마치 섹스를 하기 위해 태어난 여자 같았다. 어떠한 체위를 구사해도 다 받아들일 준비가 되어 있었다. 자유자재로 변신할 줄을 아는 여자였다. 그의 뿌리가 시들 때까지 줄곧 쉬지 않는 그녀의 움직임에 결국은 종태가 먼저 사정을 해야만 모든 것이 끝이 나곤 했다. 종태는 그녀가 그리웠다. 한 번만이라도 다시 그녀를 껴안아봤으면 하는 마음이 사무치게 들었다가 사라졌다.

"……."

그는 다시 하늘에 떠 있는 달을 쳐다보았다. 지예와 같이 수산포로 들어오면서 차 안에서 섹스를 하고난 다음에 올려다보던 달의 모습과 똑같았다고 느껴졌다. 그는 깊은 숨을 내쉬면서 진저리를 쳤다.

잠자리에 돌아와서도 그는 얼른 잠이 오질 않았다.

그는 잠자리에 누운 채로 자꾸만 바깥 세상에 대해 생각이 골몰해졌다. 그리고 자신이 세운 계획을 점검하고 또 점검하면서 거의 날을 샜다. 결론을 얻은 것이라곤 하나도 없었다. 후회할 것도, 그렇다고 속이 후련한 것도 없이 그냥 골몰하다가 얼핏 잠이 들었다. 잠깐 눈을 붙였을까. 곧 기상 나팔소리가 들리는 듯했다.

24

민족의 이름으로

종태는 예상했던 대로 1심 재판에서 검사의 구형이 5년으로 나왔다. 범죄단체 조직 및 폭력으로 엮여져 있었다. 검사가 밉게 본 모양이었다. 그리고 일주일 후에 선고 재판이 있었다. 판사의 선고량은 4년이었다. 하긴 변호사 없이 재판을 받았으니 그럴 만도 했다.

종태는 그런 형량에 조금도 개의치 않았다. 1년이나 4년이나 거기서 거기였다. 조금 시간만 달랐을 뿐, 어차피 징역을 오래 살아본 종태에게는 별 차이가 없는 것이었다.

종태는 교도소로 돌아오자마자, 곧바로 항소 포기서를 냈다. 그것은 검사에게 항의하는 명분도 되었을 뿐만 아니라, 자신에게 스스로 죗값을 내리는 또 하나의 심판일 수 있었다.

"차종태, 왜 항소하면 형량이 좀 깎일 텐데 그래? 항소하지?"

담당인 부장이 종태를 생각해주는 듯이 권해왔다. 하지만 종태는 그럴 마음이 아니었다. 자신이 지은 죄에 비하면 4년이라는 세월은 아무것도 아니라는 생각이 들었다. 그대로 고스란히 4년을 채우고 나가는 것이 스스로에게 떳떳할 것만 같았다.

"됐습니다. 담당님. 그대로 포기서를 내주십시오. 깎여봐야 뭐합니까?"

종태는 그걸로 만족한다는 뜻을 전했다. 담당은 알 수 없다는 듯이 종태를 쳐다보고는 다시 한 번 말을 꺼냈다.

"그래도 그렇지. 1년이 어딘데? 나중에 후회하지 말고 항소장을 내는 게 어때?"

"고맙습니다. 그러나 그걸로 됐습니다. 이 안에서 썩고 나가지요 뭐. 포기서 내주십시오."

종태의 단호한 말에 담당은 더 이상 권유하지 않았다.

다음 날 아침, 종태는 보안과장의 호출을 받고 과장실로 갔다. 교도관이 와서 보안과장의 면담이라고 해서 바깥으로 나갔다. 과장실로 들어선 그는 함 과장에게 깊숙이 고개를 숙여보였다.

"거기 앉게."

"......"

종태는 과장이 가리키는 소파로 가서 앉았다. 으리으리한 책상 뒤에 함 과장이 앉아 있었다. 그는 담배를 꺼내 피우면서 물었다.

"어제 재판을 받았다며? 근데 왜 항소를 안 했지? 담당한테서 보고를 받는데…… 무슨 불만이 있나?"

"아닙니다. 그런 거 없습니다."

"……?"

과장은 종태를 유심히 바라만 볼 뿐이었다. 그러다가 담배재를 재떨이에 털면서 나직하게 말을 꺼냈다.

"나도 사실은…… 이제 과장이 됐으니까 함부로 사방을 들락거릴 수 없네. 그건 자네가 이해하게. 자, 담배나 한 대 태우지 그래."

함 과장은 종태의 심중을 읽지 못해 다소 당황하는 듯한 표정이었다. 겉으론 그런 걸 내색하지 않았지만 과장실에서 재소자한테 담배를 권하는 것만으로도 알 수 있었다.

"됐습니다. 그런 게 아닙니다."

종태는 사양했다. 그러나 함 과장이 계속 담배를 들고 있었던 탓에 받지 않을 수가 없었다.

과장이 라이터 불을 켜서 내밀었다. 그러면서 말했다.

"여기서 섭섭한 게 있더라도 참아. 나도 나중엔 자네한테 도움이 될 거라고 생각하고 있으니까. 알겠나?"

"……."

종태는 대답 대신 고개를 끄덕였다. 담배 맛이 좋았다. 얼마만에 피워보는 담배 맛이던가. 종태는 한 모금 깊게 빨아들였다가 머리가 피잉 도는 걸 느꼈다. 그는 조심스럽게 여러 번 나누어서 연기를 빨아들였다가 내뱉었다.

"애로사항 같은 거 있나? 그런 거 있으면 송 계장 알지? 송 계장을 통해서 말하라구. 내가 들어줄 수 있는 건 다 들어줄 테니까. 그런 거 있나?"

"없습니다. 아직은."

종태는 곧바로 대답했다.

"……."

함 과장은 종태가 뭔가 자신에게 불만이 있는 줄 알고 물끄러미 바라보기만 했다.

"……."

종태는 담배를 피우는 데에만 열중했다. 함 과장한테 진지하게 말할 제의조차 없는 듯했다. 사실 그랬다. 방 안에 있으면서 방장을 맡고 있는 그가 필요한 게 뭐가 있겠는가. 그렇다고 매일 불러서 담배나 빨게 해달라고 그럴 순 없는 일이었다.

종태의 목적은 따로 있었다. 그것만 성취하면 된다는 생각이 들었다. 그러니 자연 할 말이 없는 건 당연했다.

"영치금이 많던데…… 그거 저번에 영등포 구치소에서 나갈

266

때, 갖고 있던 건가?"

함 과장은 비로소 종태의 돈에 대해서 말을 꺼냈다. 종태는 자신에게 담배를 권한 과장의 의중을 알 수 있을 것만 같았다. 종태는 담배를 피우다 말고 고개를 들었다.

"돈이 많던데? 6억은 되는 걸로 아는데……."

과장은 구체적인 액수까지 알고 있었다. 이미 밑의 직원을 시켜 종태의 영치금이 얼마나 되는지 알아본 모양이었다.

"네, 맞습니다. 저번에 갖고 있던 돈입니다."

"그래? 많이 남았군."

"……."

종태는 함 과장이 무슨 제의를 해올지 기다리고 있었다. 종태는 분명히 그가 어떤 제의를 해올 것으로 믿고 있었다. 함 과장은 충분히 그러고도 남을 위인이었다. 저번에 영등포 구치소에 있을 때도 함 과장의 손을 통해 과장한테 건너간 돈이 적지 않았음을 상기했다.

"재판이 끝나고 나면 여기 남을 건가?"

드디어 함 과장의 심중이 드러났다. 종태는 심호흡을 한 번 하고난 다음, 천천히 입을 열었다.

"여기 남아서 징역을 살게 해주십시오."

종태는 단도직입적으로 그 말을 했다. 솔직하게 말하는 것이 나을 거라고 생각됐다. 이미 함 과장과는 여러 번의 거래를 통해서 서로가 공범자라는 생각이 들어서였다. 종태는 그런 점에 선 거리낄 것이 없었다.

"그래? 그럼 여기 남아서 가출옥을 먹겠다는 뜻이로군? 맞나?"

과장은 종태의 심중을 짚어낼 듯이 말했다.

"그런 건 아닙니다. 이제 가출옥 같은 건 바라지 않겠습니다. 조용히 살다가 나갈 생각입니다."

"왜? 갑자기 왜 그런 말을 하지?"

함 과장은 이해가 되지 않는다는 표정이었다.

"저번에 같이 출소했던 희자 아시죠?"

"응, 알지. 근데?"

"희자와 같이 살았습니다. 멀리 강원도 바닷가로 가서 조용히 살았습니다. 수산포라는 데에 가서 살았습니다만……."

종태는 말끝을 흐렸다. 더 이상 자신의 입으로 희자가 죽었다는 말은 할 수 없었다. 종태는 다 탄 담배를 한 번 더 빨아대며 가슴 속을 진정시켰다.

"담배 한 대 더 피울래? 줄까?"

"아뇨, 됐습니다."

종태는 거절했다. 이미 그의 머리는 어질어질했다. 못 피우던 담배를 피워서일까. 그는 담배 연기가 속에 꽉 찬 것 같았다. 더 이상 담배를 받지 않을 것 같은 기분이 들었다.

“왜? 말해보게. 무슨 일이 있었는가?”

과장의 재촉에 그는 할 수 없이 고개를 들었다.

“죽었습니다.”

“죽어? 왜 죽어?”

과장이 깜짝 놀란 듯이 물었다.

“바다에 빠져 죽었습니다. 더 이상 묻지 마십시오. 마음이 괴롭습니다.”

“…….”

과장은 낮은 신음소리를 내는 것 같았다. 영등포 구치소에 있을 때, 종태가 감쪽같이 희자와 연애를 하고 있을 줄은 아무도 몰랐던 것이다. 교도소 내에서 그런 일이 일어난다는 것은 감히 상상도 할 수 없는 일이었기 때문이었다.

함 과장도 나중에서야 그걸 알았지만 그리 문제될 건 없는 일이라서 그냥 덮어두고 만 것이었다. 그리고 종태가 상호를 시켜 희자와 자신의 가출옥 문제를 벌써 매듭지어 놓은 상태에서 문제 삼을 수가 없었던 것이었다.

과장은 종태를 측은히 바라보다가 은근한 미소를 띠며 말을 꺼냈다.

“그래. 그런 일이 있었구만. 난 또…… 일단 내가 있는 곳으로 들어왔으니깐 내가 자넬 책임지지.”

함 과장은 염려 말라는 투로 나왔다. 보안과장이라는 막강한

계급장을 단 그의 입에서 그런 말이 튀어나왔다.

"고맙습니다."

종태는 깊숙이 머리를 숙여보였다.

"그런데 말이야……."

과장은 토를 달았다.

"……?"

종태는 그가 무슨 말을 하려는지 쳐다보았다.

"나도 이번에 과장 시험을 쳐서 첫 근무지로 여길 왔어. 과장 시험에서 일등을 했어. 일등을 하면 내가 우선 원하는 곳으로 보내주거든. 그래서 서울에서 가까운 안양을 택했어."

"아, 그러십니까? 축하드립니다."

종태는 진정으로 축하한다는 말을 건넸다. 그것도 과장 승진 시험에서 일등을 했다는 것에 축하하지 않을 수 없었다.

"아, 고맙네. 그런데 말야…… 과장이 되면 뭣하나? 다 돈이 있어야 빽이 생기는 거 아닌가? 자네도 알다시피 어딜 가나 빽이 있어야 앞날이 훤해지지. 안 그런가?"

과장은 그 말을 하면서 종태를 쳐다보았다.

"……."

종태는 그의 다음 말을 기다렸다.

"그래서 말인데…… 우리가 처음 만난 것도 아니고…… 그래서 자네가 날 좀 도와주면 안 되겠나? 나도 빨리 부소장으로

나가야지. 다음엔 소장이고 말야. 그런데 돈이 있어야 빽이라
도 쓰지. 안 그런가?"

그는 이제 본론으로 나왔다.

"얼마나 필요하십니까?"

종태는 더 머뭇거릴 필요가 없었다. 화끈하게 나가는 것이
나을 것 같다는 생각이 들었다. 함 과장한테 퍼붓는 것만큼 나
중에 돌려받을 수 있다고 믿고 있었다. 거래란 주는 것이 있어
야 받는 것도 있게 마련이었다.

"어떤가? 자네는 이 안에서 쓸 돈이 많지 않잖은가? 끽해봐
야 사먹는 것밖엔 더 있겠는가? 자네가 5년을 썩어봐야 사먹는
것으로 치면 그 돈이 얼마나 되겠는가 말일세. 몇 천만 원에 불
과할 걸세. 그래서 말인데…… 한 2억쯤 주면 안 되겠나? 그러
면 나중에 내가 그 보답을 해줄 걸세. 가출옥이든 뭐든 들어줄
수 있으니까."

"……."

그 말을 듣자, 종태는 한편으론 서글펐다. 다시 돈거래가 시
작되는구나 하는 생각이 들었다. 그러나 어차피 자신에겐 그
많은 돈이 필요 없을 것만 같았다. 돈이란 있으면 필요한 것이
고, 없으면 없는 대로 살아갈 수 있는 곳이 바로 징역이었다.
그리고 2억을 준다고 해봐야 아직까지도 자신의 수중엔 3억 가
량이 남는 것이었다.

"미안하네. 자네 도움이 필요할 것 같아서 나도 곰곰이 생각은 해봤네. 그 돈을 받고서 내가 해줄 수 있는 게 뭔가도 생각해봤고…… 분명히 자네한텐 내가 도움이 될 걸세. 어때?"

과장은 다시 돈이 필요하다는 것을 강조하듯이 말해왔다.

"좋습니다. 그런데 가출옥 같은 건 기대하지 않습니다. 다만 전에 알았던 함 과장님이 승진도 하셨고, 또 이렇게 여기서 만나게 돼서 드리겠습니다. 저한테는 그리 신경을 안 쓰셔도 좋습니다. 다만 나중에 형이 확정되면 여기서 징역을 살 수 있도록만 해주십시오."

종태는 그것으로 흥정을 끝냈다.

"좋네. 그렇게 하세. 그건 내 권한이니까."

함 과장은 선뜻 승낙을 해왔다. 과장이 의자에서 일어나서 종태에게로 다가와서는 손을 내밀었다.

"악수나 하지."

종태는 과장의 손을 잡았다. 과장이 먼저 손을 흔들면서 웃었다.

"역시 차종태는 달라. 내가 믿지."

"……."

종태는 할 말이 없었다. 과장이 그런 식으로 미리 선수를 치고 나왔던 것이다. 종태는 그저 웃기만 하고는 과장의 사무실을 빠져나왔다. 미리 대기하고 있던 교도관이 종태를 보자, 따라오라는 손짓을 했다.

종태는 1심 재판에서 5년을 받고 출역이 결정되었다. 형이 확정되면서 함 과장의 말대로 안양교도소에서 징역을 살게 된 것이 그나마 다행이었다. 함 과장은 종태가 영등포 구치소에 있을 때의 사건을 잘 알고 있었으므로 이리저리 돌아다니는 작업만은 피한 것 같았다. 바로 원예부였다. 온실에서 화초를 키우는 작업장에 종태를 배치한 것이다.

내청이나 외청 소지부와 같은 곳은 교도소 내와 교도소 바깥에까지 나가서 청소를 하는 곳이었지만 종태를 그쪽으로 보내지는 않았다. 함 과장도 그런 머리는 쓴 것 같았다.

원예부는 출역하는 인원이 모두 다섯 명이었다. 교도소 내의 화단에다 꽃이나 나무를 심는 일이었다. 매일 출역을 해서 화단의 흙을 고르고, 꽃나무를 심는 일로 하루를 보냈다.

종태는 늦게 출역이 되었지만 보안과장과 송 계장을 안다는 것 하나만으로 담당이 일방적으로 지정해서 원예반장이 되었다.

"어이, 종태 씨. 꽃 심으러 나갈 거니까 준비하라고."

원예 담당의 말에 종태는 알았다는 듯이 웃어보이고는 책이나 보고 있거나 장기를 두고 있는 출역수들을 불러모았다.

"집합!"

종태의 소리에 모든 것을 그만두고 일어선 출역수들이 어슬렁거리며 모여들었다.

273

"먹을 것 좀 챙기고. 꽃 심으러 나갈 준비해!"

종태의 말에 그들은 서둘러 작업을 나갈 준비를 했다. 원래 원예라는 곳은 확정이 된 출역수들에겐 가장 편한 작업장이었다. 겨울에도 온실 속에서 따뜻하게 지낼 수가 있었을 뿐만 아니라, 봄 여름 가을이라고 해봐야 기껏 화단에다 꽃을 심는 일뿐이었다.

말하자면 징역에서 잘 나가는 놈들이 빽을 써서 출역하는 곳이었다. 법무부에 아는 끄나풀이 있거나, 교도소 내에 아는 직원이 있으면 그런 일쯤은 간단한 것이었다. 아는 직원의 청탁으로 분류심사과의 직원이 볼펜만 끄적이면 곧바로 편한 작업장으로 출역이 될 수 있었다.

종태는 꽃을 심으러 나가서 전두환이 있는 사동을 유심히 살펴보았다. 맨 끝방에 있는 독방에 기거하고 있었다. 종태는 꽃을 심는 척하면서 뺑끼통 뒤로 가서 전두환의 인기척을 살폈다. 전두환은 방 안에서 꼼짝도 하지 않는지 어떠한 소리도 들려오지 않았다.

"……."

종태는 작업을 시켜놓고 출역수들이 일을 하는 걸 보고 있었다. 담당은 날씨가 더웠는지 그늘에 앉아 출역수들이 일을 하는 걸 보고 있을 뿐이었다. 이미 여름이 끝나고, 선선한 바람이 불어오고 있었다. 그래도 한낮의 햇볕은 쨍쨍하기만 했다. 바깥에 나가면 덥고, 그늘에 들어서면 선선할 정도였다.

원래 반장은 일을 안 했다. 다른 출역수들이 일을 하는 동안, 담당과 같이 이야기를 하고 있거나, 작업하는 근처를 배회하면서 담당의 시선 안에만 있으면 되는 것이었다. 그러면서 먹을 것들만 잘 챙겨주면 반장으로서의 할 일이 끝난 셈이었다.

종태는 사방 내를 돌아다니며 먹을 것들을 파는 사식당 출역수를 불러 먹을 것들을 잔뜩 샀다. 일을 하다가 쉬는 시간에 먹을 것들이었다. 담당 직원도 출출할 터이었으므로 담당이 먹을 것도 챙겼다.

그러면서 종태는 전두환이 있는 독방 근처에서 서성거렸다. 독방에서는 이따금 뺑끼통 문을 여는 소리만 났을 뿐, 그 어떤 말소리도 들리지 않았다. 전두환이 화장실이나 갔다 와서는 독서를 하고 있는 듯했다.

"……."

종태는 자신의 키보다 높은 뺑끼통의 환기통을 바라보았다. 쇠창살이 쳐져 있었다. 그리고 쇠창살 바깥에는 철망이 씌어져 있었고, 다른 재소자들이 안쪽을 들여다볼 수 없도록 나무판자로 가림판을 덧대어놓고 있었다.

"음……."

종태는 가림판을 붙잡고서 충분히 안을 들여다볼 수 있을 거라는 생각을 했다. 가림판은 쇠로 든든하게 시멘트벽에다 고정되어 있었다. 뺑끼통 환기통과는 어느 정도 간격이 있었으므로 가림판을 붙잡고서 매달리기만 하면 안을 볼 수 있을 것이라고 생각했다.

"반장님, 좀 쉬다 합시다."

윤재길이었다. 종태가 정신을 차리고 보니 모두들 그늘에 앉아 쉬고 있는 게 보였다. 종태는 얼른 그쪽으로 다가가서 쪼그리고 앉았다. 배식반장인 윤재길이 좀 전에 종태가 시킨 치킨이나 찐빵, 마실 것들을 꺼내놓고 있었다.

"야, 담당님 꺼도 갖다드려."

종태의 말에 윤재길은 알았다는 듯이 담당이 먹을 것을 따로 챙겼다. 종태는 자신이 먹을 것들과 담당의 몫을 가지고는 담당 옆으로 갔다.

"이거 드십시오."

종태가 내민 것을 담당이 먹기 시작하는 걸 보고서 종태도 먹기 시작했다. 그러면서 슬쩍 말을 꺼냈다.

"담당님, 전두환이는 매일 방 안에서 뭘 합니까? 꼼짝도 안 하는 것 같은데요?"

"아, 그럼! 전두환이는 바깥에 나오는 것도 곤란해. 다른 재소자들이 어떻게 할까봐 몸조심하는 거지 뭐. 매일 방 안에서 책이나 보고 있어. 그리고 특별히 배치된 직원이랑 같이 장기나 두는 게 일이지. 그러니까 전두환 씨도 답답할 거야."

담당의 말이었다. 직원들끼리는 전두환에 대해 상세히 알고 있는 듯했다. 안양교도소와 같은 곳에 그런 거물이 들어왔다는 것만으로도 직원들에겐 화젯거리가 될 수밖에 없었다.

"그러네요. 하루 종일 꼼짝도 못하고. 곱징역을 사는 거나 마찬가지군요. 하하."

종태가 기분 좋게 웃자,

"아, 대통령이라도 별 수 있나? 일단 이곳에 들어오면 죗값을 받아야제. 전직 대통령이라고 해서 뭐 안 들어오나? 일단 들어오면 다 마찬가지야. 잡범이나 전직 대통령이나 똑같애. 대통령이라고 해서 특별대우를 받는 게 아니지. 잡범들한테 봉변이라도 당할까봐서 격리해서 수감시킨 거지. 뭐가 이뻐서 특별히 봐주겠나?"

"근데, 면회는 매일 오나 보죠?"

"그럼! 줄줄이 사탕으로 오는가 보는데? 그 양반은 기결수라도 면회는 시켜주는 모양이야. 전직 대통령이라고 그것 하나밖엔 봐주는 게 없어. 곧 얼마 안 있으면 특사로 나가겠지. 나가면 그곳 독방을 계호하던 직원들을 불러서 수고했다고 금일봉을 줄라나? 하하. 그건 모르지 뭐."

담당은 호탕하게 웃어댔다.

"언제쯤 나갈 거 같습니까?"

종태가 물었다.

"그야 모르지. 정치권에서 하는 일이니까. 아마 김영삼 대통령이 물러나기 전엔 나갈 걸. 자기가 집어넣었으니까 풀어내주고 대통령을 그만두겠지. 김영삼 대통령도 참 어려운 때에 대통령이 됐어."

담당이 그 말을 하자, 종태는 얼른 고개를 들어서 쳐다보았다.

"왜요?"

종태가 묻자,

"아, 그야 말해서 뭣하나? 김대중이 정치를 안 하겠다고 하고선 영국으로 갔다가 왔잖은가?"

"네, 그렇죠."

종태가 그건 알고 있다는 듯이 대꾸했다.

"그런 양반이 거짓말을 하고선 다시 정치를 했지 않나?"

"네."

"그래서 가만히 있었나?"

담당은 일문일답을 하는 것처럼 말을 할 때마다 종태를 쳐다봤다.

"……."

종태는 가만히 있었다.

"정치 욕심은 누구도 말릴 수 없는 거야. 한 사람이라도 자기를 지지하는 사람만 있어도 김대중은 국민들이 원하니까, 라고 둘러대는 거야. 그러면서 민주당을 박살내버렸지? 제 살림 차리겠다고 멀쩡한 당을 깨버린 거라구. 그리고선 김영삼한테 협조하기는커녕, 되레 공격의 화살을 퍼부으면서 비겁한 정치를 했던 거고. 그래서 지금은 김대중이 다시 대통령이 되겠다고 나섰어. 어때? 될 것 같애?”

담당이 물어왔다.

“글쎄요. 전…… 잘 모르겠습니다. 될지 안 될지…….”

“하하. 그런 사기를 치는 사람을 대통령으로 안 뽑지. 우리 국민들이 그걸 모르겠나? 그런 사람이 대통령이 되면 국민들을 어떻게 보겠나 말이야. 국민들을 우습게 보지 않겠어? 말은 안 하지만 대다수 국민들도 그걸 알고 있어. 결국 김영삼도 아들 현철이를 집어넣고 마음이 쓰리겠지. 다 김대중 때문에 정치에 혼란이 온 거라고.”

“그렇겠습니까?”

종태는 정치에 대해선 잘 몰라서 담당의 말이 아리송했다.

“다 시간이 지나보면 알게 될 거야. 만약에 김대중이 대통령이 된다고 하더라도 나중엔 결국 비참한 대통령이 되고 말 거야. 두고 보라고.”

“…….”

종태는 먹던 것을 삼키다가 우뚝 멈췄다. 대통령들마다 비참한 결과를 맞는다는 담당의 말이 머릿속에 와 꽂혔다. 종태는 다시 전두환의 독방을 쳐다보았다. 오후의 스러지는 햇살을 받아 음울해진 듯한 가림판이 눈에 보였다.

'그래, 불행한 대통령이지. 넌 내 손에 죽을 거다'

종태는 속으로 그런 말을 되뇌이면서 똑똑히 쳐다보았다.

"자, 이제 작업합시다. 벌써 시간이 다 됐네."

윤재길의 말에 따라 출역수들이 부시시 일어났다. 그러면서 담당과 종태를 쳐다보는 것이었다.

"빨리해라. 시간이 다 됐어. 얼른 마무리 지어."

종태의 말에 그들은 다시 부지런히 일을 하기 시작했다. 해가 긴 그림자를 드리우기 시작했다. 담벼락의 그림자가 점점 길어지고 있었다. 이때쯤이면 전두환도 운동을 나올 시간이었다.

'한 번 봤으면 좋겠는데'

종태는 속으로 그런 생각을 했다. 그러나 그건 틀린 생각이었다. 출역수들이나 일반 재소자들이 다 들어가고 난 후에 전두환을 운동시키는 담당이 와서 문을 땄다.

만약 원예가 작업을 하고 있다면, 어서 작업 철수를 하라고 하고선 전두환을 운동시키는 것이었다. 그만큼 교도소 측에서는 전두환에게 무슨 일이 일어날까봐 전전긍긍하고 있었다. 만약에 신변에 무슨 일이 일어나기만 한다면 그건 교도소장의 책임이었다. 소장뿐만 아니라, 보안과장, 보안계장, 그리고 전두환을 맡고 있는 여러 담당들까지도 가혹한 문책을 받을 것이었다.

"자, 작업 철수!"

담당은 서둘러 작업을 끝냈다. 전두환이 운동을 나올 시간이 다 된 모양이었다. 혹시라도 늦게까지 작업을 시키고 있다가 높은 간부들의 눈에 띄는 날엔 원예 담당이 꾸지람을 듣게 돼 있었다.

출역수들은 하루 일과가 끝났다는 것에 기분 좋아하면서 서둘러 작업도구들을 챙겼다. 언제나 돌아가는 시간은 즐거운 것이었다. 그들은 또 하루가 깨졌다는 것에 기분 좋은 표정들을 짓고 있었다.

종태는 담당과 출역수들 뒤에 서서 걸어가면서 전두환이 있는 방을 향해 나직이 소리쳤다.

"전두환!"

그러나 그쪽에서는 아무런 반응조차 없었다. 담당이 앞서 걷다가 종태가 전두환이라고 부른 것을 듣고는 우뚝 걸음을 멈추었다.

"왜?"

"아닙니다. 그냥 한 번 불러봤습니다. 혹시 창살로 내다볼까 하고요."

"이런, 쓸데없이 그러지 말어. 그러다가 괜히 간부가 들으면 어쩔려고? 괜히 나만 욕 먹잖아?"

담당은 그 말을 하면서도 보안과장과 종태가 밀접한 관계라는 걸 의식하는 듯했다. 크게 야단을 치지 않고 조용히 그런 말을 하는 것이었다.

"알았습니다. 매일 뭘 하고 지내나 싶어 한 번 그래본 겁니다."

"하하하."

담당이 소리 내어 웃었다.

종태는 검신을 받고서 방으로 들어가는 즉시 편지를 써야겠다고 생각했다. 그래서 황 노인을 한 번 면회 다녀가라고 쓰고 싶었다. 이제부터 그는 철두철미하게 계획을 세워 구체적인 행동으로 들어갈 작정이었다.

저녁밥을 먹고 난 다음, 폐방을 알리는 나팔이 울리면서 검신이 시작되었다. 각 공장에서 출역하던 출역수들이 출역장 뒤쪽에 운동장에 모여들었다. 검신하는 교도관들이 일렬로 서고, 먼저 온 출역수들부터 검신이 시작되었다. 혹시 작업장에서 가지고 들어가는 쇠붙이나 흉기 같은 것이 없나 해서 몸을 뒤지는 것이었다.

요즘 들어서 검신이 더욱 심했다. 전엔 대충 하던 것도, 요즘엔 그러질 않았다. 신발 깔창과 입 속에까지 뒤졌다. 그리고 팬티까지 까내려서 뒤를 보여줘야만 했다. 혹시라도 항문에도 뭔가를 숨겨 들어가지 않을까 하는 것이었다. 그러니 검신하는 시간이 길어진 건 당연했다. 수 백 명이 되는 출역수들을 그렇게 검신하자니 자연 교도관들도 많이 달라붙었다.

검신을 받고 들어온 종태는 전두환이 곧 특별 사면을 받을 때가 가까워졌다는 걸 알 수 있었다. 그래서 저렇게 검신이 철저한 건지도 모른다는 생각이 들었다. 전두환이 무사히 석방이 될 때까진 보안과장도, 소장도 모두 긴장을 늦출 순 없는 일이었다.

종태는 방으로 들어가자마자, 만능노트판에다 편지를 쓰기 시작했다. 만능노트라는 것은 징역 안에서만 나도는 일종의 필기판이었다. 천조각을 나무 판에다 덧댄 다음, 그 위에다 의무과에서 치료용으로 얻은 바셀린을 발라 겉에다 비닐을 댄 것이었다. 나무젓가락이나 뾰족한 것으로 글씨를 쓰면, 비닐 밑에 있는 천의 바셀린이 비닐과 접착이 되면서 글씨의 형태가 그대로 남는 것이었다.

종태는 우선 황 노인의 안부부터 물었다.

그리고 자신은 현재 안양교도소에 수감돼 있으며, 지금은 원예에 출역하고 있다는 것을 소상히 밝혔다. 1심에서 징역 5년을 받고 곧 항소포기를 했으며, 5년을 다 채우고 나갈 것이라는 말을 덧붙였다. 그리고 지예에 대한 소식이 궁금하다는 말을 덧붙였다. 맨 마지막으로 시간이 있으시면 언제 한 번 다녀가셨으면 좋겠다는 말을 써넣었다.

편지는 간단했다. 전에 징역을 살 때, 희자와 나눈 편지처럼

283

길게 쓰질 못했다. 그때는 그래도 애틋한 마음이 깊어서 밤새 도록 만능노트를 끌어안고 쓸 수 있었지만 지금은 그런 감흥도 사라진 지 오래였다. 간단하게 알릴 것만 요약해서 적었다.

그 짧은 편지를 쓰는 데도 그는 많은 시간이 걸렸다. 옆에서 떠들던 출역수들이 어느새 제풀에 지쳤던지 코를 고는 소리가 낮게 들려오고 있었다.

"충성!"

감시대에서는 시간마다 충성!이라는 복창소리가 들려나왔 다. 아마 순시를 도는 모양이었다. 종태는 언제쯤 간부들이 순 시를 도는 것까지도 면밀히 기억해놓고 있었다. 대개 밤 10시 에서 12시 사이가 순시를 자주 하는 시간대였다. 그리고 새벽 이 되면 순시가 조금 뜸해졌다.

그리고 그는 출역수 사동을 지키고 있는 담당의 행동을 면 밀히 주시하곤 했다. 방 안에 숨겨둔 거울이 있었다. 거울이라 고 해봐야 땅바닥에서 주운 조그마한 조각에 불과했다. 그러 나 그런 조그만 것도 이 안에선 유용하게 쓰이는 것이었다. 담 당이 의자에 앉아 무엇을 하고 있는가를 살피는 데엔 적격이었 다. 굳이 거울이 아니더라도 컵라면의 스티로폴에다 빠닥빠닥 한 금박지 같은 것을 대서 테두리를 고무줄로 묶은 것도 훌륭 한 거울 대용이 될 수 있었다.

방 안에서 그것만 내밀고 있으면 복도에서 담당이 무엇을 하는가를 상세히 볼 수 있었다. 대개 담당들은 의자에 앉아 책을 보거나, 졸고 있을 따름이었다. 이미 형이 확정된 기결수들 방이라 미결수들 방처럼 그리 철저하게 시찰을 하지 않았다.

"……."

종태는 잠자리에 누웠어도 얼른 잠이 오질 않았다. 생각이 자꾸만 복잡하게 얽혀졌다. 각 방에서는 벌써 코를 고는 소리가 나기 시작했다. 마치 헬리콥터가 뜨는 것 같이 드르렁거리는 소리에 잠을 깬 출역수들이 투덜대는 소리도 들렸다.

"에이, 씨팔! 저런 놈의 코에다 치약이나 발라놓지. 시끄러워서 잠을 못 자겠네."

투덜거리는 소리는 이내 큰소리로 터져 나왔다. 참다못한 그가 버럭 소리를 질러댔다.

"야! 이 씨팔놈아! 코를 골려면 나가서 골아라! 코를 콱 막아버릴까부다! 씨팔!"

그래도 아무런 소용이 없자, 이번엔 철문을 쾅쾅 차면서 소리 질렀다.

"야! 이 개 쌍놈아! 뺑끼통에나 들어가서 자라아! 너 땜에 잠 못 자겠다!"

갑작스런 소란에 복도에서 졸고 있던 담당이 벌떡 일어나서 소리친 방으로 달려갔다.

"누구야? 누가 소리 질러?"

285

담당의 말이 들려왔다. 그러자, 좀 전에 소리를 지른 출역수가 투덜거리는 소리가 들려나왔다.

"담당님. 저런 놈 코에다 치약 좀 바르라고 그래요. 남 잠도 못 자게 코를 골아대니 잘 수가 있어야지요. 에이, 징역 깨기도 힘드네."

"아, 알았어. 알았어. 조용히 해!"

담당은 일단 그렇게 말한 다음, 코 고는 소리가 나는 방으로 갔다. 그 방 앞에서 쇠창살을 두드렸다. 누군가 잠을 깼는지 부시시 일어나는 소리가 들렸다.

"야, 코 고는 놈 좀 깨워라. 웬 놈의 코를 그렇게 고냐? 마치 헬리콥터가 날아가는 것 같네. 옆방에서 지금 잠을 못 잔다고 그러잖아?"

담당도 짜증이 날 만했다. 괜히 잠이 들려는 찰나에 소리쳐서 잠을 깨워놓은 것이다. 담당은 낮 동안의 피곤함으로 인해 야간에 조금이라도 눈 좀 붙이려던 게 갑자기 깨져버린 것처럼 호통을 쳤다.

그러면 잠시 조용해지는 듯했다. 그러나 좀 있으면 또 코 고는 소리가 들려나왔다. 사방 안은 그렇게 싸우면서 또 하룻밤이 지나가는 것이었다. 괜히 심심해서랄까. 어떤 시빗거리만 있으면 가만있질 않는 게 재소자들의 심리였다. 무엇이든 시간을 때우려면 재밌거나, 싸울만한 무엇이 있어야만 했다.

종태는 겨우 잠이 들었다.

자꾸만 꿈속에서 희자의 얼굴이 보였다. 울고 있는 건지, 아니면 웃고 있는 건지 영 분간이 안 갔다. 하얀 옷을 입은 그녀는 바람에 너울거리면서 스르르 다가왔다간 아무 말 없이 웃고 있다간 이내 사라져버렸다. 잠이 토막나면서 잠깐씩 그런 꿈이 계속 이어졌다.

그는 하룻밤 사이에 여러 번의 꿈을 꾸었다. 피를 흘리고 있는 희자의 입 언저리가 보이는가 하면, 하얀 옷을 이은 희자의 가슴에 앳된 아기를 안고 서 있는 꿈도 꾸었다. 그러다가 사라질 때는 홀연히 없어져버리는 것이었다.

'아아, 희자. 가지 말아'

종태는 꿈속에서 허우적거리다가 잠이 깨었다. 잠깐 잠이 든 것 같았다. 그런데 바깥은 훤하게 밝아오는 새벽녘이었다. 어디선가 가까운 데서 교회 차임벨 소리가 들려왔다. 그리고 가느다란 찬송가소리가 이어지고 있었다. 이마 새벽 기도회 시간인 모양이었다.

"……."

종태는 일어나서 기도라는 걸 해보고 싶었다. 영등포 구치소에 있을 땐, 매일 새벽마다 일어나서 희자를 위해서 기도를 올렸던 그였지만 이젠 까마득한 옛날 일처럼 느껴지기만 했다.

사랑의 힘이 그렇게 세었던 건가? 그는 다시금 사랑의 힘을 느꼈다. 희자와 그동안 나눴던 사연들이 아픈 상처처럼 번져왔다. 새벽이면 그는 자신도 모르게 눈이 떠졌다. 새벽마다 어디선가 들려오는 교회 종소리는 그의 영혼을 맑게 깨워주는 듯했다.

그는 잠이 깨면서 깊은 생각에 잠기곤 했다. 여자와 남자와의 관계. 그것도 자신과 희자와 나누었던 사랑에 대한 추억으로 새벽녘을 흘려보냈다. 아무리 생각한다고 해도 그녀와의 사랑엔 아직까지도 어떠한 흠이 없었다. 시간이 지나고 나면 절절했던 사랑도 잊혀진다고 그랬던가. 그러나 종태는 그렇지 않았다. 시간이 지남에 따라 더욱 깊어지는 것이었다.

가끔 그는 우울해졌다. 이런 생활을 어서 빨리 청산하고 희자가 있는 하늘나라로 돌아가고만 싶었다. 그래서 거기서 영원히 살고 싶었다. 이제 그는 더 이상 목숨에 대한 애착 같은 건 없었다. 이미 살만큼 살았다고 생각되었고, 더 이상 세상에 대한 미련 같은 건 없었다. 돈이라는 것도, 조직이라는 것도 다 필요 없는 것이었다.

이제 그는 낮과 밤이 완전히 달랐다. 낮에는 그런대로 출역수들과 어울렸지만, 밤만 되면 그는 몽유병 환자처럼 밤을 밝히면서 지새는 경우가 많았다. 좁은 공간에서 생활해야만 하는 재소자의 신분이라서일까. 그는 이제 세상에 대한 관심이나 걱정보다도 자신의 앞일에 대한 생각이 더 많아졌다.

멋있게 죽는다는 것. 그리고 사랑하는 희자의 곁으로 돌아간다는 것. 그것 외엔 다른 것에는 별로 관심이 없었다. 그는 오로지 희자에 대한 생각만으로 가득 찼다. 그는 가끔 만능노트에다 이렇게 적곤 했다.

희자, 사랑해. 죽도록.

그렇게 써놓고 들여다보고 있으면 언제 마음이 풀어졌는지 모르게 마음이 편해지곤 했다. 그리고 기분이 좋은 날에는 좀 더 많은 편지를 썼다. 그리곤 다시 지워내었다. 그는 보낼 수 없는 편지글을 쓰면서 마음의 위안으로 삼을 뿐이었다. 갑갑한 징역 안에서 그렇게라도 해야 만이 다소 덜 따분한 것이었다.

매일 반복되는 생활이었다. 매일 5시 반이면 기상해서 아침 점검을 받으면서 일과가 시작되었고, 다시 점심시간 즈음해서 인원 점검을 받았다. 그리고 저녁 무렵의 폐방과 더불어 검신을 받았고, 인원 점검을 받았다. 하루도 어긋남이 없이 다람쥐 쳇바퀴 돌 듯 이어지는 생활의 연속이었다. 꿈이나 희망 같은 건 있을 수 없었다. 이제 밖에 나가봐야 별다른 희망 같은 게 생겨나지 않을 것 같았다.

황 노인이 말한 쿤사 조직에의 입대라는 것도 이 안에 들어오면서 별로 먼 곳의 이야기인 것만 같았다. 아직은 그런 걸 생각할 마음의 여유도 없었다. 그것은 일단 나가서 생각해볼 문제였다.

종태는 밤마다 꿈자리에 시달렸다. 괜히 마음이 뒤숭숭했다.

함 과장이 종태의 영치카드에서 2억이란 돈을 빼내갔다는 말을 해왔다. 송 계장이 와서 알려준 말이었다.

'개자식. 지는 안 나타나겠다 이거지? 나중에 내가 발목 잡을 까봐서? 이 차종태가 그런 인물인 줄 아나?'

종태는 출역수들이 화단 일을 하는 곁에 서서 그런 생각을 하고 있었다. 담당은 아예 반장인 종태가 무엇을 하던 간에 별로 개의치 않는 듯했다. 이미 교도소 안의 직원들은 차종태는 보안과장이 드러내놓고 봐주는 인물이라는 것을 알고 있었으므로 원예 담당의 눈을 벗어나서 조금 떨어져 있어도 그걸 말하는 사람은 없었다. 그만큼 보안과장의 빽이 높아서일까. 하여튼 종태는 알게 모르게 보안과장의 빽이 작용한다는 것은 알고 있었다.

그리고 오늘은 송 계장이 직접 작업하는 곳으로 찾아와서 종태를 찾았다.

"어이, 반장. 송 계장이 저쪽에서 찾으니까 가봐."

담당이 일러준 말이었다. 종태는 담당의 말을 듣고서 옆쪽 건물로 갔다. 거기에는 송 계장이 서 있었다. 사동간 순시를 나온 것처럼 자연스럽게 서 있다가 종태를 본 송 계장은 종태를 보자마자, 반가운 듯한 얼굴 표정을 지어보였다.

"과장이 잘 받았다고 인사하더라. 종태."

송 계장이 말했다.

"네."

"내가 뭐 도울 건 없나? 나도 도와주고 싶은데…….."

송 계장이 말을 흐렸다.

"뭘요. 원예에 있으니깐 그렇게 필요한 건 없는 것 같습니다."

"아니지. 행형 성적을 잘 주라고 해줄까? 그러면 빨리 나갈 수 있지. 안 그래?"

송 계장의 말뜻은 바로 그것이었다.

"……."

종태는 잠자코 듣고 있기만 했다.

"나도 말야. 차종태를 특별히 생각하고 있단 말일세. 과장이 자네가 많은 돈을 보태줬다고 나한테 그러던데…… 나도 좀 줄 수 없겠나? 서로 모르는 처지도 아니고…… 우린 영등포 구치소에 있을 때부터 서로 아는 사이가 아닌가?"

"얼마나 필요하십니까?"

종태는 단도직입적으로 물었다. 돈을 갖고 있어봐야 이 안에선 별로 많이 필요치 않을 것 같았다. 종태의 말에 송 계장은 단번에 얼굴에 희색이 감돌았다.

"하하, 역시 차종태군. 알아서 주게. 나중에 내가 도로 갚지. 나도 돈이 필요하니까 자네한테 이러는 걸세. 교도관 월급으로는 살기도 힘들지. 나도 어쩌면 이번에 본부로 올라갈지도 모르네. 교정국으로 올라가면 나중에 자네한테 보답을 할 걸세. 나를 믿겠지?"

"알았습니다. 본부로 가시면 좋겠네요."

종태는 그 말만 했다. 나중에 가출옥을 먹도록 힘써 달라는 부탁 같은 건 하지 않았다. 이미 돈 냄새를 맡고 달려드는 송 계장한테 박절하게 대할 순 없었다.

"고맙네. 나도 실은 이런 말을 꺼내기가 무척 어려웠네. 어젯밤에 곰곰이 생각하다가 꺼낸 말일세. 하여튼 고맙네. 뭐, 부탁할 거라도 있나?"

"없습니다. 그렇게 신경만 써주셔도 고맙습니다."

종태는 이왕 주는 돈 기분 좋게 주자는 식으로 그렇게 나왔다.

"알았네. 자네 담당한테 자넬 잘 봐주라고 부탁을 해놓을 걸세. 나중에 필요한 게 있으면 직접 나한테 이야길 하게."

"네, 알겠습니다."

송 계장이 직접 종태를 데리고서 작업하는 곳으로 왔다. 송 계장이 직원을 불러 따로 한쪽으로 가더니 무슨 말인가를 하는 듯했다. 그리고는 송 계장은 가버렸다. 담당이 종태를 불렀다.

"송 계장이 반장을 잘 봐주라고 하고 가더군. 영등포 구치소에 있을 때부터 아는 사인가?"

"네."

종태가 대답하자,

"어쩐지. 그런 것 같더라. 보안과장도 영등포 구치소에 있었다면서?"

"네, 그땐 함 주임이었습니다. 벌써 오래 됐는 걸요."

주임은 계급이 무궁화 두 개였다. 그리고 계장이 무궁화 세 개였고, 과장은 무궁화 네 개였으므로 주임에서 과장으로 승진한 함 과장은 그래도 승진이 빠른 편이었다.

"담당님."

"왜?"

담당이 힐끗 돌아보았다.

"저어, 사방 담당을 하는 부장님은 잘 압니까?"

종태는 슬쩍 야간에 사방을 지키는 담당에 대해서 물었다.

"그럼! 나하고 같은 동긴데. 교육도 같이 받았고. 왜?"

"그냥요. 밤에 잠이 안 와서 갑갑할 때가 있어서요. 잠이 안 올 때, 그냥 담당님하고 이야기나 나누고 싶어서요."

"……?"

담당은 그게 무슨 말이냐는 듯이 종태를 쳐다봤다. 종태는 얼른 다른 뜻이 아니라는 식으로 말꼬리를 돌렸다.

"그냥 담당님하고 좀 친해지고 싶어서요. 한 번 말씀해 주시죠."

종태의 말에 담당은 좀 전의 오해를 풀고서 웃으면서 나왔다.

"아, 그야 간단하지 뭐. 밤에 반장이랑 같이 이야기하는 것쯤

이야. 내가 한 번 말해보지 뭐."

"고맙습니다. 그 담당이 좀 깐깐한 것 같아서요."

"아냐. 형식이는 그래도 사람이 좋아. 출역수들이 너무 떠드니까 가까이가고 싶지 않아서 그러겠지 뭐."

담당은 출역수 사동의 분위기를 모르거나, 종태의 말하는 의도를 모르고서 막연히 말을 하는 것 같았다.

"그런 거 같습디다. 매일 혼자 의자에 앉아서 책을 보거나, 졸고 계시던데요?"

"하하. 그건 낮에 피곤해서 그러겠지. 나도 밤엔 조는 걸 뭐. 근데 그 친구도 알고 보면 성격이 좋은 친구야. 내가 한 번 말해보지 뭐."

종태는 속으로 됐구나 싶었다. 이미 원예 담당에게도 약을 쓴 보람이 있었다. 이제 야간 근무를 하는 사방 담당에게만 약을 쓰면 될 것 같았다. 그건 그리 어렵지 않을 것 같았다.

그날 밤, 취침나팔이 울리고 나서 이형식 담당이 종태의 방으로 다가왔다. 낮에 원예 담당한테 말했던 것이 곧바로 이형식 담당의 귀에 들어갔던 모양이었다. 담당은 쇠창살 가까이 와서 종태를 불렀다.

"어이, 차종태. 자나?"

"네. 아직 안 잡니다."

종태는 누워 있다가 벌떡 일어나서 창살로 다가갔다. 담당이 방 안을 들여다보며 서 있었다.

"심심하지?"

담당이 먼저 종태에게 그런 말을 물어왔다. 이미 그 담당도 종태가 많은 돈을 갖고 있다는 것을 알고 있어서 그렇게 나오는 것 같았다.

"네. 잠도 안 오고…… 방도 시끄러워서……."

"그래. 원래 출역수 방은 시끄럽거든. 잠이 들어야 겨우 잠잠해지지. 나도 심심해서 의자에 앉아서 책만 보거든. 여긴 출역수들 방이라 좀 편해. 시찰도 할 필요가 없고 말야. 징역은 지들이 알아서 깨는 거니까 말야. 굳이 담당이 이래라저래라 안 그래도 지들이 다 알아서 징역을 살 거니깐. 나중에 가출옥을 먹으려면 사고를 안 쳐야 된다는 건, 지들이 더 잘 알지."

하긴 담당의 말도 옳았다. 이미 형이 확정되어 출역을 하는 재소자들은 성실히 작업을 하면서 아무런 사고가 없어야 비로소 가출옥 대상이 된다는 것을 잘 알고 있었다. 그래서 담당이 특별히 신경을 쓰지 않더라도 엉뚱한 사고를 저지르는 법은 없었다. 그러니까 출역수 사동을 지키는 담당은 일반 재소자들 사방 근무보다도 힘이 덜 드는 건 사실이었다.

담당은 원예 담당의 말대로 온순한 성격의 소유자였다. 출역수들이 방으로 들어오면 너무 떠들어서 아예 내버려둔다는 말까지 덧붙였다. 사고만 없으면 되는 것이라고 말했다. 교도관들은 흔히 하루 인생이라고들 스스로 말하곤 했다. 근무하는 하루 동안 아무런 사고 없이 지나가는 것이 제일 상책이라는 말뜻이었다. 교도소 안에선 일단 사고가 났다 하면 인명 사고였다. 그래서 결국은 담당까지 책임을 지게 돼 있었다.

그래서 하루가 무사하게 지나가는 게 교도관들의 근무 자세였다. 사고만 없으면 대개 방치하거나, 아예 관심조차 두지 않는 게 교도관들의 습관에 젖은 근무 태도랄 수 있었다. 그래서 종태는 사방 담당에게 잘 보일 필요성이 있다고 생각했다.

"담당님하고 자주 이야기하고 싶습니다. 야간에 심심하시죠?"

종태가 넌지시 물어보았다.

"아, 그럼. 아침에 출근해서 하루 종일 미결수 사동에서 시달리다가 와서 저녁에서야 겨우 좀 쉬려고 하면 출역수들이 너무 떠들어서 귀찮아. 그래서 꼼짝도 하기 싫어서 앉아 있는 거야. 사실 여긴 간부들도 자주 순시를 안 오고 하니깐 편하지."

"네에. 그렇겠군요."

종태는 맞장구를 쳐 주었다. 이런저런 이야기를 하다가 보니까 벌써 밤이 깊어졌다. 종태는 주로 자신이 바깥에서 활동했을 때의 추억담을 얘기했고, 담당은 재미있어 하면서 주로 듣는 쪽이었다. 간혹 담당은 종태의 유명세에 대해 물어오곤 했다.

"그랬어? 난 또 몰랐군. 그래서 보안과장하고 송 계장이 널 알고 있구나. 다 이유가 있었군. 그래, 여기서 생활하기는 어때? 영등포 구치소보다는 나은 것 같애?"

담당이 물었다. 안양교도소에 근무하는 직원은 영등포 구치소에 대해서 궁금한 것이 있었다. 같은 교도소라고 할지라도 그랬다. 서로 특색이 다른 교도소이니만큼 재소자들도 질이 달랐고, 그에 대처하는 직원들의 분위기도 달랐다.

"영등포 구치소가 났죠. 여기보다는요."

"왜?"

그가 물었다.

"담당님들도 서로 다른 교도소로 가보잖습니까? 그런데도 모릅니까?"

이번엔 종태가 물었다.

"아, 모르지. 한 번씩 이송이 있어서 가보긴 하지만, 한 번 가봐서 알겠나? 말로는 영등포 구치소가 낫다는 말은 들었는데."

"그럼요. 아무래도 서울이 났죠."

그들의 이야기는 끝이 없었다. 어차피 담당은 새벽 한 시까지 근무를 해야만 잠자리에 들 수 있었다. 마침 종태와 이야기의 물꼬가 터졌으므로 시간가는 줄 몰랐다. 담당은 한참 동안 서 있어서인지 다리가 아픈 모양이었다.

"너, 나올래? 나와서 이야기할래?"

"나가도 됩니까?"

"그럼. 나한테 키가 있으니까 나와서 얘기해. 나도 심심하니까. 여긴 순시도 안 오니까 염려 없어."

담당은 그러면서 사방문을 열었다. 종태는 밖으로 나와 담당의 책상 옆에서 이야기를 주고받았다. 그러는 사이, 어느새 근무 교대할 시간이 다 되어가고 있었다.

"담당님, 사람이 너무 좋습니다. 나도 심심하니까 근무 들어오실 때마다 나하고 이야기나 나눴으면 싶은데요."

종태가 그 말을 했다.

"아, 좋지. 좋고말고. 그러지 뭐"

담당도 좋아했다. 이미 종태는 보안과장과 송 계장이 신임하는 출역수이겠다, 과장하고 계장이 봐주는 판에 자신인들 못 봐줄 것은 없다는 식이었다. 종태는 이때를 놓치지 않았다. 좀 더 확실히 담당을 사귀어 놓아야겠다고 생각했다.

"담당님. 돈이 필요하시면 언제든지 말씀하십시오. 전 여기서 돈이 필요 없습니다. 큰돈은 못 드리지만 마음이 통하는 담당님한테 조금 보탬이 돼드리고 싶습니다."

종태의 그 말에 담당은 대번에 얼굴색이 펴졌다.

"어이구, 그래애? 그거 좋지. 알았어."

이젠 완전히 종태의 계획대로 된 것이다. 그날부터 담당은 아예 사방엘 들어오면 종태를 곧잘 불러냈다. 가끔 종태는 담당의 어깨를 주무르면서 이야기를 하곤 했다. 그러면 그는 시원해서 눈을 지그시 감고서 말을 하곤 했다.

종태는 잠자리에 들어서 하나씩 일이 잘 풀려나간다고 생각되었다. 뜻하지 않게 이곳에서 함 과장을 만나게 되고, 송 계장을 만난 것도 다 인연이었다. 그래서 담당들도 쉽게 친해질 수 있었다.

그는 접견을 왔다는 말에 벌떡 일어섰다. 마침 작업이 없어 쉬고 있던 참이었다. 대개 작업이 없는 때는 온실 안에 누워 있거나, 장기를 두고 있었다. 그런데 면회를 왔다는 말에 그는 다소 흥분했던 것이었다.

며칠 전에 황 노인한테 편지를 써서 보냈던 것이었는데 편지를 받자마자, 황 노인이 서울로 올라온 모양이었다. 그는 서둘러 벗어놓았던 관복을 걸쳤다.

"잘 다녀오십시오."

출역수들이 장기를 두다 말고 웃으면서 말했다.

"형님, 먹을 것 좀 많이 넣고 가라고 하쇼…… 헤헤, 아셨죠?"

"아, 알았어. 임마."

사기로 들어온 찬식의 말에 종태는 웃으면서 대꾸를 하고는 온실 밖으로 나갔다. 면회를 시키러온 직원이 기다리고 있었다. 종태는 곧 그를 따라나섰다. 작업장에서 복도를 거쳐 중문을 거쳐야만 접견실로 갈 수 있었다. 면회를 온 재소자들을 인솔해가는 직원은 재소자들을 한꺼번에 모아서 데리고 갔다.

접견실의 대기실에 앉아 있으면서 종태는 분명히 황 노인이 왔을 거라는 생각이 들었다. 그밖에는 아무도 올 사람이 없었다. 그는 짧은 면회 시간 동안에 충분한 말을 하려면 미리 머릿속에 할 말들을 옮겨놓아야만 했다.

면회 시간은 딱 7분이었다. 그것도 토요일 같은 날엔 면회하는 사람들이 밀려서 5분으로 단축되었다. 그 시간 안에 할 말들을 빠짐없이 다 하려면 미리 기다리면서 생각해놓지 않으면 안 되었다. 기결수에겐 면회가 한 달에 한 번밖엔 되지 않았다. 그래서 더욱 소중한 시간일 수 있었다. 종태는 머릿속으로 물어볼 말을 간단하게 정리해놓고 있었다.

이윽고 면회실에서 알리는 방송이 튀어나왔다.

"다음 75회 면회실로 들어가시기 바랍니다!"

안내 방송에 따라 종태는 지정된 호실로 들어갔다. 한 평 정도의 방에는 중간에 유리가 가로막혀 있었고, 유리창 앞엔 교도관이 접견 내용을 기록을 하느라 앉아 있었다.

"어! 오랜만이네. 하하."

황 노인이 접견실로 들어서는 종태를 알아보고는 단번에 손을 흔들면서 알아보았다. 근데 그 옆에는 지예가 다소곳이 서 있는 게 아닌가. 종태는 깜짝 놀랐다.

"아! 지예도?"

지예가 황 노인의 옆에 서 있다가 종태를 보고는 왁, 하고 울음을 터뜨렸다.

"……?"

종태는 입을 벌린 채로 멍하니 서 있었다. 황 노인만 온 줄 알았는데 지예까지 오다니. 그는 무슨 말부터 꺼내야 할지 몰랐다. 그저 황 노인만 쳐다볼 뿐이었다.

"내가 데리고 왔네. 그동안 고생이 많았지? 왜 일찍 편지를 안 했나? 이 사람아."

황 노인은 늦게서야 연락을 한 것이 조금 섭섭한 모양이었다. 옆에서 울고 있는 지예를 쳐다보자, 다시금 종태의 가슴이 쓰라려왔다. 지예한테 이런 모습을 보이긴 싫었다. 그러나 막상 기대하지 않던 지예의 얼굴을 보자, 한편으론 반가운 마음이 들기도 했다. 종태는 황 노인에게 말을 하면서도 연신 지예 쪽을 쳐다봤다. 다소 여윈 듯한 얼굴이었다. 엷은 화장이 그렇게 보이도록 했는지도 몰랐다.

"고생은 뭘요. 전에도 살아봤는데…… 잘 계셨고요?"

종태는 황 노인에게 눈길을 던지며 물어보았다.

"응, 나야 뭐 양로원에서 할 일이 있나? 그저 주는 밥 먹고 공장에나 나갔다가 들어오는 거지 뭐. 근데 얼굴이 좀 마른 것 같다? 밥은 잘 나오나?"

황 노인은 그것부터 물어봤다. 공장이라는 것은 바로 히로뽕을 만드는 공장을 말하는 거였다. 종태는 벌써 그 말뜻을 알아차렸다.

황 노인이 말한 밥이란 짬밥을 말하는 거였다. 옛날에 황 노인이 징역을 살 때만 해도 밥이 형편없었다. 썩은 콩밥으로 된 짬밥에다 멀건 국물이 다였다. 군데군데 썩은 밥알을 걷어내고서 성한 곳만 골라 먹던 기억이 떠올라서 물어본 것이었다.

"네, 요즘은 그런대로 잘 나옵니다. 사식 같은 건 먹기 싫어서 안 사먹습니다."

"왜? 입맛이 없을 땐 좀 사먹고 그러지."

"됐습니다. 근데……."

종태는 지예를 쳐다보았다. 우느라 고개를 들지 못하는 그녀의 모습이 초라해 보였다. 종태가 그렇게 느껴서일까. 지예는 화사한 여름옷을 입고 있었다. 그런데도 종태의 눈엔 서글픈 여자처럼 보여졌다.

"고아원은?"

종태의 물음에 그녀는 고개를 들었다. 눈가에 화장이 얼룩진 것이 보였다.

"네, 거긴 걱정 마세요. 잘하고 있어요."

지예는 그 대답을 하고는 다시 울음이 복받치는지 흑, 하고 고개를 돌렸다. 징역에 들어간 종태를 바라보는 그녀의 마음은 한

없이 서글펐다. 시퍼런 관복을 입은 종태의 모습은 한편으로는 늠름하게 보이다가도 금세 서글픔으로 변하고 마는 것이었다.

"울지마. 이까짓 걸 갖고서 울어."

종태는 달래듯이 말했다.

"……."

지예는 황 노인의 뒤로 돌아가서 눈물을 닦아내고 있을 뿐이었다. 황 노인이 그제야 종태가 입은 관복을 보고는 물어왔다.

"그래. 벌써 재판을 받았나?"

"네. 형이 확정됐습니다. 1심에서 5년을 받았습니다. 곧바로 항소를 포기했습니다. 그리고 곧바로 출역이 됐습니다. 지금 원예에서 일하고 있죠. 여기서 전에 영등포 구치소에 있을 때, 알았던 함 과장을 만나서 편하게 지내고 있습니다."

"함 주임 말인가?"

황 노인이 함 과장을 아는 듯했다.

"맞습니다. 그럼? 아십니까?"

"아, 알다 말다지. 나하곤 꽤나 친했는데, 벌써 과장이 됐나?"

"언제 말입니까?"

종태는 세상은 넓고도 좁다는 말이 실감났다. 황 노인이 함 과장을 알고 있다니.

"오래 됐네. 함 주임이 갓 주임을 달고 왔으니깐. 난 그때 원

303

주 교도소에 있었네. 거 왜, 안경 꼈지? 키가 조금 작고?"

황 노인은 함 과장의 면모까지 들먹였다.

"네, 맞습니다. 여기 과장으로 와 있더군요, 그래서 다시 만났는데. 반갑더라고요."

"그래. 여기서 만난 사람은 다 인연이 깊은 거지. 전생에 무슨 연이 있어서 또 만나는 거겠지. 나도 옛날에 여기서 살았어. 안 살아본 데가 없을 정도지. 안양, 수원, 인천도 있었어. 그리고 군산도 몇 년 살았고. 부산에서도 살았어. 하하."

황 노인은 처음엔 제법 심각한 표정이었다가 교도소를 살았다는 말에선 웃음을 지었다.

"그래요?"

종태는 그러면서 얼른 옆에 앉아 있는 담당을 바라보았다. 일상적인 이야기를 하는 그들의 대화엔 별로 관심이 없는 듯했다. 대화 기록장엔 대충 기록을 해놓고는 기지개를 켜고 있었다. 그리고선 딴 짓을 하고 있는 틈을 타 종태는 재빨리 속삭이듯이 말했다.

"황 어른님. 갖고 계신다는 물건 그대로 있죠?"

"뭘 말인가?"

"……."

종태는 마음이 다급해졌다. 황 노인이 그쯤하면 알아들었을 거라고 생각했는데 못 알아듣고 있었다. 종태는 얼굴이 당황되면서 다시 말을 꺼내야만 했다. 다시 옆을 보고선 담당이 한눈을 파는 사이에 황급히 말을 꺼냈다.

"형님이 외국에서 별을 단 기념으로…… 거 왜, 있잖습니까? 그거."

종태는 권총을 그런 식으로 둘러서 표현했다. 그래야만 옆에 있는 직원이 못 알아들을 것이었다.

"아, 그래. 그런데 왜?"

황 노인이 그제야 종태가 무엇을 말하는지 깨달은 모양이었다. 그러나 종태가 이런 데서 그게 왜 필요한지를 몰라 묻는 것이었다.

"그것 좀 넣어주십시오. 원예가 어디 있는지 아시죠?"

종태는 벌써 마음이 급해지고 있었다.

"그건 왜? 자네, 정말 그렇게 할 건가? 이 사람!"

황 노인은 나무랄 것처럼 안색을 굳혔다. 황 노인의 입술이 실룩거렸다. 종태는 황 노인의 그런 표정을 놓치지 않고 바라보고 있었다. 황 노인이 옆에 서 있는 지예를 바라보면서 말을 꺼냈다.

"이 사람아. 이제 이 여자도 살아야 되네. 그걸 잊었는가?"

"압니다. 그렇지만…… 하여튼 좀…… 제발 부탁드립니다."

종태의 목소리는 다소 떨리고 있었다. 이미 각오가 선 마음이 지예 때문에 흔들릴 것만 같았다. 그러나 그는 굳게 마음을 다잡아먹었다.

"……?"

황 노인의 얼굴이 다시 굳어졌다. 그리고는 종태를 노려보고 있었다.

종태는 시간이 없었다. 면회 시간이 곧 끝나갈 시간이었다. 그는 다시 한 번 입을 열었다.

"부탁입니다. 전……."

종태는 다시 담당을 쳐다보았다. 담당이 들었을까봐 내심 불안했다. 그러나 담당은 시큰둥한 표정으로 볼펜을 손가락 사이에다 끼우고선 돌리고 있는 중이었다.

"황 어른님……."

종태는 다시 말을 꺼내려다가 그만두었다. 황 노인을 간절히 바라만볼 뿐이었다. 황 노인의 얼굴에 약간의 당혹한 빛이 어른거렸다가 사라지고 말았다. 계속 종태를 노려보고만 있던 황 노인이 어렵게 입을 열었다.

"정말 할 텐가?"

황 노인의 목소리는 최후통첩 같이 들려나왔다.

"네."

종태 역시 단호한 목소리로 말했다.

"……."

황 노인은 더 이상 종태의 고집을 꺾을 수 없음을 알았던지 다시 한 번 입술을 실룩거렸다.

"……."

종태는 황 노인의 입술이 열리기를 기다렸다. 이윽고 황 노인의 입이 열려졌다.

"알았네. 그러면 여기 지예는 어떻게 할 셈인가?"

황 노인은 옆에 있는 지예를 가리키며 물었다. 그러자, 그때까지 옆에 서 있기만 하던 지예가 한 발 다가섰다.

"무슨 말 하는 거예요? 난 걱정하지 말아요. 나올 때까지 잘 있을 테니깐 걱정하지 말고 나오세요. 알았죠?"

그 말을 듣는 순간, 종태의 눈에선 굵은 눈물이 맺히기 시작했다.

"잘 생각해보게나. 사람은 누구나 다 실수가 있게 마련일세. 나도 옛날엔 안 다녀본 데가 없을 정도로 교도소란 데는 다 다녀봤네. 그러나 이젠 그런 일들이 다 꿈만 같네. 넣어주기는 함세. 출역하고 있다니깐…… 출역 점검이 있겠지?"

"네. 새벽 5시 반에 나와요."

"알았네. 원예라고 그랬지?"

"네. 제가 제일 먼저 들러봅니다."

"알겠네. 몸 편히 잘 있게."

황 노인은 그 말만을 했을 뿐, 더 이상 만류하거나 나무라지 않았다. 다만 옆에 있는 지예를 자꾸 바라볼 뿐이었다, 그건 종태에게 지예의 몫도 생각하라는 뜻이었다. 그러나 종태는 지금 지예를 생각하고 있을 때가 아니었다. 지예의 삶도 책임질 수 없는 그런 상황이었다.

면회를 종료하는 벨이 울렸다.

종태는 얼른 황 노인에게 깊숙이 허리를 숙여 절을 하고는 지예한테 재빨리 말했다.

"면회오지 말고. 고아원에만 신경 써. 알았지?"

그러면서 종태는 얼른 방을 빠져나왔다. 얼핏 본 지예의 얼굴이 굳어지는 것 같았다. 그러나 다음 순서인 면회자를 위해서 그는 얼른 그 방을 빠져나왔다.

황 노인한테서 편지가 온 것은 그로부터 일주일 뒤였다. 서투른 글씨로 뛰엄뛰엄 쓴 편지에는 이렇게 씌어 있었다.

종태, 보게나.

저번에 면회를 갔다가 그런 말을 듣고서 황당했네. 옆에 지예가 있는데 그런 말을 할 줄은 정말 몰랐네.

지금은 서울에 와 있네. 형님이 자넬 염려하더군.

잘 생각해보라고 말하더군.

난 자네와의 약속은 꼭 지키겠네.

이미 죽은 목숨 어쩌겠나?

오월의 한은 오월에 맡김이 좋지 않겠나 말일세.

여론 때문에 밀려서 민주화라는 이름을 붙여준 건지도 모르는 일일세.

그건 나중에 시간이 한참 지나봐야 알 수 있을 걸세.

부디 자네 몸조심하게.

다음 면회는 17일 날 새벽에 가겠네. 자네가 제일 먼저 나와서 반긴다면 볼 수 있을 걸세.

그럼, 몸조심하게.

10월 13일

황소엽으로부터.

종태는 편지를 읽고 나서 뜨거운 눈물이 흘러나왔다. 약속을 꼭 지킨다는 말과 더불어 구체적인 날짜까지 박아서 적고 있었다. 종태는 날짜를 헤아려봤다. 오늘이 15일이니까 이제 이틀 남았다고 생각되었다.

그는 이제 좀 더 바빠졌다.

그는 이틀밖엔 남지 않은 시간에 모든 걸 정리해둬야 할 것이었다. 우선 어떻게 사방을 빠져나가느냐가 문제였다. 그것만 해결된다면 모든 건 쉬울 것 같았다. 영선에 출역하는 출역수한테 부탁해서 쇠톱을 준비할까도 생각해봤지만 너무 시간이 촉박해서 불가능할 것 같았다. 쇠창살을 자르려면 먼 시간을 두고서 천천히, 방 안의 출역수들이 모르게 해야 할 것이었다.

그런데 이제 남은 이틀 동안에 그런 일을 해내기란 쉽지 않았다. 그는 할 수 없었다. 어떻게든 사방문을 열고서 나가는 수밖엔 없다고 생각되었다. 그는 자신이 있었다. 권총만 손에 들어온다면 가능할 것만 같았다. 그건 그만의 예감 같은 것이었다.

그는 하루 종일 그 생각으로 정신이 없었다. 작업을 나가서도 줄곧 그 생각에만 골몰해졌다. 출역수들은 종태가 그러는 것도 모른 채, 묵묵히 작업에만 열중했다. 담당도 역시 마찬가지였다. 말이 없었을 뿐, 전과 똑같은 종태에게 그리 관심을 두진 않았다.

다시 하루해가 저물어갔다.

그리고 다음 날, 새벽이 되면서 기상 나팔소리가 울려 퍼졌다. 종태는 심호흡을 하면서 자리에서 일어났다. 밤새도록 잠을 자지 못했지만 정신만은 맑았다. 그는 이불을 개는 출역수들을 바라보며 쇠창살 밖을 내다보았다. 어둠이 완전히 걷히지 않은 바깥은 쌀쌀한 바람이 불어왔다.

이불을 다 갠 출역수들은 자신의 소지품들을 들고서 꾸역꾸역 바깥 운동장으로 모여들기 시작했다. 종태는 바깥으로 나오자마자, 재빨리 온실 뒤로 갔다. 희미한 땅바닥을 살피다가 시커먼 물체가 땅에 떨어져 있는 걸 발견하고는 얼른 손에 집어들었다. 묵직한 것이 손에 잡혔다. 비닐로 둘둘 감은 그것은 분명히 권총이었다. 황 노인이 새벽 출역수 점검이 있다는 걸 알고 미리 이 근처에 와서 담벼락 너머로 권총을 던져 넣은 것이었다. 그는 품속으로 집어넣고는 얼른 운동장으로 걸어 나왔다.

그때까지도 출역수들은 꾸역꾸역 걸어나오고 있었다. 아직 미처 잠이 덜 깬 출역수들은 새벽 찬 바람을 맞으면서 잠이 깨는지 긴 하품을 하면서 비틀거리며 줄을 서는 게 보였다.

"자! 인원 점검! 빨리 오는 출역장부터 한다! 앉아 번호!"

관구 주임의 호령에 따라 미리 나온 출역수부터 줄을 지어 앉으면서 번호를 외쳤다.

"하나!"

"두울!"

출역수들이 어깨를 맞추며 동시에 앉으면서 번호를 외쳐댔다. 출역장마다 인원이 맞으면 곧바로 출역장으로 향했다. 새벽의 인원 점검은 검신이 실시되지 않고, 단순한 인원 점검만 했을 뿐이었다. 사방에서 잠을 자고나온 출역수들을 검신한다는 건 의미가 없는 일이라고 생각했던 탓이었다.

종태는 점검을 마치면서 곧바로 온실로 들어가 권총을 숨겼다. 화분 밑을 파고서 그 속에다 감쪽같이 묻어 두었다. 그러면 누가 봐도 모를 일이었다. 그는 다시 밖으로 나와 배식반장을 불렀다.

"넌, 오늘 작업을 나가지 말고 온실을 지켜. 담당이 물으면 아프다고 하고. 알았지? 내가 담당한테 미리 말할 테니까."

종태의 말에 배식반장은 씨익 웃었다. 오늘 하루 반장이 쉬게 하는구나 하고 생각되었기 때문이었다. 작업을 빼준다는 말에 배식반장은 좋아라하지 않을 수 없었다.

"알았어요. 감기라고 말하면 되죠 뭐."

배식반장은 벌써 머리가 돌아가고 있었다.

"그래. 그리고 누구든지 온실 안에 들어오면 잘 살펴. 직원들이 들어와서 함부로 손을 못 대게하고, 알았지."

"네."

배식반장은 순순히 대답했다. 가끔 직원들이 온실에 들어와서 꽃을 만지다가 망치는 경우가 더러 있었다. 그래서 반장이 그러는 줄로만 알고 있는 배식반장이었다. 배식반장은 자신을 찍어 그런 일을 시킨 종태에게 고마움을 느끼지 않을 수 없었다.

종태는 하루를 어떻게 보냈는지 몰랐다. 줄곧 온실에 숨겨놓은 권총 생각 때문에 담당이 무엇을 물어도 제대로 알아듣질 못했다. 그러다가 옆에 있던 출역수가 말해줘야 비로소 제대로 알아들었다.

밥도 제대로 넘어가지 않았다. 대충 끼니를 때울 뿐이었다. 종태는 재길이한테 영치금 카드를 주면서 먹을 것들을 사오라고 시켰다. 그리고는 그것으로 회식을 하고는 남은 것들 싸서 원예로 돌아왔다. 그는 이제 무사히 밤이 오기만을 기다렸다.

드디어 폐방이 가까워오면서 그는 점점 더 흥분이 되었다.

　까다로운 검신을 마치고서 방으로 들어간 종태는 쇠창살에 기대어 줄곧 온실 쪽만을 지켜보고 있었다. 밤이 이슥해졌다. 그는 이제 이 방이 마지막이 될지도 모른다고 생각하면서 잠든 출역수들의 얼굴들을 하나하나 들여다보기 시작했다. 그리고 나서 그는 창가로 가서 나직이 담당을 불렀다.

　"담당님."

　"응, 왜? 안 잤어?"

　이형식 담당이 슬금슬금 걸어왔다. 복도 쪽에 선 담당이 종태를 바라보고 서 있었다.

　"좀 나가도 돼요?"

　"응, 그러지. 나와."

　그러면서 담당은 사방문을 열어주었다. 종태는 복도로 나가 담당이 앉는 책상 옆에 서 있었다. 담당은 의자에 앉은 채로 말을 주고받았다.

　"담당님. 출출하시죠?"

　"왜? 뭐 먹을 거 있나?"

　"나도 출출해서요. 낮에 먹을 것들을 사났는데. 온실에 있거든요. 가까우니까 금방 나갔다가 올까요?"

　"그래? 그런데 나가는 건 좀 그렇네."

　담당은 난처하다는 표정을 지었다. 아무리 출역수라지만 밤에 사방문을 따고서 나가게 한다는 건 좀 그랬다. 솔직히 내키지 않는다는 투였다.

"금방 몰래 갔다 올게요. 아니면 같이 나갔다가 들어오죠 뭐. 여기서 바론데."

종태의 청에 담당도 헷갈리는 듯했다.

"금방 갔다 올게요. 걱정하지 마십시오. 뭐, 내가 징역 하루 이틀 살아봤습니까? 쿵, 하면 뭐가 떨어졌는지 압니다."

그러면서 종태는 웃어 보였다. 그러나 내면으론 속이 바짝바짝 타는 듯했다. 손바닥에서 진땀이 고이는 것 같았다.

"그래. 그럼 좀 있어봐. 순시 도는가 보고. 순시를 돌면 감시대에서 보고소리가 들리거든."

"알았습니다."

종태는 일단 승낙이 떨어졌으므로 기다렸다. 이런저런 이야기로 담당의 관심을 다른 곳으로 흩트려 놓았다. 담당이 종태의 이야기를 들으면서 됐다는 식으로 나왔다. 감시대에서 아무런 보고소리가 들리지 않는다는 걸 확인한 그가 나직이 말했다.

"빨리 갔다 와야 돼?"

"알았습니다."

종태는 담당이 따준 사방문을 통해 쥐처럼 쏜살같이 온실 쪽으로 내달았다. 그리고는 영선에서 톱날을 갈아 만든 만능키로 온실 문을 열었다. 그는 어둠을 헤치며 안으로 들어가 더듬거리며 화분을 찾아냈다. 그 속에서 권총을 찾아내 얼른 밖으로 나왔다.

"후후."

그는 입가에 야릇한 미소를 띠면서 건물 벽을 은폐물 삼아 조심스럽고도 재빠르게 몸을 움직였다. 전두환이 있는 방 근처에까지 가서 그는 주위를 한 번 살펴보았다. 순시를 도는 경비교도대원의 발자국 소리가 들려오지 않았다.

"됐다."

그는 속으로 그렇게 부르짖고는 재빨리 뺑끼통 뒤로 갔다. 그리고는 훌쩍 뛰면서 가림판의 지지대를 붙잡았다. 지지대는 시멘트벽에 박아놓은 쇠막대기였다. 그는 가림판 위로 방 안을 살펴보았다. 전두환의 머리맡엔 보던 책이 펼쳐져 있었고, 전두환은 잠이 들었는지 눈을 감고 있는 게 보였다.

"……."

그는 품에서 권총을 빼내 들었다. 그리고는 천천히 전두환의 머리를 향해 총구를 겨누었다. 그는 침을 꿀꺽 한 번 삼키고는 말했다.

"전두환. 일어나."

"……."

종태의 목소리가 작아서였을까. 전두환은 그대로 잠들어 있었다. 종태는 지지대를 잡은 손에 힘을 주며 다시 한 번 말했다.

"전두환. 눈 떠!"

그 말에 전두환은 번쩍 눈을 뜨는 게 보였다. 그리고는 부시시 일어나려고 했다. 어디서 들리는 소린지 몰라 복도 쪽으로 고개를 돌리는 것이었다.

"이쪽이다. 삥끼통이다."

종태의 말에 전두환은 다시 고개를 돌려 이쪽을 바라봤다. 미처 일어나지 못한 채였다.

종태는 다시 엄숙하게 말했다.

"민족의 이름으로!"

"민족의 이름으로?"

전두환은 종태가 말한 그대로 따라 하면서 눈을 껌벅거렸다. 이미 늙은 노인의 모습이었다. 안경을 끼지 않아서인지 그는 자꾸만 주위를 두리번거렸다. 삥끼통 바깥의 가림판에 가린 종태의 모습이 보일 리가 없었다.

"난 널 처단한다!"

종태가 다시 말하자, 그는 다시 의아한 듯이 고개를 갸우뚱거렸다.

"처단?"

전두환이 무슨 말인가 싶어 웅얼거렸다.

종태는 이제 방아쇠를 당겨야 할 때라고 생각했다. 지지대를 붙잡고 있는 손목의 힘이 빠져 달아나는 듯했다. 그는 서서히

316

방아쇠를 당기면서 다시 말했다.

"사죄하라."

"사죄라니?"

전두환은 일어나려 했다. 그러나 일어나진 못했다. 자꾸만 두리번거릴 뿐이었다. 종태는 방아쇠를 쥔 손에 힘을 주면서 일 단, 이 단을 생각하면서 당기고 있었다. 그때였다. 갑자기 황 노인의 노기 띤 목소리가 들리는 듯했다.

"그건 이미 죽은 목숨이야. 자네가 아니더라도 이미 그 사람은 죽었어. 나와봐야 나무토막에 불과한 사람을 죽이면 뭣하나? 자넨, 희자가 있잖은가? 희자의 죽음을 생각해보게나. 세상이 다 그런 걸 자네 혼자의 힘으로 다 막을 텐가?"

"……."

종태는 그 말을 듣는 순간, 어느새 자신의 머리로 총구가 옮겨지고 있었다. 그리곤 마지막 힘을 다해 방아쇠를 당겼다.

탕!

그는 무거운 자루처럼 둔탁하게 떨어져 내렸다. 그의 머리에서 순식간에 붉은 피가 쏟아져나오고 있었다.

그리움이 다른 그리움에게

그립다 말을 하고서

멀리 떠난 배는 돌아오지 않는데
편지처럼 떠나보낸 그 밤 이후로
나는 너를 그리다 못해
바다를 원망하네.
낙엽이 진 거리를 배회하며
나도 낙엽처럼 떠나기를 얼마나 고대했던가.
내 사랑을 알지 못한 그대에게
그리움이 얼마나 짙었다는 걸 전해주고
어디론가 떠나버릴 수만 있다면.

내가 이쪽에 서서 보면
너는 저쪽에 서서 바라보면서
우리는 늘 불안해왔는지도 모른다.
또 마음이 출렁인다.
그대 뒷모습 바라보며 가슴 졸이던 때
그리움을 그리움인 채로 남겨두고
나, 떠나가네.

(끝. 감사합니다)